记忆诗学·钟鸣研究集

敬文东 编

[隐匿的汉语之光·中国当代诗人研究集]

华文出版社

编选说明

本丛书无意于面面俱到,而仅关注那些我们认为重要的、有特色的中国当代诗人及其得到讨论的状况,旨在为进一步探讨存留一份资料,或提供一条进入相关领域的线索。其间显然经过了审慎的拣选——既包括讨论对象(诗人)的选定,也包括研究篇目的选录,甚至还包括编选者的延请。

在这个喧嚣的年代,诗界从来不乏炙手可热、炫人眼目的弄潮儿,但我们的目光在其上不会停驻太久。我们更看重那些沉潜的、通过艰卓的探索为汉语写作——进而言之即汉语本身,做出贡献的诗歌写作者,愿意以某种方式向他们致以敬意。他们不事声张、摒弃夸饰的招摇,对诗歌保持着单纯的热爱以及足够的耐性和虔敬之心。他们的取向各异、风格悬殊,但有一个共同点就是:他们的写作彰显了一种布朗肖所说的写作的沉默与"无名"性质,能够经受哗声的销蚀和流俗的磨损。这也是本丛书名为"隐匿的汉语之光·中国当代诗人研究集"的由来。

在我们看来,诗人不应该随波逐流,成为文化时尚的合谋者、某些媒体舆论的传声筒,而是应该对这些保持一定的距离、采取必要的审视态度,同时从其身处的时代中提炼出"噬心"(陈超语)的主题。后一点尤为重要,诗人以锐利的敏思切入历史与人性的深层议题,同他对语言的发明、诗艺的锻造一样,需要付出巨大的心智。本丛书对诗人的甄选即出于如许期待。

从新诗的百年历程来看,中国当代诗歌(特别是最近四十年的诗歌)已经显示了与现代时期诗歌有别的主题意向、形式特征及至写作意识。简而言之就是，不同于后者对"现代性"的探寻和展现，当代诗歌立足于当代的历史语境，呈现出某些可称为"当代性"的质素。这种"当代性"有其自身的问题阈和书写逻辑，也许较之现代诗歌更为复杂，但也背负着"当代性"特有的焦虑与压力。从诗学方面来说，当代诗歌发展了现代诗歌的部分路向，却在开辟当代诸多命题、凸显其"当代性"的过程中，抽空了问题得以生发、延展的路径，过于强化某些单一的层面，从而窄化了自身的可能性的向度，因此难掩其局限与危机。本丛书收录的研究论文，一定程度上回应了当代诗歌面临的这些理论话题。

本丛书以"研究集"取代一般谈及当代诗歌时习见的"批评集"，除了想要回避已经被污名化的"批评"这样的字眼外——其实毋需赘言，批评本身是不应受到排斥的，真正的批评无不包含深刻的洞见和强大的辐射力——还想着意强调论析当代诗人的文字中所应具有的历史眼光、探究成分和学术本色，并对严肃的讨论表示必要的尊崇。

2017年1月动笔，6月拟定
张桃洲　王东东

记忆诗学 钟鸣研究集

第一辑　行者瑰步

- 003　旁观者：钟鸣
- 011　我的朋友钟鸣
- 017　关于钟鸣以及那个年代
- 021　"我为什么如此优秀！"
- 029　钟鸣随笔小引
- 033　狂喜与悲哀

第二辑　桐椅绮离

- 039　记忆诗学
  ——钟鸣的《中国杂技：硬椅子》
- 063　文本的森林
- 083　恍惚与界限之间的身体
  ——钟鸣论
- 101　身体与声音
  ——钟鸣诗歌中的繁复与变形

第三辑 探幽唯灵

- 123 钟鸣的大部头随笔
- 129 唯灵的泉水·致幻的魔汤
    ——读钟鸣的《畜界，人界》
- 133 "旁观者"清
- 137 对一个文本主义者的文本分析
    ——钟鸣作品的知识考察
- 147 钟鸣和他的蜗牛式随笔
- 151 当狮子奔向螃蟹，蝎子蜇向天秤
- 155 知识：钟鸣与"强人时代"的写作
- 163 椅子和树
- 191 诗歌写作在20世纪90年代的伦理任务
- 205 我与我们的变奏：诗人钟鸣论

附录

- 225 "东荡子"诗歌评论奖授奖词及答谢词

记忆诗学　钟鸣研究集

第一辑

行者瑰步

记忆诗学 钟鸣研究集

时间是 1998 年：上半年，柏桦在四十多岁时，生下了一个儿子，作品取名柏慢。下半年，钟鸣诞生出另一个耗时五年的作品：图文并茂、在当时可谓图书业一大创举的《旁观者》。表面看起来，从生理和写作上，对 20 世纪 50 年代出生的人，那都是一个"慢"的时代。"因为我们这代人一切都来得太快了——写诗、性或是革命，都比生理要快一拍。"这是《旁观者》中的最后一句话。

《旁观者》，是钟鸣潜心写作五年、一鸣惊人的一本奇书，其中包含一部诗集、一部个人成长史、一部对当代诗人及自己作品的深入和详尽的评论、一部 80 年代写作全纪录式的回忆录。钟鸣在书后代跋中这样形容："这本书，可说是九死一生，才摆在了这里——因为，就我自己满意的程度而言，还需要不少时间。"时间是 1998 年，那时候还有人肯为了一本书沉湎五年、蛰伏五年，为了一本书而呕心沥血，乃至九死一生（能读完这本书，就知作者所言不虚）。现在，一说到写作五年，可能真的会人闻风丧胆。那一年，年初，我完成了我在 20 世纪 90 年代的一首诗作：《周末与几位忙人共饮》。我发现，虽然有一些人依然慢，但另一些人，已不可遏制地快了起来，快得让人晕眩。连爱情和生活，也在飞速奔跑：

为什么出现忙人？

旁观者：钟鸣※　　　　　　　　　　　　　　　　　　　　　　**翟永明**

※ 原载翟永明《白夜谭》，花城出版社，2009 年版，第 77—84 页。

"比水快"

为什么忙？

"批发和零售　以及……"

为什么来到这里？

"发条　铃声在响"

制度、规则、股票

上网、荣誉、建设

更少的时候：因为爱情

和爱的变种

我那时依然生活在 20 世纪 90 年代。尽管我的朋友中，有些人，已经飞快地进入了 21 世纪。但是，我当时也已经预感到"快"的压力："我的身体被时间剖开／一半匆忙／一半安宁。"差不多就在同时，昆德拉也在中国出版了他的中文版小说《慢》。似乎正是这样一些细节，终止了这个发音为"man"的时代。

时间也是 1998 年：我在住家附近开了"白夜"（在当时被称为书吧）。我的记忆也从开张起，快进慢放起来。

书吧开张以后，最初的兴奋延续了很久。我为自己制订了一系列计划，读书沙龙只是其中的一项。奇怪的是，当时我的计划中，并未包括诗歌朗诵活动。虽然，从一开始就不断地有人提出这个建议。究其原因，主要来自我本人对朗诵和发言这一类事情的恐惧。我想来想去，做签名售书，是一个好的方式。这样可以保证主角永远是别人，我只需做一些策划而已。事实上，过了没多久，诗歌朗诵活动就成了"白夜"最重要的活动形式，毕竟，"白夜"是一个以诗歌为主的文学沙龙。

时间是 1998 年："许多人一边不无快感地沉湎于旧时代，而一边则惶惑地进入新时代。"（钟鸣《旁观者》）大约在一年前，钟鸣"为不使吴宓在西师一代之事被淹没"，曾策划《心香泪酒祭吴宓》一书，由书商李松樟投资出版，钟鸣作序，序中涉及钱锺书，再加上内容，上市后掀起一场轩然大波，海内外诸多学者涉及此事。由此李松樟和出版社大获成功。李松樟也欲乘胜追击，便出资为钟鸣出版了厚厚的三大本《旁观者》，定价98元。在当年，这可是非常昂贵的一套书。《旁观者》很快销售一空，这也不奇怪，这本书的创意、设计、出版理念等，在当时是很超前的。而且，所有的点子都源自钟鸣。在当时图书出版千篇一律的情况下，钟鸣这本书不算绝后，至少也算空前。

《旁观者》除了是一部个人成长史、一部诗集，还是一部中国当代诗歌小历史。除了庞杂的诗歌观念和八九十年代诗歌潮流回顾之外，光是旁批后注，就是好几万字。事实上，我一直建议他，将这本书的旁批后注单独出成一本书。在我看来，它们已然是一本精彩的论文集。此外，钟鸣还将他多年收集来的各类插图、版画、旧书封面、旧杂志影印件、诗人早期照片、各类手稿、各类地下刊物等，作为《旁观者》的插页。1998年，中国尚未出现扫描仪、数码相机等高科技辅助手段，钟鸣要将大量的这些资料影印、输入电脑，直至排版（这些编辑工作，都是钟鸣本人亲自操作），的确会累得九死一生。但这本书，因为他本人的编撰、排版、装帧，变得妙趣横生和让人心悦诚服。

几年后，我走进任何一家小书店，看到的都是长得一模一样又千篇一律的图文书，只是每本书的题材不同而已。在我的观察中，图文书这个概念，在国内图书市场，"始作俑者"当算《旁观者》。但是，到现在为止，也很少有人在设计和理念上超过钟鸣。有一天，我试图去买点书，千挑万选之后，回来看，有一半是图文书。有些根本无此必要，但有什么办法呢，码洋决定一切。

1998年6月，我告诉钟鸣，想在"白夜"给他举办《旁观者》的签名售书活动，他一口答应。事实上，签售活动最后的策划也大多是他的主意。朋友们都说：钟鸣可以自己办一个"点子公司"。他有无穷无尽的"点子"，却最终都浪费在口头上了。1992年，我从美国回来时，钟鸣曾说起：他想与朋友一起，开个道家菜餐馆。在餐厅里，他会附设一个中医坐堂，来吃饭的客人，都需先由中医把脉，确定他的脉象偏热还是偏寒，然后才可决定适合吃哪一类道家菜。这差不多是我听到的最有创意的餐饮策划了，但直到现在，他也没去实现。最近，我看到成都市终于有了这样的道家菜，其设计和策划都与钟鸣的点子一模一样。想来，是别人使用了他那个口口相传的计划。我告诉了钟鸣，他一怔，接着，用他惯用的手势，向空中挥了几挥，说："让他们去弄吧，本人有的是好点子。"接着，又舌绽莲花地大谈新的计划。事后，我总对他说："又浪费了，该带个录音机来。"

回到《旁观者》首发式那天，来的人特别多，酒吧内完全坐不下，大多数人在门外站着，很多媒体都来参与了这次活动。这是我第一次意识到，钟鸣除了是一个诗人之外，还曾经是一个媒体人。不到一小时，钟鸣的书就售出一多半。与钟鸣的首发式同时开始的，是雕塑家朱成小型雕塑的一个室外展。他选择"白夜"门外的一大片空地，作为展示的场所。与周边环境两相融洽，他摆放了他那些造型奇特的雕塑。这些悉心创作的架上雕塑、铜雕和带有装置性质的作品，在一个小区的公共空间里展示，是前所未有的，当然引起了周围居民的兴趣和关注。

居民们纷纷地从这些随意安放的雕塑中走过、驻留、围观。这在某种程度上混淆了美术馆与社区环境的展示界线，相当于面对大众的行为艺术。这也是钟鸣的"点子"：希望观众主动参与其中，成为作品的一部分。也许钟鸣只是把它当作一个点子而已。但事实上，他很自觉地实践了当代艺术中一个最重要的理论。1998年，中国的大多数当代艺术家却都还没有这个意识。

在签售活动中，最富戏剧性的场面，是一个陌生女孩的来临。她手持一大束百合花，递给了正在签名的钟鸣，声称自己是钟鸣的崇拜者，今天只是前来送花，并且亲口告诉他这一点。不知所措的钟鸣，在女孩就要转身离去时，刚好反应过来，还来得及给了她一个深深的拥抱。从那个时候到现在，每年钟鸣的生日，总能收到一个精致的礼物。这个礼物，一如既往地在钟鸣生日当天被神秘地送到"白夜"，由我转交给他。八年来，生日礼物一次也没少过。前两天，我又一次接到神秘女孩的生日礼物，我打电话告诉钟鸣，说：作为他的好朋友，很惭愧，从来都不记得他的生日，每次，都是这位神秘的女孩出现，才让我想起来。

时间是2006年，距离《旁观者》出版和签售，已经八年了；距离"白夜"开业，也是八年了。"八年"，中国人对数字是非常敏感的。"八"就是一个敏感的数字。钟鸣带来了他的新著——作家出版社出版的《中国杂技：硬椅子》，这是他从1987年到1997年的自选诗集，装帧漂亮,纸张考究。不用说,又是出自钟鸣本人的手笔。

坐在"白夜",钟鸣一如既往地不喝酒,一如既往地自称"果汁派"。自从诗坛进行了两大划分("民间派"和"知识分子派")之后,许多难以在这两大阵营中归类的诗人,都变得面目模糊了。相对于钟鸣的清澈,我只能自称"鸡尾酒派"。我有时爱喝果汁,有时爱喝杰克·丹尼,最爱喝各种酒勾兑出来的鸡尾酒。

实际上,在《旁观者》中,钟鸣最早谈到诗歌的"南北"划分,比后来的"民间"和"知识分子"之争,早了差不多十年。钟鸣具体地将普通话写作与方言写作,划分为"北方诗歌"和"南方诗歌"。用他的话来说,北方诗歌"普遍有一种时代意识","喜欢抒情的气氛和强烈的观念,意象支离破碎";而南方诗歌"远离道德意识,追求一种更自由的祈使句"。在一些阐述的后面,钟鸣给出了这样的概念:北方诗歌和南方诗歌——或用套话来说"朦胧诗"和"后朦胧诗",在这点上,有很大的区别,他指的是"反抒情性"和"政治性"。也就是说,钟鸣套用了"北俊"和"南靡"这样一对传统诗歌中的概念,来划分当代诗歌中"观念性诗歌"和"气质性诗歌"的不同风格。当然,钟鸣那时也不会想到,几年之后,被他划分为"南方诗歌"的"后朦胧诗"的内部,会爆发出一场更为激烈和影响深远的争论。由于《旁观者》的庞杂、歧义和内容丰厚,而且,也有着理论上的晦涩,反而使得书中一些最有价值和最有意义的部分,被湮没了。在旷日持久的关于"民间"与"知识分子"的讨论中,似乎没有看到有人重提当年钟鸣"南北"诗歌的论辩,这是奇怪的。在我看来,他所谈到的"南北"诗歌的不同,与前者的争论,理论上有近似之处,但无后者的极端和霸道。派别的划分和争论,本来就是一个仁者见仁、智者见智的问题,具体到每一个诗人的写作时,则更细微、更复杂。贴标签式的划分,太简单,也太不负责任了。

从1999年开始,钟鸣无师自通地进入了收藏界。这主要因为他多年编撰民刊,在民刊上发表独立言论,因此受到各方"关照"。在报社单位不能撰写稿件,渐难维持生活,因此被迫寻找别的生计。他多年来喜欢看闲书、做杂事的"别才",这时充分发挥了潜能。不到一年,收藏界就开始流传"石刻大王钟老师"的神话了。当然,这期间,有许多跟在钟鸣背后学收藏的人，浅尝辄止，纷纷落荒而逃，钟鸣却背水一战，直至他那辆三菱越野车几乎变成一堆废铁。几年后，成都第一座私人博物馆——鹿野苑——开馆了。馆长钟鸣承担了从策划到收藏再到建馆的一切事宜。鹿野苑，最终成为成都平原上的一个标志性建筑，这与钟鸣的眼光和执着是分不开的。2001年，法国蓬皮杜中心的馆长前来鹿野苑参观，他非常赞赏这里的设计理念和藏品的丰富。在临上飞机回法国时，他决定将鹿野苑方案送至蓬皮杜中心参展。在那之后，鹿野苑参加了大大小小的各种展览。作为馆长，钟鸣一直悉心保持和维护鹿野苑的馆藏风格，以及其在现实中的生长环境。

　　许多人认为，钟鸣现在以古董收藏家和民间博物馆馆长身份出现，不再写作。但是很少的人知道，他不但在写，而且写得比过去更从容不迫。他在忙乱而又精力充沛的时间里，居然还写了不少新诗。一次他打印了其中一部分送我，里面收录的是他一面研究古董一面在收藏的间隙里写下的诗。我全部读了，并惊异于它们一如既往的诡异、多变、敏感而又热情。并且，在我的眼里，这些诗比以往更好。因为它们产生的背景完全变了，不再等待和在意那些预期的反应，不再对诗坛内外的各种信息负责任，因而更为随心所欲，更为天马行空。

　　我已记不得读到钟鸣的第一首诗是什么，但我还清楚地记得，首先打动我的诗是《鹿，雪》，还有《画片上的怪鸟》。再次在书上读到这首诗，是在钟鸣的新诗集、作家出版社出版的《中国杂技：硬椅子》。《鹿，雪》这首诗，是诗集中的第一首，足见钟鸣本人也很喜欢它。在我的阅读范围内，钟鸣也是最早使用方言写作的人。早期的诗歌《尺木》是用口语写作的，而且用的是四川话口语。这些诗，实际上比后来划分的所谓"民间"诗人写作，更为接近民间口语。奇怪的是，无人提及把钟鸣划为"知识分子写作"。诗人和评论家们都被他的旁征博引和复杂的构成，阻碍了视线。在诗作《红胡子》中，他用四川话的形式，写了一些关于艺术的断章式的诗。钟鸣的这些诗，就像四川话说的"十八扯"，从哈尔斯曼拍摄的达利的胡子一直扯到太监不长胡子，从列宁的胡子一直扯到穷人的胡子，从成都一直扯到欧洲、美洲，又从地球对面扯回成都。这样的写作风格，有点让我想起还珠楼主。尽管他们的写作方向很难扯到一起，但他们的写作风格却是相像的：持剑（胡）而行，破空而去，天马行空式的来去自由。有时飞得太远，便不识来路；有时太过繁杂，便难以一蹴而就。但无论如何，你会被他们的想象力和独特气质所吸引。如果说"风格真的能透支"（《感伤的旅行》），那钟鸣也就真的能成为诗歌寡头了。在后来的诗作中，他一直坚持用四川话的音韵写诗，不仅仅是内心的诗歌声音为方言，而且，有时在字面上，他也使用一些谐音来代表四川话。与李亚伟川东话豪爽的写作风格不同，他的诗更有四川人（准确地说是成都人）的诙谐、随意、大而化之和不修边幅式的谈笑风生。当然，意象繁杂、天马行空、尽情挥霍这些特点，一如他的散文，也是他的诗歌风格。

我一直认为钟鸣的诗没有得到足够正确的认识。原因当然很多，但作为中国散文随笔界最重要和最具开创性的人物之一，他在随笔写作上的成就，反而遮蔽了他诗歌的光芒。评论者和读者都更多地津津乐道他的《畜界，人界》《旁观者》，而被他称为"精神的漂流瓶"的东西——他的诗，却没有像他的散文随笔那样被认可、被传播。为此，钟鸣曾在《旁观者》中这样说道："我愿意把诗放进抽屉里，成为写随笔的人总可以吧，许多人就是这样看我的，我会在乎这些吗？"尽管如此，这么多年来，那些诗，就像那只他在诗中描述过的怪鸟一样，始终"声音颓然充满谐趣"，他用极其个人化的风格，"达到最高最富丽的一个音符后／再用低音袭击我们"。

真正的诗歌是无法解释的，它是一些自生自灭、自给自足、自说自话的秘密的快乐，不需要任何别的阐释。正像钟鸣所说："一当有人试图想说清它时，却只能宣告破产。"这也是我很少就诗谈诗的原因。我们充其量只能谈一些产生这些秘密的背景、来源、信息，那些诗的价值、它对人的影响、它带给那些认识它的人，以最深处的响应以及由此产生的心心相印的感情，则是诗人与读者之间的秘密，一种肝胆相照的认同方式。■

记忆诗学　钟鸣研究集

寒冬时节，钟鸣像一条蛇一样缩在他那空旷的房子里，脖子上围着一条长长的黑色围巾，守着电炉火读着一本本发黄的旧书，在电脑上打出一行行漂亮的文字。一扇门板轻轻掩上，便关住了外面的世界。钟鸣在这里与书为伴，与语言生活在一起。许多遥遥逝去的伟大灵魂在这里复活了，钟鸣自己也仿佛成了一个精灵，与古往今来的大师们娓娓而谈，与上帝窃窃私语。于是，钟鸣笔下的那些人、鬼、虫、兽，都充满灵性，构成了一个超越历史与自然的神秘世界。

有人说，钟鸣的随笔随便撕下半页，读上几行，你就会知道，这是钟鸣写的。而钟鸣却自认为，写随笔只是他的"副业"，他真正的才能在于诗歌。这就像齐白石老人把自己的画说成末技，而夸耀自己的书法与篆刻一样。钟鸣还会顺便提一下他的摄影，虽不免言过其实，却很令人愉快。去年开春时，钟鸣花了上千元买了一套相纸的冲放设备，声言要搞摄影了。那天中午，他貌似忧郁却不无得意地说，"这下子，成都搞摄影的人算是糟了，要不到半年，我就该把他们全部撂倒。他们要是知道我要搞摄影，早就慌作一团了"。他向朋友们预告说，要在年底时搞一个钟鸣摄影作品展览和拍卖，一件作品起价三百元，让大家做好思想准备。也偏有几个要凑趣儿的女士闻风而动，要让钟鸣拍艺术照。钟鸣说我住的那座日式小红木楼当背景最好，于是呼呼啦啦就来了。又是长镜头，又是三脚架，又是时装，又是胭脂地折腾了

我的朋友钟鸣※ 　　　　　　　　　　　　　　　　　　　　　　李中茂

※ 原载钟鸣《畜界，人界》，东方出版社，1995年版，第18—25页。

半天,中午还在附近的庆云楼开了饭局,气氛甚是热烈。

那一段时间,钟鸣的书房里、客厅里到处摆放着他的摄影新作。只是他的摄影比他的诗歌更深奥难懂,人们大都称赞他的作品装裱得好,框子很好看。在我搬进新房子的时候,钟鸣让我在他的作品中随便挑几件,用来装饰新居。过了一段时间,钟鸣到我家来时,发现我只保留了他的框子,却把他的摄影作品换成了别的朋友的画。钟鸣一时哭笑不得,连连骂我素质太差,不懂艺术。

半年后,钟鸣的那套冲放设备上已布满了灰尘——钟鸣仍又回到他的书房,一头扎进书堆里去了。钟鸣在任何场所都是极受朋友们欢迎的人物,他那张时时都能侃侃而谈的铁嘴,总是妙语连珠,他的机智与诙谐、夸张的神态与顽皮的动作,令人捧腹大笑。圣诞节的晚会上,钟鸣被人们拉起来,当场命题表演小品,他竟连贯自如地表演了十多分钟,而且妙趣横生,赢得满堂喝彩。但熟知钟鸣的朋友都知道,那些都不过是钟鸣偶尔宣示一下才能而已,也是他寂寞书斋生涯的一种补充。只有回到书房里,钟鸣才恢复了他的本色。他一个人守着一间大书房,就像剑客守着一座城堡,既要身怀绝技又要忍耐巨大的孤独。

钟鸣在他的随笔集《城堡的寓言》里,引用了狄德罗的一段话:"我不属于任何人,同时我也属于每一个。你在进来之前,已经在里面了,而在你离开之后,你还是在里面。"这句话也正可以写在钟鸣城堡的大门上。在这里,钟鸣像是使用了巫术与魔法一样使古今中外的哲人、皇帝、侠客、妓女,甚至跳蚤和鱼都复活了,并与之游戏、对话,或捉对厮杀,亮出兵器过招儿。钟鸣于是洞察了许多世界的奥秘,也培养了自己狂傲的个性。也正是这种个性,成就了一个作为诗人的钟鸣。

我曾见一位女士问钟鸣何以写出那么好的文章,钟鸣回答说:这很简单,因为我洗脸和洗脚用同一条毛巾。这句戏言,真的道出了钟鸣日常生活的寂寞和清苦。在更多的时候,他过着一种常人难以忍耐的简朴生活。有人写文章说他有次因为买一套价格昂贵的书,把钱用光了。他就买回一大袋土豆,用盐水煮来吃,一连十来天。这事我倒有点怀疑,曾问过钟鸣,他说没有那么长时间,实际上他只吃了两天的盐水土豆,就受不了了,剩下的土豆后来都生了芽。但我是时常中午到他那吃面条的,常常见他炸一大盘臊子,足够十几个人吃的。隔几天再去时,臊子已经吃完了。我问他,有客来过?他说没有。我想,钟鸣过得如此简单,并不全是经济的原因,而是一种生活态度,他不会把很多精力放在日常琐事上。他甚至不是一个节俭的人,他的房子里再简朴也永远少不了一瓶鲜花。即使冬季最寒冷的时节,他的房子里依然有蜡梅开放,那一束花的价钱往往够他吃半个月的。朋友们都知道,要去钟鸣那儿,最好是给他带去一束鲜花,这样,他的屋子里有时竟会有几种花儿不约而同地盛开。钟鸣一旦有机会就免不了要"大肆挥霍"一番的。1992年年底,钟鸣喜获台湾地区《联合报》的新诗大奖,得了几千元钱的奖金。他立即打电话约朋友,他在电话里高声喊道:"快来快来!我这儿有钱了。走走走!去吃火锅哟!"结果不到一个星期,几千元钱就烫在火锅里了。我去吃过两次,一次是当主客,一次是做陪客。这种时候,你既不能推辞,也无法阻拦。这之后,钟鸣又回到他的书房里,继续吃他的面条,做他的文章了。

  钟鸣好书,同时也好剑。一日,我刚走到钟鸣门口,就听得里面传来一声长啸:"娘子!看——那——剑!"听到我的敲门声,里面又是大喝一声:"来将通名。""唰"的一声,门开处,一把寒光闪闪的长剑止横在我面前。那时电影《霸王别姬》正在走红,钟鸣说他看了不到五分钟就泪流满面了。以前,钟鸣常自嘲为一些庸俗的情节感动,这一次却没有这么说。我一下子想起一句旧诗:"至今思项羽,不肯过江东。"

  除了读书,钟鸣对电影有一种近乎偏执的爱好,这既是对他读书写作的一种调节,也是对他艺术创作的一种滋养。据钟鸣说,他的许多创作灵感就是从电影中得到的。一日晚,成都文化新闻界的许多朋友聚到西南影都,准备观看成都话剧院小剧场话剧《泥巴人》的首演,入场前,有人发现钟鸣也在大厅门口,大家一时很惊喜,因为钟鸣是很少来凑这种热闹的。钟鸣看到我们更是惊讶:咦!你们这么多人这是干什么?原来,钟鸣是来看电影的,当晚的小厅已客满,他还不甘心,等在门口钓票。大家听了大笑:没想到钟鸣还有这种时候,像个街道小青年儿,于是就劝他一起看话剧。钟鸣一脸不屑的表情:你们才可笑呢，放着美国电影不看，一伙人傻乎乎地去看什么话剧，真是不可思议。

1993年，钟鸣搬进了一套三室一厅的房子。为表祝贺，我送了他一件据专家说是嘉庆或道光年间的釉里红香炉，没想到，这一下子却害了他。钟鸣一时竟忽发奇想，要用文物来装修他的房子。也是天公不作美，偏偏就在这时让他得到了一笔不薄的稿酬，于是一连几星期，他都泡在猛追湾文物市场，那些火烧过、虫蛀过、土里埋过、水里泡过的不知何年何月的旧木板，统统被诗人当作明朝的版画、清代的木雕搬进了新居，又请来农民工，把这些"镇宅之宝"镶到门窗上、家具上。我当时笑他道：亏你还自称大师，在这些"狡猾"的农民面前，你简直是个弱智。一切下来，花费近万元。等家搬好了，依旧是破皮的沙发，瘸腿儿的椅子，而诗人已是囊空如洗了。一位来朝贺新居的朋友看着满屋的破旧木板问道："文物在哪儿啦？我看这屋里最古老的可能就是这套沙发了，起码有二十年了吧？"

钟鸣在写作上的奢华侈与他在生活上的简朴形成鲜明的对比。且不说他是成都的作家中最早使用电脑的人之一，钟鸣写作用的墨水都是进口的。他一本正经地跟我说过：国产墨水简直写不出东西来。这就是钟鸣刻意追求的"形式感"。有一次，我和一位朋友逛街，在商店里看见一种小型案头文件盒，共五层，要价一百多元。朋友很喜欢，但又觉得太贵了。我笑着跟他说：你知道吗，钟鸣书桌上那一排夹稿子的文件夹，每一个都是上百元的呢。朋友听了大为惊讶，同时又觉得有些好笑，连称钟鸣真是个怪人。

平时难得见钟鸣发脾气，可一旦遇到了，也真令人哭笑不得。那天，我和一位朋友约钟鸣在人民南路主席像前会面。大概因为路上堵车，过了十分钟，钟鸣还没有来，我们就走了。接着，他就来了，在那儿一站就站了半小时。当晚，钟鸣就打上门来，他车子刚一停在楼下，声音就已飞到楼上来："李中茂，你给老子出来！这样子整我……"边吼边上楼来，把楼道踏得咚咚响。邻居们纷纷探出头来，不知我在外面惹了什么大祸。钟鸣把我数落一个够之后，居然说出了一句让我格外惊异的话："我现在知道了，这个世界最大的悲剧就是总是一些人在等另外一些人。"我大笑之后深感钟鸣那半个多小时没有白站。

1994年正月初二的晚上十一点多，我去钟鸣那儿看他，老远就见钟鸣的房间灯火通明，敲开门，见从厨房到客厅的灯全都开着，而钟鸣一个人正伏在书房的电脑前，刚刚打完一篇随笔。他把我引到书房，指着电脑的屏幕对我说："太棒了！太棒了！"他告诉我，春节后，他的新随笔集《畜界，人界》就可完成了。看着他兴奋的样子，我进门时产生的那种悲壮感也渐渐消逝了，想请他参加朋友聚会的话在心中转了半天，终于没有说出口来。

现在，钟鸣的随笔《畜界，人界》总算完成了。朋友们都在为他高兴，也许正有几个丰盛而温馨的晚餐在等着他，也有人已在商量邀请他去春游，钟鸣那平日空旷的房子也许又要热闹一阵了。可我看到，他那部写了一半的书稿《我们的时代与风尚》又从抽屉里取出，摆在了他的书桌上。

有一天晚上，我和一位女士去看钟鸣。一进门，女士看见钟鸣的客厅和书房里桃花盛开，钟鸣守在电视机前看一部侦探片，正津津有味，她就说："我以为你写东西写得多苦的，结果你日子过得多好的嘛！"

不过，连续三个多月的闭门写作之后，钟鸣确实显得有些疲倦了，话都比平时少了许多，一时让人觉得有些意外和不习惯。我们离开的时候，从来不送客下楼的钟鸣竟破例把我们送出大门外很远，仿佛为他的疲倦感到内疚似的。■

记忆诗学　钟鸣研究集

现在见到钟鸣的时候并不多，知道他在搞他的古董生意和博物馆事业。他到处跑，日子过得忙碌但惬意，还自食其言地长胖了。钟鸣前些年很健美，并自信会把这种健美保持下去，再加上当时不喜欢几个胖子，于是写了一些讽刺胖子的东西，其中最有名的一句是："胖子听不懂词。"我记得当时他还对我说过："什么是最恶劣的事情？一个胖子举着一枝梅花招摇过市。"知道他胖了后我还想，那么喜欢梅花插瓶的钟鸣怎么把梅花从花市弄回家呢？

有评论称钟鸣是"中国写作界仅有的两头巨型动物之一：文学猛犸"。据说，另一头巨型动物是"文学恐龙"朱大可。这说法很有趣，我喜欢。把钟鸣比作动物是很贴切的，对一个写过《畜界，人界》这本奇书的人，用他最擅长的动物隐喻来对待他，是一种赞美。这几年来，钟鸣越来越鲜见于各种场合，加上体形膨胀，便真有点巨型动物的特色了，而用猛犸来形容他，也对吧，稀少的，绝迹了的。

我很怀念20世纪90年代中期成都的写作氛围。那时我很年轻，又有交游的热情，四处采气，是一个优秀的文学女青年。钟鸣对好学的青年是很赞赏的，愿意"补"点气出来，加上他和后来成为我先生的李先生是好友，于是我得以经常跟着李先生到钟鸣家听他说聊斋，还总是顺便蹭一顿他拿手的臊子面。那时的钟鸣在专心写他的三卷本大作《旁观者》。他上午写，晚上看书或看碟，下午呢，一般来说他出

关于钟鸣以及那个年代※　　　　　　　　　　　　　　　　　　　洁尘

※ 原载"中国南方艺术"http://www.zgnfys.com/a/nfrw-10257.shtml，2016年12月15日。

去玩。他经常去看电影,总是在电影开始之前,跟一帮十来岁的小孩一起挤在门厅的游戏机前又喊又叫地打一局。他看电影尤其是破电影经常流泪,按他的话说:"老子经常被一些庸俗的情节搞得泪流满面。"他还经常去淘碟,那时常去的碟摊在春熙路夜市上,他挎的那个大包容易被人误会成流动碟贩,时不时有人低声问他:"师兄,你有没有'生活片'?"我在那时就和他是碟友,如果他对我说:"这片子,妈哟,大怪癖!"我就明白这片子很值得一看。那时的钟鸣,有很多无厘头的精彩言论,其中很著名的一个段子是说有一个文学女青年问他,"你为什么那么有才华"?钟鸣脱口而出:"那是因为我洗脸和洗脚用同一条毛巾。"那时,柏桦也经常去钟鸣家。钟鸣藏书之独特之丰富是出了名的,于是柏桦去一次他家,就偷偷"顺"几本书走。后来钟鸣发现了,跑到柏桦家质问,柏桦咬死不承认。于是钟鸣搜,指着搜出的书问:"你怎么说?!"柏桦毛了,"没什么好说的。你要把这些书拿走,我就和你绝交!"钟鸣颓了,他也有颓的时候?!

记忆中,钟鸣在装修他在川工报的宿舍的时候,我就很少见到他了。那时我正忙着哺育小儿,我生孩子那天,钟鸣是第一个跑到医院来探望的朋友,他送了我一大束鲜花和一套非常漂亮的婴儿用品。李先生去参观过他装修后的家,回家来说钟鸣把浴缸和厨房操作台连在一起,可以一边洗澡一边炒菜,而且,那浴缸和操作台齐着阳台边沿,下面行人走过的时候,可以抬头欣赏二楼钟大师健美的上半身。我一直很想抽空去看看钟鸣的创意装修,但就在这个时期,钟鸣开着他的吉普开创新事业去了。然后,我听到他发达的消息,然后,听到他搬到郊外豪宅、吃饭用明代瓷器的八卦,然后……钟鸣似乎真的隐退了,作为成都的一个传奇人物从人们的视野中消失了,只是,作为一个巨型动物,他的脚步过于轻盈了,我们没有怎么听到动静。

后来再看到他,他的作品是"鹿野苑石刻艺术博物馆"。这个博物馆筹建于2000年年初,奠基的时候还搞了一个颇为热闹的仪式,成都文化界、媒体界的一大帮人去捧场,还吃了一顿好吃的伙食。我有事没去成,据其他朋友介绍,那地方,上风上水,颇有灵气,一看就是块宝地。我是在"鹿野苑"已经声名大噪之后去的。那天,钟鸣领着我们进"鹿野苑",先就指着河水说:"上风上水哦,这就是成都的饮水河。也就是说，我在这里屙泡尿，你们全都喝到了。"

在我的印象中，这个已经认识了十来年的老朋友，还是那个把自己埋在书房里写那些古怪瑰丽的随笔的文坛异人。但事实上，从六七年前开始，他就开着车离开了书房，很快成功转型为一个古董鉴赏家和博物馆策划大师。钟鸣指着那些石刻对我们说："这些东西，让我跑了四十万公里，跑坏了三辆越野车。"跟着钟鸣参观完后，大家在草坪上晒着太阳，喝着茶，舒服得想睡过去，面带微笑听他讲下一步正在策划的其他博物馆的设想。也许我们大家的笑容太惬意了，钟鸣突然说："你们以为我就真的走开啦？哼哼！告诉你们，放了好多人一马了，老子今年要重新开始写作了。书房都已经重新装修了，哼哼！"

我之所以说怀念以前的写作氛围，那是因为当年大家在一起真的就是只谈文学，谈读的书，谈打动了自己的文字，谈手头上在写的东西，那些个在游泳池边、火锅店里、滨江路露天茶座上的谈话，全是这些东西。现实生活完全让位给文学了，我们都在过着一种虚构的生活，努力让自己成为一个虚构的人。我们曾经那么激动，那么纯情，那么临空蹈虚，还有人吼道："十年之后见分晓！"听的时候哂笑不已，而今十年真的过去了，想来却有点感动。分晓见与不见倒无所谓，怅然的是，现在谁还会这么说话呢？

现在间或看到钟鸣，他总是笑得非常慈祥。真的很高兴钟鸣还在写，还在出书。我周围朋友中有很多有才华的人，但钟鸣有所不同，他真的是个天才！现在，我也经常真切地感慨：在我的青春期里，钟鸣曾经给我过那么多关于文学的教益和那么多关于他自己诙谐的故事，而我，青春期也早就结束了。■

记忆诗学　钟鸣研究集

在我同钟鸣进行的好几次漫长的抒情性谈话中，他对我回忆并描述了黑龙江一个风景如画的地方——镜泊湖。接着，他的回忆继续深入成都火车站一个冬日夜晚的一幕：那时，他还是一个饱受朦胧青春幻美煎熬的青年，作为一名部队文工团的小演员奔赴东北（他在文工团演出的《红色娘子军》歌舞中饰演小庞）。他脸色苍白，怀着奇异的离别之情，告别了他亲爱的母亲。或许直到昨天他仍沉浸在离别的欢乐和兴奋里，直到昨天他还没意识到这离别的象征意义——诗歌道路的第一出发点。列车载着这个孤单的青年来到镜泊湖。转眼已是初夏，风景在经历过伟大的白雪之后，轻扬出它深绿的秀美，巨大的成行的柳树吹拂清洁的河岸，水波凉快，红色的鲤鱼在摇动它惬意而肥大的身子，垂钓人、木头房子、穿着鲜艳裙子的朝鲜姑娘的笑声，风、云、水、森林，这夏天的一切仿佛在接近一个夏天的欣喜。这青年在岸边徘徊，随意来到一个永远充满温暖秋天气息的马厩。马厩的草料伴着初夏的凉风发出醉人的青年人才能体会而不能言说的香味，多么好闻的味道啊，乡村、泥土、风儿、树木和马的味道。这青年历经了一个冬天的离别，此时已暂时忘记了热闹而熟悉的锦官城。他在翻动，好奇地翻动深深的草料，突然在草料的最深处他发现了某种迹象——有人在此掩埋了什么东西。他深挖下去，一个黑色潮湿的盒子出现了，里面有两本陈旧诗集和一些俄罗斯文学书籍，《洛尔加诗选》《纪廉诗选》

"我为什么如此优秀！"※ ——————————————————— 柏桦

※ 原载柏桦《左边：毛泽东时代的抒情诗人》，江苏文艺出版社，2009年版，第173—180页。

《吉洪诺夫文集》……钓鱼人的欢笑从湖边凉爽地传来，这青年屏住了呼吸，闻到了埋葬盒子的亡人或未亡人逝去的钟情……

这个文工团的小演员随着演出在祖国漫游，他从一地到达另一地，同时也从一本书到达另一本书。他开始试着歌唱，从这个夏天、从这个深深的马厩、从几本潮湿的旧书，走上文学的坎坷路。就在镜泊湖的岸边，这青年写下了第一首涅克拉索夫式的叙事诗《克里姆林宫的钟声》。

转眼就是1986年秋天，当时我刚从四川大学邮局交信出来，赵野正陪着一个人向我走来，我知道这个人就是钟鸣，他那时早已从西南师范大学中文系毕业并在四川工人日报社工作。我们终于见面了，没有丝毫隔阂。

在这之前我已知道他，他作为四川早期（1982—1983年）民间诗歌运动的组织者和策划者已引起我的密切关注，我知道我们迟早会见面的。我也知道这位率先编选《次生林》（第一本早期南方诗歌地下杂志，作者包括四川、贵州、广东三省。当时钟鸣刚大学毕业，在四川师范大学工作，由于印这本杂志受到有关方面注意并要求说明油印这本诗集的目的，具有讽刺意味的是，他回答道："为了出名。"）和《外国现代诗选》（这是全国最早的一本集中介绍西方现代诗歌的宝贵资料，重点介绍了普拉斯、史蒂文斯、狄兰·托马斯等诗人，这在当时具有重要影响）的诗人一定错不了。那时我住在西南师范大学，收到过他寄来的一篇讨论诗歌的长文和诗篇《日车》。

我们的交往缓慢而耐久地向前发展，书籍成了我们最早的纽带。他是一位我所碰到的真正最爱书籍的人，他丰富而巨大的藏书令我眼花缭乱又大开眼界，我们第一次较深的接触就是我去他家"参见"他的全部书籍。我还记得一件趣事：当我发现他拥有一套（上、下两册）翠绿封皮、上面印有美丽的英国风景的《同时代人回忆叶芝》的英文全集时，我情不自禁地一定要占有这套书，左说右说，总算以一本英文的《波德莱尔传》和一本台湾译者译的《萨克斯诗选》作为交换条件达到占有之目的，这件事发生在1986年秋天某个堪称幸福的星期六下午，颓废、无事的下午被一套新书带来的快乐临时填满。

他是一个奇妙的人，在生活中像一个孩子，积极而热情；在工作中像一个学者,神秘而丰富。他的诗从来没有孩子气,是完全学者式的写法。这在当时显得颇为艰深(至今亦如此),我无法读得透彻(张枣比我较早认识到钟鸣的重要性)。我那时正一头猛扎进生活中,像一个从未生活过的人一样争分夺秒地拼命生活,唯恐生活突然溜走。喝酒的习惯开始养成,并靠酒的关系日日聚众,磨皮擦痒、贪恋人生(钟鸣除读书、写作、看电影、买书以外从不喝酒也不抽烟)。我心浮气躁地跟跄着脚步,根本无法静下来阅读和思考。我早晚会落后的,有人这样预言:"抒情诗人先写气、再写血,然后气血写尽就是死路一条了。"多么可怕的咒语!我的诗是从生活出发的并将永远从生活出发,就像钟鸣的诗也从生活出发并从生活转到文本。钟鸣的确是另一路诗人:他有一个充满各种思想各种策略的大脑,这大脑随之产生无穷的战斗精神和纯语主义、产生一个宏伟的工作过程和复杂有序的计划。他不慌不忙从最初一个马厩的吉洪诺夫(苏联艺术家)的叙事文学入手,进而穿插中国古典诗歌的抒情成分,逐步营建他的巨型诗歌宫殿。

  他那时已写出《中国杂技:硬椅子》(中国系列史诗的一个必要序曲式的练习),通过中国椅子(他一直喜欢中国古代家具,尤其明代椅子)探讨人性主题。这是一把多么实在而有意义的椅子,但这一切都通向一个虚无。他在另一首《器官商行》中着手进行了某种后现代主义的纯客观(或中性)叙述,这种写法相当富于突破性和预示性,锤炼叙事向史诗做全面的技术包抄抵达(叙事是史诗中的一个极重要品质)。在经过反复的此类写作(主题试探与技术训练)后,1991年他终于写出鸿篇巨制钩《树巢》,他以前所未有的勇气完成了一个极其复杂的综合文体的大试验,涉及的范围之广、之深、之精有待做专门的研究,但它所呈现的规模和意义已引起学术界的关注。他的更具雄心的"大诗"《历史歌谣与疏》,目的是进行一次诗歌汉语风格的当代发明。这首诗将沿着南方诗歌传统及现代精神做一次浩然的闪光,这首长诗的布局是以若干短诗组成,浸透唐宋风骨、浓艳延绵,深赋韵律感,富有歌谣味道,但仍不失复杂性。《历史歌谣与疏》也恰恰吻合了他有关南方诗歌的思想背景,他很早就迷恋地方诗歌并最早竭力倡导南方诗歌。为了追寻"南方"或"外省"这个概念,他逆流而上独自一人大量研究有关"南社"的各种文献,从柳亚子、苏曼殊等人身上找到近代中国文人的"南方传统"。

他在20世纪80年代后期开始了大量的散文写作,他称之为随笔写作,这些随笔于1991年被花城出版社结集出版,取名为《城堡的寓言》。我是有幸第一个读到钟鸣随笔的人,那是1988年初夏,我即将远走他乡、奔赴南京的某一个清晨,当时我住在钟鸣处,一觉刚醒,他就急着叫我读他在那个清晨刚写出的第一篇随笔《细鸟》。我的直觉立即告诉我,钟鸣所从事的一种新东西出现了(我在几年前曾专门为钟鸣的随笔写过一篇文章《钟鸣随笔小引》,对他的随笔做过中肯的评价,在此恕不赘述)。他的随笔把中国传统小品文和欧洲随笔文体融为一体,掺以疏证和思辨,有着明显的文本主义色彩,极富独创性,备受知识分子推崇。

在诗歌批评领域,他执着于对单个诗人进行纵深性批评,完全从中国批评家习惯的流派批评或群体批评中脱离出来,只专注于个人。他在批评中从个人立场出发强调西方精神中的人本主义,而拒绝"大跃进"式的批评或《炮打司令部——我的一张大字报》式的批评,反对以群体抹杀个人的坏作风。他致力于严肃、具体、专业的"语境批评",他融叙事学、比较诗学和中国疏证学为一体的批评风格在《笼子里的鸟儿和外面的俄耳甫斯》一文中有最全面的体现,使许多研究汉语诗歌的专家注意到南方诗歌的独创性,认为这篇文章开创了当代诗歌解读的新局面。

20世纪80年代最后一年的10月,正当中国诗人几乎整体失语的时候,钟鸣在成都发起《象罔》民间诗刊,当时的参加者有赵野、陈子弘、向以鲜等人,刊物名称为向以鲜所取,这个刊物共出十四期,钟鸣为该杂志主编,肩负总体策划之责。当时我已在南京,我还记得最初收到《象罔》时的新鲜和兴奋。打开钟鸣寄来的邮件,一股白纸黑字的清芬整齐地扑面而来。第一页印着我的两首诗《饮酒人》《踏青》,诗的左上角还套印了一幅很像南京鸡鸣寺的小画,一帧小巧的古代风景配上踏青的饮酒人,江南之春气呼之欲出,洁白的纸上短短的诗行,一座古寺清爽可人。第一期是恢复诗之元气的初步,而"美"却跃然达到一个高度,一反过去地下刊物装潢上马虎了事的做法。这种对美的完全彻底的呈现唯有万夏可与之相较。钟鸣,一个极端完美主义者、一个精美生活崇拜者、一个房间里四季放置鲜花的读书人、一个紧闭室内吃高级甜食的悲观论者,我知道他最无法容忍的就是美的匮乏(这跟他珍爱文房四宝、山水书法的父亲如出一辙),《象罔》之美理所出之必然。

第2期是"庞德专集",提出诗歌道德及献身精神,也在此为《象罔》定下一个基调,"气"从这期开始酿成。这期主要以大量庞德图片及赵野的翻译简介为主,配上一篇陈子弘所译庞德的文章《资本的谋杀》,富有暗示性和预见性。此集一出在诗界一石激起千层浪,我首先震惊于钟鸣那饱满的热力及层出不穷的想象,我无法预料下一期会是什么模样,他还会出什么新招。庞德的春风又绿江南岸!钟鸣来信告诉我梁晓明已将庞德专集的复印照片激动地贴在杭州大学的墙头,西川从北京来信谈到要继续重新认识庞德,陈东东从上海来信谈到庞德的力量。庞德精神(也是我早年同张枣所提倡的"日日新"精神)在诗人之间无声地碰撞着、交流着,成为心之链条和冲锋的暗号。元气复苏,开始动荡,钟鸣借庞德之魂为沉闷的诗坛注入强力!接着是我的专集《我生活在美丽的南京》,1990年初春我在北京戴定南处火速收到,钟鸣以我的专集为突破口,第一次把对个人的深入批评带入诗歌。

更精彩的第4期出现了,取名为"我们这一代人",内容是"肖全摄影专集"。此集开篇钟鸣写出《让个人说话》一文,反复点明个人在进程中的作用,《象罔》不是营造一个集体舞台让大家集体表演,它甚至不是舞台,是通向个人的手段。

接着是"诗人谈事件专集"、钟鸣随笔集、陆忆敏专集、王寅专集、赵野专集、张枣专集。每一期都不重复,而整个专集却是《象罔》在向一个有限的空间要求无穷的美的各个侧面的表达。《象罔》敞开它对每一位严肃诗人的亲切关注,没有耸人听闻、故弄玄虚的教规,也没有吞吞吐吐、含糊其词,只有唯美是它的一个普遍认同的标准,一个古老而常青的暗中默契。唯有不美的诗歌被排斥在《象罔》之外,而美又在肖全的照片、戴光郁的画、中国古代版画这些材料中相映成趣,《象罔》是地下诗刊中一个美学上的例外。

20世纪80年代末之后,钟鸣一直以一个中国知识分子的眼光关注着中国的历史进程。他一直认为新的历史时期要求诗人的是对整体文化、思想的高度把握,要求诗篇能对历史做出整体评价,因为一个已经到来的新时代对文学提出了新的标准。许多早年流于生活表面的诗人纷纷倒下了或转向了,而钟鸣这个从不喜欢呼啸成群只乐于书斋生活的纯语言诗人已做好了厚积薄发的准备。他从早年的万里路来到近二十年的万卷书,他正确的直觉早已告诉他,他必须从牺牲中获救,他必须以一种一贯的文本的永恒感拒绝即兴的斗争感(抒情的出尔反尔)。突围不在生活(常识)中而在书本(智慧)中,为此精神,他来到他装满各种书籍与秘典的房间。他以文本的复杂性消解时代的简洁性,以目前的科学时代结束过去的狂热时代。他一直感叹,完成这一伟业只有他孤独一人和他亲爱的浩瀚的书籍。他开始陷入丹麦孤独的牧羊人(克尔凯郭尔)式的孤独(西洋式孤独)或阮籍的大悲愤之中(中国式孤独),两种孤独把他逼上生活的绝境,他日复一日在闲散的成都滔滔不绝地雄辩或胡乱地教训有可能面对的所有人,他在慷慨的赠予(说话)中感到精疲力竭或怒火中烧。他苦于找不到一个同等级的对话人,他有时甚至只能在挑剔、埋怨、急躁、高傲、得罪中恶性循环,而这循环的核心是他对文学的极端真诚。这使我想起1987年深冬有关他的这份真诚的故事:那一年冬天,张枣从德国返回成都,我们(我、张枣、钟鸣、欧阳江河、何多苓)在翟永明家小聚,在欢乐的中途,张枣提议大家来玩抽签游戏——看谁能得诺贝尔文学奖,结果钟鸣中签,朦胧的灯光映出他欣然严肃的表情和其他人若有所失的样子。

　　即便他后来创办了一份在全国很有影响的民间刊物《象罔》,但实际上也只是一个人在操作——他对那种非理性集体有一种天生的厌恶感。一个疑虑重重且悬在半空的人,一个孤独的文本主义者,一个自垒的城堡中的英雄,他痛惜于自己的才能只用了百分之三十,其中一些被浪费在日常琐碎中,另一些被别人占有。他甚至悲愤于常常只能用康德哲学阐释蔬菜之类,仅沦为一个市场上的斯宾诺莎,他常以一夜千金散尽的胸怀打发他空前的落寞,他曾用不到半年的时间偶尔从事畅销书生意,赚了三万多元钱,又用不到半年的时间花得分文不剩。但最终现实对他没有伤害性，他的冷漠对他起到了保护作用。他虽然也在这种冷漠中同诗界保持了应有的距离，但他的内心却潜着一种火热的抒情、大气和坦然。他就这样在心灵和肉体的含而不露的激荡下默默地进行中性语言写作，唯有夜深人静之时，他才悄悄对自己打开抒情的心扉，发出"我为什么如此优秀"这一壮怀激烈又愤世嫉俗的浩叹！■

记忆诗学　钟鸣研究集

这里所选的只是钟鸣众多随笔中的一种类型，是关于动物和人的。在他怪诞、庞杂、精微的思想里，有那么多出人意料的东西要说，而这些东西，是我们许多读者朋友满怀热情翘首以盼的。就我而言，他的每一篇随笔都令我沉醉、满足，免受了阅读一般散文的平庸、枯涩，真是一大享受。

　　我是有幸第一个读到钟鸣随笔的人。那是1989年初夏的一个清晨，我刚醒来，他让我读了他于那个清晨刚写下的《细鸟》。我的直觉立即告诉我，钟鸣所从事的一种新东西出现了。钟鸣，这个习惯在清晨饮着一杯咖啡写作的诗人，生活在闲散的成都。他的生活是积极而热情的，就个人而言，他的生活也是隐秘而丰富的，仍是就个人而言。他生活在书籍和自己的内心世界中，他是一位隐蔽的学者型诗人。进而言之，他的内心是一个中国旧式文人的内心，但长期浸淫于西方文化，形成了他特有的、钟鸣式的随笔，或者说是钟鸣式的散文体，他自己说他的随笔是寓言格物型随笔。

　　广义地说，中国的散文分为古代散文和现代散文，现代散文也就是白话散文。而散文是衡量一个民族语言水平、思想水平的标准。打一个比喻，田径是一切运动的基础，一个国家体育运动水平之高低，仅从这个国家的田径运动水平就可以看出来。田径水平高，这个国家的整体运动水平就高。换句话说，一个国家散文水平高，它的整个文

钟鸣随笔小引 ※　　　　　　　　　　　　　　　　　　　　　　　柏桦

※ 原载钟鸣《畜界，人界》，东方出版社，1995年版，第8—12页。

学水平就高,散文是一切文学样式的基础。

这里,我不谈古代散文的丰功伟绩,让我们简略看看白话散文的情况。我认为,五四运动以来,中国白话散文经历了两个重要时期,这两个时期代表了中国现代散文的新水准。第一个时期是五四时期,那个时代真可谓大家辈出,有鲁迅、林语堂、俞平伯、郁达夫、朱自清及后来的何其芳等人物,形成了一个蔚为大观的景象和整体实力。那个时代的散文的形成——我们撇开时代的背景不谈,单就形式上的借鉴来说——来源于两个部分:一是明末散文的独抒性灵,不拘一格;二是英国十七、十八世纪的散文。这两者的融合使中国的散文得以突破,一枝独秀立于文坛,他们的贡献在于完成了从古汉语到现代汉语的过渡,其实质是书面的革命。

第二个重要时期,大体上可以说是从延安文艺座谈会上的讲话到现在,完全形成定式。它波及各个领域,并包括我们的饮食起居、行为及语言表达习惯。

简单勾勒这两个时期以后,我想重点谈一下钟鸣的散文。钟鸣的散文概括地说,它既是古代的又是现代的,既有中国传统文人的风骨,信手拈来,自成一体,带有士大夫精神(就人生观而言,他的散文的精神是儒家的而非老庄的),同时又具有西方散文的思辨性、批判性以及现实性。他个人的博学,他的旁征博引,他文风的古朴、精致、巧妙,他思想的深度,他的脱颖而出,又的确区分了前两个时期。

钟鸣散文的来源非常广泛,从中国到西方,从传统到现代。具体地说,他带着广泛的趣味性品尝着生活中的美,有时又像鲁迅,内心充满激烈的感情和愤世嫉俗。中国佛经中的寓言故事,比如,《百喻经》或《法苑珠林》之类,李时珍的《本草纲目》,纪晓岚、袁小修的文章,中国无数典故,以及神佛鬼怪,加上新闻体的导语写作法(钟鸣本人一直是新闻记者),无不成为他的养料。再加上英国散文的审慎、严谨,法国散文的高贵、精美、思辨,西班牙散文的传奇性、故事性,以及下列作家对他的启发影响:兰姆、萨特、加缪、卡夫卡、博尔赫斯、卡内提(尤其是卡内提格言式的句式),以上这一切无一不为他所用。集中这一切,化解这一切,作者率先表达了自己的个性,使自己突出于他人,格外的引人注目。

钟鸣散文的贡献是，在从书面到身体的两次革命中，为我们呈现出一种更广大的实验的可能性。他的散文恢复了中国古代散文的故事性特征，这一点也是与前两个时期不同的（中国近代散文一般是非故事化的）。还有就是，他的寓言性及深度的中国的现实性，都同时完整地保留着，且又发扬了中国散文的抒情性及空灵之美。他继承了古代，继承了五四运动以来的散文特征，达到了现在这个样子。我们通过钟鸣散文中的词汇和辞色，的确看到了恢复汉语血色素的前景。

1990年8月于成都■

记忆诗学　钟鸣研究集

钟鸣曾这样概述自己作为诗人和随笔作家在文字之外的生活的另一面:"根深蒂固的南方化的腼腆和冒险精神。"他还常常认为自己内心孤独羞怯无比,这确实与他在大庭广众下口若悬河、高谈阔论的形象大相径庭。钟鸣在另一处的一种说法似乎是无意之间对他的矛盾性格的解释:"南方人值得夸口的是一种怪癖,而怪癖却又是一种智慧。"当这种怪癖体现在钟鸣的身上时,还应补充一句,是超常持久的热情和哀伤。

和钟鸣生活在同一座城市固然是幸事,因为你可以随时感受到这架工作的节拍器和情绪的永动机的速度和力量。但同样值得庆幸的是,这座热情的富矿,也是中国当代诗人中最勤于写信者,因而受益者群体更为广大。或许,书面语言减损了方言发音的特殊魅力,但却丝毫无损其速度和煽动力。

古道热肠的钟鸣绝对不会吝啬情绪,因而他首先并且迫不及待地与朋友们分享他的喜悦,几乎每一件事都可以使他激动好一阵子,出书、出刊物、办研究所、翻译、购书、探讨一个命题、编织数不清的计划、督促、鼓励朋友抓紧写作。从下面摘引的书信片段中,不难看出钟鸣奋笔疾书时神采飞扬的情景:

购书。"成都外文书店来了处理的原版书,真便宜得吓人,最低一元一本,最贵不超过十元。我们倾巢出动买书,有许多好书到手。

狂喜与悲哀※ 王寅

※ 原载钟鸣《畜界,人界》,东方出版社,1995年版,第13—17页。

我买得最多,售书者竟然只定价为三元钱一本,无论多厚。真不可思议,有的书原价人民币就是几百元。来看看我这八十多本的菁华吧,第一本要推西班牙最著名的哲学家何塞·奥尔特嘉-加塞特的《狩猎沉思》,英文版,是从狩猎角度谈哲学的随笔,妙不可言,我准备翻译它……有本格瑞菲斯的游记《阿萨密、缅甸、不丹、阿富汗及相邻国家旅行记》,有插图,还奇怪地散发出一种气味,似乎就是来自那几个国家。我反复地嗅它,好闻极了,令人痴迷。《爱默森著作》第一卷,全是作者的小品文和部分书信,版本实在漂亮,精装,书页边是蓝色(三元钱一本啊)。另外,我还买了三本装帧极精美(无法言喻)的日文书,这三本书使我学起日语来了。真见鬼,漂亮的书竟让人如此动心。"

计划。"我自己明年看来轻松不了。要完成自己的长诗,要撰写高质量的与欧洲对垒的文章,要写我心爱的随笔,要精深英文,要补习日语,要办《象罔》,要运筹《巴别塔》,要指挥灵活多变的《中国诗歌通讯》。"

写作。"真正的快乐还是写作本身。屋里到处是花,有茉莉和菊花,有充足的营养品(鸡蛋、果珍、咖啡、苹果、葡萄、月饼、麦乳精),有唱片和磁带,书,有两张书桌,一张用来写诗和随笔,一张用来学习英语,上面有打字机,而且正在翻译你的诗,这些才是使我快乐的东西。"

独居。"我现在每日熬粥喝,先是薏米花生粥,用糯米熬成,拌食皮蛋、新繁泡菜,以及芽菜炒鸡蛋,馒头或面包,很有意思,以后还准备多学会几种粥。熬药也是行家,很喜欢药味飘香,熬夜时读古书最来劲。"

预言。"我们去德国的事已基本定在明年十一月份,与一个美国摇滚乐队一起到五个城市巡回朗诵。我对德国感兴趣极了。""不久,我们又会有惊人的举动了。""南方诗歌不是地区观念,更不是派系观念,而是一种语言气候,南方诗人是该塑造自己形象的时候了。"

当钟鸣在狂喜之巅时,他也会突然感到寂寞、悲伤、愤怒,因为物质生活的困扰,因为诗界的堕落现象,因为对人类的种种劣根性的质疑。如果说他的狂喜显示的是钟鸣的可爱率真,那么,悲哀代表的就是他的内心更为隐秘的部分。

> 我现在也是三头六臂，一会儿是编书稿卖，一会儿剪报汇成书卖，一会儿是写纯诗，一会儿又编报稿，这是生活所迫，是商业社会那狠心的地主逼得如此，只要心灵不为所动又有何妨。

每年的春节将临时，往往是钟鸣一年中情绪最为沮丧的低谷时期。这是其中调子最低沉的一年："冬天一切都那么萧索，朋友们都在为自己的生活奔波，我看不出这有什么意义。自己又长一岁，满屋凄凉，小病不断，脑子里的南方诗歌尚未有谱，整个时代都得了'萎蔫'症，如此荒芜，没有热情，只有无尽的日常生活，而且是极端'个人的生活'，即便我想献身谁，也没有谁肯理解……哈，这就是我的生活，语言，希求，失望，再重复一次。"

虽然悲哀只是钟鸣斑斓的狂喜色块上交织的对比色，只是令人眩晕的速度的调节和间歇，但同样是真实生动的笔墨，因为他的悲哀是更深意义上的热爱。钟鸣对此感慨道："这时我有点像巴枯宁了，一个时代总该有一些苦行僧和献身者吧。"

激情的旋风、问题的中心、肝胆的汁液、幻想的器官、抒情的小号、狂热的修辞主义者，这是狂喜的钟鸣，也是悲哀的钟鸣，他比我们每一个人都更为自觉地肩负起时代的主题。钟鸣无疑是他所有杰作中最重要的杰作。

我以诗人的自我描述开始这篇短文，并且以诗人的自画像作为短文的主体，现在依然以他的话作为结束，这是对狂喜和悲哀最为精辟的概括："我已习惯在永无止境的探求和失败中享受胜利的喜悦了。"

1994年3月于上海 ■

记忆诗学

钟鸣研究集

第二辑

桐椅绮离

记忆诗学　钟鸣研究集

> 也许虚拟现实的实质并不存在于技术之中而存在艺术之中，也许是最高层次的艺术之中……虚拟现实的最终目的可能是改变和恢复我们对现实的认识，这是最高抽象艺术所追求的目标。
>
> ——迈克尔·海因

虚名和虚拟记忆

　　本文将探讨近代中国抒情诗歌中记忆的结构。产生这些想法的动力，来自对中国诗歌的互文性的研究。中国作者力图在其作品中（重新）找到对自己传统的记忆，以便保护自己的作品及有意无意必然传达的记忆在意识形态上不被增添和减少——这是为了不去记忆从而不去身份所进行的一种工作或者斗争。这一过程，在同记忆的传统结构的对抗和分离之间划出了一条明晰的界限——为了设想出新的记忆空间所做出的必要协商，因为在这种新的记忆空间中，或许能通过继续根植于传统抵抗自我遗失在他者之中，而不被束缚于其间也存在的占统治地位的话语。为此，必须试用一些技术，使固有的记忆概念在发展新的个人的记忆概念的过程中被超越或打破。鉴于这样做的纯粹可能性直接对立于传统记忆的既定现实，我将把这种类型的记忆描

记忆诗学
　　——钟鸣的《中国杂技：硬椅子》※　　————［德］Susanne Göße　王虎译

※ 原载钟鸣《中国杂技：硬椅子》，作家出版社，2003年版。

述为"虚拟"（记忆），并努力通过对一首诗歌阐释来探讨这一现象。"虚拟"一词来源于中国古典文学理论中的"虚"字（包含了"空"和"可塑"），这点，我会在正文中予以说明。

钟鸣的诗歌《中国杂技：硬椅子》可作为一个范例，其文本的结构取决于记忆结构，该作品提出了对（文化）记忆的超文本的思考，这对从诗学的角度考察有关记忆的新方法，具有极其重要的意义。对西方文本记忆的现有研究，能给予的帮助十分有限，因为它们大多以古典记忆法为基础，不能简单地应用于中文语境。通过记忆法把某些意象，同一个想象的作为短期认为的记忆工具结构中的地点联系起来，这种联系形式从未在中国得到发展；试图引进这一技术的做法，都因为种种原因归于失败，例如，16世纪利玛窦（Matteo Ricci）在他的《西国记法》中就做过这种尝试，但未能成功。然而，导致介绍这种方法失败的原因，并非在于文化的差异（如Lackner所宣称的中国思维中缺乏抽象能力），而在于已在Ad Herrenium[1]中被描述为"困难"和"无用"的"逐字记忆法"被选用来介绍这种方法。在陌生化记忆图像以达到联想目的的流动形式方面，中国的书写系统不需要系统的编码，这些图像可以通过使用中国文字本身得以创造出来。这种文字本身具有的记忆能力，被称为"图形优势效果"或"文字记忆法"，还有一种观点，则试图将中国文字视为"记忆图画"（mnemograms），因此，其书写记忆与图像记忆间的联系，较之于音素文字书写体系更为紧密。由于汉字书写法的这一特点，在"文字记忆"和口头的"词汇记忆"之间遂产生了差异，这种有差异的超文本的对话性，在文本意义的建构中起着一定的作用。

对文字和书写作为记忆载体的认知，即对由这种关系所产生的文本和记忆之间的紧密联系的认知，在中国文化中是相当显著的。这一情况同书写源于自然的观点有关。书写是一种自然现象，非人类的创造，它是对自然中某种模式的模仿。为此，书写及其所记录的一切，均根源于宇宙的秩序之中，并以此反过来影响着宇宙的秩序。书写的发展使世界的有序化和进化成为可能。因此，文字被认为包含了一种

---

(1) 中译为《献给赫伦尼》，古典文献，作者佚名，写于公元前86年至前82年，是用拉丁文写成的修辞学读物，堪称西方古典记忆术的"圣经"。

奇妙的预言能力，这种能力后来演变成了记忆形式。文字、书法、文学的形式——文本本身，其传载的记忆被赋予了一种重要性，这种重要性几乎达到了先天的水平，这是一种至今仍清晰可见的看法。

下面，我将通过"文化记忆"来探讨这些研究，因为这一术语同记忆毫无关系。这种探讨有两个好处：其一，它可以使我在一种具体的中文语境中来考虑文本记忆的文化内容；其二，要考虑到该诗本身所涉及的正是这一主题，这再适合不过了。

在研究当代中国抒情诗歌互文性结构时出现的一个显著特点是：尽管人们经常提到固有的文本传统或经典，但这种传统并未通过"被许可的"道德政治解释而实现。例如，与儒学传统直接矛盾，古典诗歌蕴含着一种对立的符码，而这些符码后来又被赋予了新的解释。换句话说，这是一种既定的第二等级符码，同其主要的受压制的意义之间的冲突——一种在"复古"的口号下聚集的斗争。过分受到限制的结构常常被改变，这种结构，同时也涉及外来的传统（通常是西方传统）和诗人本身的写作传统。这种阐释，即以西方后现代主义的色情化来理解上述企图，存在着一种危险，即把这些诗歌纳入西方模仿传统，首先应当对"普世性知识"的"魔幻般在场"的情况进行检视，西方文本要求具有这种"普世性知识"，并展示了一种参照体系，但是这种"普世性知识"的情况，却并不适用于中国的诗歌。

关于《中国杂技：硬椅子》

仅就其结构而言，该诗结构似乎相对简单。此诗标题的两级或对立的两部分可看作变化的基本隐喻，该隐喻贯穿于诗歌的每个段落。它们经历了语义的改变，并在其过程中根据上下文而改变着意义，从各个层面上表现着标题所寓意的基本对立（阴／阳，男性／硬，对立于女性／软）。这些隐喻只显示出两个极端，在这两个极端之间，价值的判断和含义左右摆动，然而并未打断标题所设立的基本秩序。一旦一端脱离了结构的层面而进入内容的层面，诗歌就会因为所涉及的许多层面的意义的复杂交织而迅速变得越加模糊不清——尽管诗歌的基本结构非常清楚,这种情况也会出现。因此,下述阐释仅限于该诗的基本结构。由于不可能一开始就确定出"椅子"一词的所有含义,本文将不试图叙述其内容的各种细节。关于互文性关系,钟鸣在其诗歌和随笔中常常触及,而本文将不做论述。互文性形式对理解该诗的内容及现实这种技术所追求的目标所具有的重要性,是通过下述方法加以表现的:钟鸣在其以后的诗作中经常通过脚注的帮助强调和解释这些内容。

我本人计划只讨论权力、性和记忆这些重要的主题,因为所有这些命题都与诗学反映有关,并不断地交织于该诗之中。显然,封建社会独裁式的父系权力体制的结构,是以其各种伪装连同其附属的社会、政治和个人后果被揭示出来的。该诗的第一部分是一个说明,在这里,权力的各种手段,在随后三个部分所演示的各种抽象概念中被表现出来。其中最强大的工具便是"伦理",这是该诗第一节的关键词语,其具体成就和实现后的成果在诗后面的章节中得到了具体表现。该诗第二部分介绍了这种权力,通过原始的独裁专制的政治制度得以建立;第三部分叙述了这种制度对社会及个人的影响;最后,诗的第四部分表现了男人女人,或男性女性关系中所固有的权力结构。所有这些主题相互渗透,相互依存,这一切都是所谓制度得以运转的必要条件。

衍生内容

在一种集中对立的紧张气氛中,该诗标题模糊地描述了该诗将要揭示的各种意义层面:中国传统及其与权力的关系,以及此传统被权力工具化的情况。这样,在诗论中,"杂技"表演直接同伦理联系到了一起,而这种伦理被认为与儒学有关,而且,也附属于当代的意识形态及普遍的原则,根据这些规则,所有的权力制度得以建立。

标题中暗示的阴阳二重性,究竟同权力和伦理有什么关系呢?阴阳体系的目的在于将儒家伦理安放在大千世界的秩序之中,并和儒教转为国教有直接关系。儒学的权威解释人董仲舒(公元前179—前104

年)尤其擅长将过去的宇宙理论,特别是阴阳体系运用到自己的道德哲学中,他认为权力的等级独裁地位及其权限"顺从、附属和不平等"都初为天设。董仲舒认为阳代表统治者,而阴则代表被统治者。阴阳互相需要,但阳永远是等级观念中最高的统治原则:

君为阳,臣为阴;父为阳,子为阴。
夫为阳,妻为阴。阴道无所独行,其始也不能专起,其终也不得分功。

所有其他关系都源于男女地位的严格区分,和女性"天定"的绝对服从,这就是权力等级制度的根源。孔孟之道扩大成为微观和宏观社会的一种秩序,这种情况在儒家经典之一的《中庸》中也可以发现:"君子之道,造端乎夫妇,及其至也,察于天地。"这种结构并非局限于中国文化,它在《圣经·创世记》中也出现过,其中夏娃由亚当的肋骨所生便成了其后女人从属地位的基础。

考虑到这一背景,隐喻的男女对立和诗中权力结构的互相交织就不难解释了。例如,"皇帝"属于阳,是统治者,是男性,同时也是冬天与寒冷所代表的阴的反面。在诗的第一部分,椅子是阳(硬,高),与代表阴的"杂技",也就是被统治的女性或柔软的一方相对立,但它作为一种绝对的原则,却又与代表"寒冷"的反面的阴相联系,这种权力与"寒冷"之间的纽带是显而易见的。由于该诗和这种体系的复杂性,当然不可能把其解释降低为一种纯粹的二元系统,但在该诗中,却又可能明显地展示出男女彼此之间互为统治和被统治的情况。然而,任何时候,一方都不能单独行动。"阴者,阳之合……物莫无合。"

表演:文化现实的舞台化

"表演"的核心隐喻在本诗中具有多方面的意义。"表演"是联结其中各个子系统的完整体系。首先,说的是中国杂技的技艺,椅子一张张地叠起来,女人可以爬上顶端,在椅子搭成的金字塔顶表演单手倒立。这种"表演"结构与20世纪80年代出现的"文化热"阶段中过分使用的一个词语十分相似,这个词语就是中国传统的"超稳定结构"。

谈到这样一个"我们",是以通过文化血缘纽带而建立的认同感为先决条件的,这种认同感将"无数表演重要的个人"结合在一个文化结构中,这种"表演"展示了一个网络结构的可观图像。想象一下"蝴蝶"接触的那些"切点",一切都与另外的一切相联系,似乎一切都同一个"蜘蛛网"交织在一起。阅读第一节,人们看到了它同华莱斯·斯蒂文斯《文身》的互文性关系。幻象犹如蜘蛛网一样展开,在其中,观看本身最终也被网住。这是一张刻写在身体上的网。在此,它与"杂技"隐喻联系在一起(见下文),也与庄周的梦中景象联系在一起,实际上也就是围绕着真正的现实到底如何这个问题。在里尔克《杜伊诺哀歌》第八首中,眼睛被描述为"陷阱"。

> 而我们:凝视着,永远、到处
> 转向一切,却从不望开去!
> 它充盈我们。我们整顿它。它崩溃了。
> 我们重新整顿它,自己也崩溃了。

通过看的行为及其产生的"仰慕"之情,人被"引领到伦理"之中,而朝着表演现实的整个体系走去。旁观者变成了这个体系的参与者和共同创造者,在他自己,也在体系中。就整体而言,这一"表演"结构似乎很脆弱,并最终将其稳定性维系于杂技演员,后者以自己最高的纪律维持着自己的位置和各个切点的平衡。

以"表演"为中心的一连串的隐喻,连同他们明显地涉及观看者的眼睛这一点,都指向文化的一个特定层面,即文化作为"纪念碑"的角色,作为"当代人和后代人"的舞台……它要求作为一种"先前的文化"被观看、保存和记忆。因此,"表演"的中心比喻就包含了全诗。这一隐喻展示了一个平面/垂直结构,出现在全诗中的所有结构要素可以用下述轴线排列——上升,高/低,内/外,可见/不可见,以及这些关系的反面——高和低的置换,内外的换位,不可见变为可见。

为了成功,"表演"本身必须遵守某些固有的内部规则,而这些规则本身体现在表演结构之中,这种体现的目的就是引领人进入此规则的体制之中。"椅子"和"伦理"分别构成这种整体和整个"表演"中的权力结构内被隐藏的成分,而所有其他的成分都必须以此来给自己定位,"伦理"所提供的规则制约着整体,其内的所有成分都必须确定其位置。因此,伦理就是诗中第二部分描写的向外展示的某种权力机器的构成要素,它是关键词,对诗的其他部分起着决定性作用。

杂技和椅子,权力和记忆

杂技在中国有着上千年的历史。在几个世纪的过程中,某些杂技技艺只是改变了形式而已,甚至其教学方法时至今日都一成不变:从幼年起的形体训练直至对动作的记忆深入脑海,使它们可以每次自动重复而不会失误。它的传统,祖传下来的教学观念已经镌刻在体内,以及对套路、标准动作的重复,都使得"杂技"成了身体记忆的隐喻。然而,就其起源而论,"身体记忆"一词与其附加的内容,即文化记忆密切相关。这是本诗明确提到的中国杂技所记录的事实,杂技作为一种艺术形式,一方面反映了文化记忆的人为特征;另一方面,基于其对时间的抵抗性和不变性,它也可以在中国文化语境中作为一种经典化的"文化文本"加以阅读。在"杂技"这个隐喻中,文化的过程是作为学习的过程来加以展开的。在这学习过程中,文化直接将自己刻印在自己的对象,即人体之中。人体成了这种刻印的地点和象征,成了记忆的载体,但这种载体不能成为回忆的主观行为的所在地。在这一意义上,身体记忆显示出来的文化决定的回忆小于主观回忆的可能性,被认为是对一成不变的东西机械重复,正如身体常常被理解为贯穿全诗的权力关系的对象一样。"表演"中训练有素的身体,通过瞬间的观看获得了一种附加内容。不仅固定的秩序将自己镌刻在个人之中,而且,个人的身体也是此秩序传递的手段。动作固有的记忆重复在"表演"的一刻,变成了内在的意识,其本身的目标就是展示,文化展示便通过标准化的过去构成了自身。

"表演"同时是文化秩序的形象,也是其产生其地点的形象。这种舞台表演归根到底是一种"杂技"表演。这种文化秩序是表演中的记忆,是一种记忆的文化,它将自己在舞台上创造出来,通过记忆的动作,它总是产生出一种"静止"的东西。因此,该诗也可以被看作是某个东西不同角度的同一永恒的"表演"。"表演"成了各种记忆图像相互交织的场所,从而也将自己变成一种记忆图像,其结构过程作为一个文本中的文本发挥作用。书写的文本继续在文本中书写,因而也同时反映在其必然变化的事物上面,以及写作本身的记忆之中。书写言说同现实总是分离的。"在纸上以牙还牙,被一次破绽书写后／看它是诗,天梯或椅子!"

"杂技"和"硬椅子"同关键词"伦理学"的联系,强调了记忆同权力的关系。该诗将"杂技"定位在阴的领域,也就是被统驭的领域,而将"硬椅子"定位在阳,即统驭的领域。在钟鸣的诗歌《坐的艺术中》,"椅子"实际上已代表了"在其特定的中国意义上作为超稳定结构的权力观念"。"表演"中,"杂技"和"硬椅子"的联系在这个层面上可以看成是一个形象,表明权力如何以支配和记忆的联盟形式将自己铭刻在文化的记忆中。这种情况在每种文化中或多或少清楚地得以表现。该诗标题中的各种隐喻间的联系,展示了传统意识形态在现实建构的系统方法中的根本要求,也就是将其写进文化记忆之中。这样,通过合作的方法,过去被确定为真正的文化现实。其方法之一是经典化。

伦理与经典,一种包罗万象的对现实的建构机制

"伦理"作为"表演"系统的基础,首先指的是儒教的伦理。这种伦理是一个混合物,由两种相互决定的成分组成:一种是其文化方面,通过经典化过程,成了一种强大的传统和统一的文化身份的动力;另一种是其政治方面,作为国教,儒教被用作通向权力的手段。"经典化"代表着如下信仰:现实和文化可以保存,为此,它们与21世纪意识形态所激发的经典化的新阶段密切相关。该诗所包含的正是这种关系。

诗中有几处提到过经典文本，例如，"皇帝"，"便把经筵像巨缸顶到我们的头上"。该诗还提到《旧约》，其中上帝子民收到一部法典（"在纸上，以牙还牙"）。

这里主要强调的是对过去的改造，因为"文化记忆将自己组织在经典之中"。这一点代表着在传统的传承中的一次决定性的突破：一切现有文本和文字都从属于一种严格的选择、排列和解释。文字、文字系统及其诠释的集合一旦确立，即被宣布为普遍有效并具有约束力，成为肯定这一集合永恒复制的宣言。回忆可能跨越几代人的时间。常常是掌权的社会阶级掌管着选择权和认可某种解释的合法性，因为该阶级通常有教育权及执行这些判断的手段。统治阶级企图把现存秩序制度化和永久化。经典本身就是防止传统流变的"大坝"——"空中椅子的增加"，文化记忆和文化忘却都将变成可控制的过程。标准化的过去被定为永远不变的东西；它通过反复的回忆行为影响现在，从而构成文化共同体，也就是既定现实的参照框架。

"掌握过去的人"管理着社会决定性的指称，"控制着将来，掌握现在的人掌握着过去"。然而，尽管其具有可变形态，却从来没有改变过。现在真实的东西永远都是真实的……过去所需要的一切是对你自己记忆的一系列无限的胜利。

"在纸上以牙还牙，被一次破绽书写后"，当其提出普遍的要求，要标明意识形态的范畴框架时，该诗以戏剧性的形式说明了以书写形式固定下来的经典所划出的分界线。经典就是现实同实现之间的"决裂"，它永远将正统的和外来的分开，也就是将其同异端分开。这一点，经典本身首先创造了无法和解的对立面，而经典系统本身依赖于此二元对立。只有在此基础上，"私人的东西"才会突然间变成了一种"丑闻"。

儒家哲学的经典化发生在汉代。汉武帝（公元前141年－前87年在位）将其演变为一种国教，并创立了一套官僚机构，负责这一经典化工作，其目的是对某些文本的阐释加以标准化。在同一时期，这些文本被宣布为官方的和通用的经典文本，后来这些经典则成了教育制度和考试制度的基础。儒家学者也将更老的文本归入"儒家经典"之中，列为经过巨大修改的"五经"《易经》，并对所有文本增加了全面的评论和诠释，以将经典文本的解释固定下来。这些评论也赢得了经典的地位，其他理论的教义，如有关司法和宇宙学方面的内容也被吸收进了儒学之中。这些东西，后来慢慢占据了唯一的中心位置。儒家理论是用来把现存秩序合法化的工具，尤其是对皇帝统治下的统一国家而言。它创造了特定权力及其制度化的基础，这里"统治权力记忆的联盟"显而易见。该诗的"皇帝"和"经典"的描写在这种背景下是很有深度的。就中国而论，所谓的"具有代表性的精英文化"在这里也起了作用："我们的劳动与王的亲耕也将被认同。"这一点许多时候未曾改变。

儒家哲学转化为国家学说的一个显著特点，是其原来目标的转移，即从将政治建立在伦理的基础上，转变为将伦理政治化。伦理和政治之间的差异变得几乎不可分辨。如果"伦理"的目的是建立和将一种权力制度合法化，体现一种无所不包的动力，那么，这一体制的道德原则的普遍合法性和必要性就必须被预设。换句话说，这一体制必须具有形而上的性质。另外，任何人工制造的道德体制，必须在自然法则方面加以合法化，伦理必须体现宇宙的法则。

正是这种影响范围的扩展过程成了本诗第一节的重点。"玄学者""把鱼嘴上的一块晕斑"看成"椅子"，从而犯下了一个范畴方面的错误，即把自然的东西当成人工的东西，也就是把自然看成文化。算命术，也就是这里说的星相术，被描述为维护制度的权威。"青铜先知"是一个古典时期用青铜制成的天界人物，是用来帮助利用星座卜算未来的。星相学家主要在宫廷工作，拥有显赫的地位，是统治阶级的一员。如前所述，成为国教的儒学结合了早期的宇宙学原则，以使其自身及其创造的世界秩序合法化。随之而来的是，天界秩序的变化可以用来解释凡界的未来变化。这样，便引起了"手和星阵的乌合"，人造的文化现象被放在了一种"天空"秩序的高度上面——通过这种超自然的合法化过程，使之成为神圣不可侵犯的和永恒不变的东西。

"上升"是贯穿该诗头三部分的另一个中心主题。在中国文化背景中，"上升"也具有伦理内容，即主要通过学习经典所获得的掌握完善的责任。这种自我完善的目的，是从道德的低级阶段攀升到高一级阶段的道德纯洁来完成的:"君子之道,辟如行远必自迩,辟如登高必自卑。"这种内部的发展被转换到外部秩序,也就是说,等级制度中地位越高,自我完善所达到的水平也越高。只有道德高尚的领导人才能通过自己的榜样进行统治。为此,统治者必须牢记:"齐名盛服,非礼不动,所以修身也。"

诗中对伦理的涉及,并不仅仅关乎过去的时代。儒学虽遭到20世纪六七十年代"文化大革命"和批孔运动的谴责,但自从中国20世纪80年代实行经济开放以来,儒学的某些内容再次得到了正面的评价和宣传。

小结

诗的第一部分描写了意识形态构建现实的总体制度,由此而构建的文化现实,如表演所示,那是一种能够创建自足世界的人为行为。这种文化现实同意识形态的联系如此紧密,几乎到了同权力结构密不可分的程度,而这种权力结构又通过文化记忆这种工具形式,将自己写进传统之中,以期确立自己的地位并使之合法化。这些策略方法使得这种舞台表演变成了唯一的现实,虚拟变成了现实。这种建构的制度被描写成一种"杂技"技艺,只有严格按照既定的规则,每个人都站在自己的位置时才能奏效,也就是说,它只有改变陷入这个体制的人的形体,使之不自觉地支撑着这一体制才能得以实现。事实上,这种构成的现实基础十分脆弱,而看起来却是"超稳固"的。这种"超稳定性"只有通过"杂技"技艺和表演者永恒的"悬空"来实现。因此,这种稳定性可存在于体系本身之中,也存在于陷落其间的表演者所体现的那种系统的内化和永久化之中。表演者本身也变成了系统中的因素之一,正如本诗后面部分所描述的。宏观系统的控制结构"表演"渗透在所有微观系统之中,通过最微小的细节,表演者按照指令加以组织,他们最终也变成了"表演",关于此表演的诗歌本身最终成为此表演中的一个表演,但其中包含着抗拒的因素,下面将讨论这个问题。

权力作为表演

在诗的第二部分中，权力的历史及其保存被描述为一种特别的"表演"。在诗的第一部分确立的基础上，产生了权力的制度化，体现在等级制度和各种象征符号的表演之中。象征性的秩序完全按照"伦理学"来确立自己。这里的"椅子"既是臣民的形象，也是"皇帝"和"权力地位"的统治者的象征。这种制度看不到自治的个人，他变成一个物体，一个使权力具体化、合理化的东西："绷得像陶土一样的千人一面"，变成了"椅子"，上面坐着"皇帝"——权力的代表，其象征是"青紫、黄色和制度"。表演中确立的"上／下"的轴心，演变成权力制度的王国。"上"和"下"是儒学的中心主题（尽管显然不止在儒学中如此），一个井然有序的国家的概念，建立在严格的等级制度之上：

> 有天有地而上下有差……执位齐欲恶同，物不能澹则必争，争则必乱……先王恶其乱也，故制礼仪以分之，使其有贫富贵贱之等，足以相兼临者，是养天下之本也……（《荀子》）

"上／下"轴线的平行物，可以在诗中第三部分起核心作用的"内／外"主题中找到，其中权力结构对个人领域的作用得到了展现。在中国伦理中，"内／外"首先指的是家庭与社会，外人与亲戚之间的区别。此二分法也常见于"上／下"结构：

> 夫义者，内节于人而外节于万物者也，上安于主而下调于民者也，内外上下节者，义之情也。（《荀子》）

第一小节主要描写的是"私"和"公"这一对概念，其中"私"的原意为"私有"和"自私"；与之对立的是"公"，指的是"公众"，把社会的需要放在自身利益之前。个人的内在王国，看不见的精神世界代表着他实际不可减少的潜能，必须通过异化加以控制。这一王国也表现为"骗术"，即自己本身的一种表演。另外，这种方法的普遍适用性,远远超越那一具体的瞬息即逝的历史事件。

个人领域一旦公开,这个个人多多少少就不复存在。他被物化为达到某种目的的手段,一把由"薄木板""拼凑"的"破烂不堪的椅子"和一堆散乱的无法拼凑在一起的零件。内外的理想组合在两个层次上实现自己:通过个人内心世界的异化和通过个人对外部世界观的内化,也就是通过信仰——"如果你相信它,就能果腹。"在真正显示之上加上制造的现实,毫无批判的信任,最终使内外的区别成为实际过时的东西。根本问题不仅在于外部形式或制度的改变,也在于个人意识的改变。"我们在何处是我"是贯穿此段落的一个问题。

身体、性别和权力:物化和颠覆

诗的第四部分所展示的所有结构,再次集中在制度的最小单位性属关系方面。欲望沿着清晰的方向流动,从上到下,从男人到女人;男性的欲望严格恪守传统的预先制定的规则,完全困囿在性别差异的、支配和服从的二元条件之中。柔顺的女性身体被训练成顺从的各种动作,顺从的女性身体唤醒了欲望。女性的"温顺"、女性的文化格式,启动了男性的需要。色欲对象的建构,和诗中此处描写的一样,是按照文化所规定的、描述的符号来进行的。换句话说,它不是个人的,而是集体的阐释行为。这种物化的男性意志是权力的主动表现和具体化,集中于女性身体上,后者被认为是被动的。它对"椅子"的需要正像它对"柔软的枕头"的需要一样,或像需要任何被使用的东西和手段一样,也就是诗中描写的躺在基础地面(臣民的王国)上的东西。然而,最后,统治者和被统治者双方都被物化为"椅子"和"枕头"。

物化的过程是权力在逻辑上的一种表现。统治者把他统治的东西物化了,因为只有如此,这些东西才是可以统治的。但是,这种逻辑同早期的儒家教义互相抵触:"君子不器。"只有提到业已被征服的女性时,"椅子"才拥有阳的地位。这种男性对女性的"自然支配"最终是一种幻觉,用以补偿在权力中起作用的服从机制。男性和女性都是这一权力制度的组成部分,而他们的地位由这一制度所决定。

身体是通过仪式化的舞蹈被嵌入现行的象征秩序当中的，在这种秩序当中，通过艺术审美所释放出的影响变成了支撑这一制度的道德教育。对身体所要求的绝对纪律最后成了一种僵化过程，其中制度的稳定性和悬空得到了反映。对身体本身的关系成了一种屈服，肉体的纪律对应于思想在教义形成（解体）时的自我完善，而它也属于这种秩序的内化基础的制度。诗中身体的"上升"最终获得了成功，正如伦理要求的上升达到了思想的道德顶峰一样，只是这种成功是以个人的自我控制为代价，这种自我控制接近于彻底顺从，甚至是"毁灭"自我的程度，而这一自我，作为秩序结构的一员，早已经被秩序结构作为纯粹的象征加以占用。

然而，就这一点，诗中身体隐喻的矛盾心理成为一个转折，这在诗的开头的"表演"中，在椅子金字塔似的顶端做倒立的意象中就已提到，"我们头脚倒置"表现了这种形势的改换。正是在这一时刻，表现现实达到了这样一种状态，原先未被注意的东西突然变得可见。身体的生理现实变得明显起来，血液和血管凸出出来，创造了同"蓝色羽翼的血浸"的联系，其中灾难"被"描绘出来，另一现实的印记在心理斗争中得以具体化，身体带着这些印记。它从其文化决定中脱去，作为自然的一部分，展示出自身原有的现实，为文化决定的秩序和根深蒂固的身体完全变成了秩序的颠覆者和威胁。

身体不允许象征性的秩序将自己排斥在确定意义的过程之处。它实际上出现在每一表现之中，且被并不武断地打上了前主体和前象征的印记。这只能表现为一种对话语的干扰和破坏，因为身体代表了一种状态，其中所指和能指尚未清楚地被区分出来。由于身体在话语中十分活跃，它只能鼓励退回到符号以前的水平，因此成为话语的永恒的威胁。

在诗中，被认为包含在象征秩序中的不可减少的各层面——女性，性以及个人的自律领域——在身体中交叠在一起，而且正是因为这一点导致了对象征性秩序的否定。该诗将身体定位在女性的领域之中，不是因为它特别描写了女性题材，而是因为在中国历史中女性领域是被压迫、被放逐和被遗忘的重点。一方面，显示在作为他者的女性身上的自然性，是用来为女性的服从打基础的，然而同时，这恰好证明了力量所在。教义对这方面的压制，创造了一种潜在的空间，其中女性可以发展其力量作为颠覆性的潜力或脱离控制机制。女性远离刑罚和惩罚（不像肋骨在我们体内，能赎罪，得救），也远离了秩序，而传统的男性却处在秩序之中。这是因为女性保有某种肉体性而男性则纯粹是一个物体。女性因素可以加强男性的地位——"使我们硬到底"，但这也可以解读为同女性相对照的男性的侵犯和硬化，这与女性秉性的变化的原则相矛盾。因此，女性便使自己与屈服结盟，使人们想起了《道德经》中的名言："弱之胜强，柔之胜刚。"

在女性因素中存在着转换的潜力，因为女性因素通过将自己移植进更高的秩序中而退出了人为创造的秩序，而在这一更高的秩序中自身的"毁灭"被看成向更高存在秩序的转变。这一点将女性同"花朵"联系了一起，二者都使自己从属于自然所固有的永恒变化的法则之中。想一想里尔克的《致俄耳甫斯十四行诗》吧，其中俄耳甫斯的歌声感动人们，去接受这种在"花朵"中已经发现的服从。这一主题链：花朵—舞者—血液，指的是十四行诗中第一部二十五首，也指的是看花吧，这些忠于尘世的花卉（第二部十四首），或指的是诗行："舞者：哦，你是消失在行进中的一切的移位。"（第二部十八首）"碟舞，旋转着虚无"，指的是《杜伊诺哀歌》第五首，"我们只需要回忆一下杆子上空旋的碟子，热情而且虚无"，转换的焦点是"虚无的丰盈"。"椅子"所追求的正好是这种内在性。在"毁灭"之中，身体的超越性是意义共存之所在。这种"上升"在诗中以各种形式将所有的表演彼此联系起来，也是将当下形式朝着更高层次转变的动感的表现，这种动感最终对认为创造秩序的说法及其关于秩序是唯一的真理源泉的最高断言提出了质疑。

就是在由压抑、再阐释和检查体系产生的潜在空间中，女性和性会合了。她们的破坏性潜力，被象征性地加以约束，用来维持现存的思想体系。它必须置于"传种的原理"之下，"传种的原理"则控制在道德符码和家庭等级制度范畴之内。如果将诗的第三和第四部分一起阅读，我们会发现，"性"和"个人"在不符合这一体系的压抑下相交，它所产生的张力，表现为"爱和它的狭义"，因为性对个人的影响，特别表现在个人的自律和内在方面。诗的第三部分，表明了"椅子"和

"攀缘之手"是如何在短暂的自由的个人选择（唯一而非别的手）中，构成了"私"；它们共同地上升，是朝着一个整体，以前述的方式所进行的一种超越。因此，它可以照亮黑暗的领域，使被遗忘的名字变得清晰可见。在这种上升完成其外部形式的同时，也打破了二元差异的基本规则，因而成了危险的"众矢之的"。

权力结构对象的身体和个人自由选择这种与之相矛盾的自律之间的矛盾联系，在《荀子》中也可以找到。对第二部分（"免于自由的喉咙"）的关系，及弯曲伸展身体上清晰可辨的"杂技"隐喻的关系都是显而易见的：

> 心者，形之君也，而神明之主也，出令而无所受令。自奈也，自使也，自夺也，自行也，自止也。故口可劫而是墨云，形可劫而使诎申，心不可劫而使易意……（《荀子》）

但是，从内在和外在更复杂的背景下来看，内在的自由选择的真正可能性在诗中似乎被大大地剥夺了。钟鸣在他的诗中，把政治权力所压制的对象渗入了政治和权力的历史之中。在文化压制以外，性是作为一种被否定的记忆来起作用的，这一点说明了同"杂技"的基本隐喻的密切联系。它是一种对立的记忆痕迹——其中被流放的个人记忆释放出一种敌意，而这种痕迹必须被写进这种人的制度内在的文化记忆中。钟鸣在权力结构和显示意识形态结构中使用的代表结构与自我矛盾的结构性因素之间画了一条等线——这些因素自产生之日起，就不可避免地被包含在上述结构之中。正如任何表演的基础都是脆弱的一样，每个制度之中也包含了其结构性因素。这是努力要在最终跨向其对立面的意识形态基础之上，建造最高权威所必然产生的自相矛盾的现象。

变化和恐惧

这样，钟鸣向我们展示了一种僵化的、能够维持一个人或少数人反对多数人的秩序结构,必须建立在上下都为之恐惧的约束和压制元素之上,而不是建立在"好心"或"忠诚"之上。在我的讨论中已经谈到,被攀缘的"椅子"制造了恐惧。这一轨迹可以追溯到该诗第二部分开头的诗句,其中"皇帝"看到"椅子"感到恐惧,尽管他的权力地位是它们给的。如果说底层的人害怕权力的"寒冷",那么处于上层的人则害怕情况发生变化。两种害怕加在一起,共同来稳定这种制度。变化在中文语境中同下降和腐烂密切相关,所以在汉代就出现过变化的范例和格式便不足为奇。那时,儒教被重塑为国教。如果在汉代之前,"变"仍被认为是具有积极意义的,那么后代的关于垮台和灭亡的解释也就必然和变化联系在一起,因而该诗关于垮台和灭亡的解释也就必然和变化联系在一起。但事实是在该诗中,"下降"是完全对立于"上升"的运动。只有以问话的方式——"但没有回路",才能谈到下降,诗中没有揭示下降的方法,只给予了暗示。然而,这种"回降"之路,与时代一样表示了变化的开始,只是一种与所描写的现实同时出现的纯粹的可能性。"目光"对最终选择的设计,只能被认为是"头脚倒置"。

把上下倒置合法化为一种在非正义的体系中将其匡扶的概念,在儒教中也能找到:"夺然后义,杀然后仁,上下易位然后贞。"(《荀子》)董仲舒牺牲了早期儒学中固有的自律的伦理行为,而过分强调将个人置于权威结构中。在他的著作中可以找到非正义的权力同自然现象的联系:"凶兆和灾难,根植于'国家的罪恶'之中"。在本诗的第四部分,"灾难"显示在"蓝色的羽翼"之中。尽管如此,"从未有过的宁静",类似于诗开头提到的"呆立"统治了一切。掌权者对历史的"呆立"(停滞)和持久的和平具有一贯的兴趣。

在诗中,一切都在"变"的诗歌停住了,一切都倒置了这一时刻,但一切都在这为"宁静"前、在"呆立"中止步。正是"此刻"的"呆立"(停滞),"表演"的中心隐喻指向了另一个未知的王国。然而,这种"呆立"也正是该诗本身的高明之处。这一追求上升的转折点,就成了本诗的特点。它是作为幻觉空间被创造出的椅子可能性,诗歌将自身投入其中,并通过这一空间对现状提出展望。

命名的超诗学

为事物"命名"是儒学的重要内容,"正名"的理论目标就在于此。"正"的意思是"正确,合适",是"变"的反义词。给予事物以"合适"的名称和"合适"的位置,有助于伦理秩序,其目的是防止名和实的对立。正名从本质上划定了上下的界限,确定了时空关系、等级制度和物的历史化。这些方面都同记忆的建构相关,也说明了社会功能与道德责任的一致性,其图式是一种线性等级,其遵循的是矛盾最小的命名原则。每一符号都被赋予准确的含义,区别于其他的所指对象,以避免出现不必要的歧义:"君君,臣臣,父父,子子。"(《论语》)

"皇帝"拥有一言九鼎的权力,他说的话就是"标准",他可以强迫人民把他看成"光明""磊落"和"洁白无瑕"("皓皓")。换句话说,就是道德上无可指责——适合他的地位——尽管事实上他"不清洁"。就名称而言,他的社会地位和道德地位有着很大的区别;他的名称与他的实名并不相称,他的名称只是创造出来的新的现实,以掩盖原来的现实。这种假名是一种病态,一种"病的权力"的支柱。这种命名是遵循一些规定的,而在这些规定的帮助下,现实变成虚拟。如果虚拟的现实要代替真实,必须把掩盖的过程从记忆中抹去。因此,"皇帝"和"寒冷"的权力必须被看成"无雪",因为雪覆盖一切,作为一个抹去的"白点",也仍然清晰可见。正如奥威尔的《一九八四》中所描写的,人类被夺去了记忆,因而也就被夺走了一切希望,这种希望是通过批判性地检验现实来完成的。钟鸣的诗也展示了意识形态是如何使用某些指定符号的策略来建造自己现实的,命名本身变成一种权力"表演"。因为这一点,看见和命名在诗中是互相关联的,看见或观看引导人们通过对外部表演的钦佩赞叹而进入内部制度之中。然而,"目光的深穴"可能会变成反对"皇帝",这种观看就等于了解和认识了外部和名称以外的实际现实,因此《道德经》说:"是以圣人,不行而知,不见而名……"

按照通常的命名方法,一系列具体的名称便依据事物的形式而产生了,从而脱离了它们内部结构的共同点所具有的实际属性,并掩盖了原有的联系。术语上的混乱由此而生,这大部分归咎于前面所讨论过的意识形态化的过程。这一点可以被具有讽刺意味地理解为小题大做：“看它是诗，天梯或椅子！”这些术语在这种制度中阅读时，肯定会显示出许多类似之处。三个单词都可以解释为权力的手段——"诗"是科举考试的组成部分，"椅子"意味着政治的目的，"天梯"是上述的联系上／天和下／地的工具。

该诗抒情事件（诗）一直是超越时间的，非历史的；它开始于中国历史学中的传说"三皇五帝"，经历了帝国时期直至今天。时间／地点结合意义上的记忆地点主要确立为符号，但并没有出现。诗的地点，就是诗本身所记载的"表演"。该诗从诗学上拒绝把命名作为其描写的排座次的方法，这种在命名不同层次着力展示的东西，将体现在经常重复出现的标题隐喻的"椅子"上。

为"虚名"的"椅子"

"椅子"在诗中起着可变名称的作用。"椅子"是权力机器和谋取等级社会中高位的手段，"椅子"代表民众，也代表权力。作为被统治者，它们同时又是统治者的象征和威胁。"椅子"属于私的领域，同时又代表个人的强硬和柔软。然而，同女性质量比较，它占据统治地位。"椅子"代表着许多方面：上和下，统治者和被统治者。它是一种集体事物，因而揭示出权力的具体化过程。"椅子"通过结构性的模拟，不允许自己被局限于"物"的特点，而是经常把欲望和行动归于自己。

因此，我选择了以下分析法：只有通过诗本身才产生了"椅子"所代表的事物，因此，"椅子"可以被称为只有在阅读的具体化后才能定义的东西。诗本身写出了所指，这是一种表演过程，因此所指的事物超过了那些展示的东西。"椅子"是一个实体，一个虚拟的符号，直至诗将其实现之时才能确定。命名本身变成存在于具体的定义之外，直至阅读实现之后才能确定。在诗歌描述之前它是不存在的，它朝着不能确定的方向移动。将被命名的东西不存在于可以展示的领域，它只出现在自己命名的运动中，因此该诗在可言和不可言的空隙中创造了自己，读者在读诗时也将自己嵌入了这一系统。作为观者的观众，通过文本本身提供的观看和感悟,也被引入文本的运动,超越了可以直接说出的范围。"椅子"在诗中的转换,本身代表着一种能产生形象的诗的过程,而这种形象不再同简单的定义有任何关系,而一旦被提及便自发行动。因此,"椅子"肯定可以被解读为虚名,尽管形式稍有变化。只有通过诗中命名的具体化过程,名称才收到了只存在于这一运动中并随着每一次具体化而变化的对象。但这一对象最终并不由这一过程所决定,而且,名称本身也不是现实,因为没有任何现实存在于语言之外,而是现实存在于命名的过程之中,并因此再次指涉本身以外的东西。这种情况也可以在"真"诗的诗学概念中找到。关于这一情况,叶燮在其《原诗·内篇(下)》中有如下描写:

诗之至处,妙在含蓄无垠,思致微渺,其寄托在可言不可言之间,其指归在可解不可解之会,言在此而意在彼,泯端倪而离形象,绝议论而穷思维,引人于冥漠恍惚之境,所以为至也。若一切以理概之,理者,一定之衡,则能实而不能虚,为执而不为化,非板则腐。

虚的意思是空或有创造力,因此是中国诗歌希望达到的一种理想,同"化"一词相连。虚在"空"和"可创造"的意义上,是说它从感情上塑造实的形式并与之相联系。因此,它同"情"这一概念密切相关。虚可以理解为其中包含着新创造潜力的空间,即实际转化为新东西的潜力。在现代汉语中虚具有"虚拟"的意义。

虚拟的记忆

我现在想把本诗中命名的形式转向其记忆的结构。这两种因素密切相关,因前面描述的命名是一种回忆的先决条件,而通过这种回忆,记忆本身首先得以形成。下面我引述《荀子》的一段话,里面所言及的虚关系到记忆:

> 人生而有知，知而有志。志也者，藏也。然而有所谓虚，不以所已藏害所将受谓之虚。(《荀子》)

记忆一方面是一种储存器，另一方面它需要虚，这种虚准备随时接收要来的东西，并因此防止新的东西被已储存的旧东西拒之门外。虚就是空间，是新东西可以占据的。这种虚是不存在的东西，直至它让自己在接收的过程中被接受为止。在这一过程中，虚被实在化，只有这时它才存在。一旦新的被接受的东西被储存后，它便成为储存器中被接受之物。虚只有存在于变化的运动之中，在此运动中，它使自己实在化。一旦被接受的东西变为实，它将不再为虚。

本诗结尾的特点正是这种虚。诗的结尾具体命名了这种虚，欲望围绕其运动。虚和柔软是相关联的，虚便因此而意味着"可塑造的"这适合于柔软的特征，因为柔韧性具有可转换为具体形状及固态的能力。这些特性都有其实际的用途，因此虚提供了可言与不可言之间的空间，它是两极之间的运动，让意义朝着另一方跨越。在诗的开头，出现了"椅子"这一实物，它经历了无穷的变化，其中含有这样的愿望，朝着诗歌结尾明显提到的虚跨越——愿望实际上本身就是新的开始，而这种开始再次回指向原来的变化。这种循环运动的结果是诗本身在命名为虚名的层面上所涉及的东西。该诗以这种方式来构架记忆的结构。钟鸣是在旧的储存器，也就是既成经典的形式和文本的基础上建造了自己的记忆结构。因此，他运用了赋体，即所谓的"诗意的描写"或散文诗的传统来进行写作。他在运用复杂的有关经典文本的引证技术的同时，也使用了大量从传统中运用吸收的方法和文字。但他把这些东西同其他传统的互文性指涉物联系起来，打破规定，通过回忆被压制／被检查的意义层面，使这些东西读起来有别于其根本意义。钟鸣对既定的法规的协调系统进行了扩展、换位或再解释，现存的文字得到重新设计。这种引证行动的过分增大，尽管这种引证也包含在稳定的结构之中，产生了不断变化，但并没有使整体消失。实在的、固态的东西提供了形式，在形式中，虚可以不断地重新设计自己。这些行动，不会导致失去记忆，反而会产生出一种新型的记忆。诗本身在一个"表演"的框架内，通过意识描写了"实"的建造，而同时通过人体的隐喻和虚名的命名方法，又破坏或超越了制度的建立。这样，框架在框架的范围内置换了本身。诗本身也是框架，其中框架及其置换物也在不断地重塑自身——一个变化的永动机。

根据莫里斯·哈尔布瓦克（Maurice Halbwache）的论文，记忆在"社会框架"内建造自己。这些框架决定着被记住或忘掉的东西和它们如何被记住或忘掉的方法，把其运用在文本上，我们可以说，在这种情况下，通过框架的运动实现了一种新的质量。对"遗忘的名字"的记忆本身在诗中被提到，并立刻对其提出质疑："这是谁？"对被遗忘的回忆具有批判的意味，并引起怀疑主义，因为尽管它是非肯定的，却仍然发生在既定的框架内，因此它不真正起着改变现实的作用。这种回忆只是突出了现存状态极为具体的方面，给予一种批判，但并不质疑整个体系。这类记忆的重点可以给过去的实物增加一些新的批判内容，但并不实际地导致现在的觉悟的变化，这种理想只能通过一种全新的记忆形式加以实现。

在命名中，被命名的东西在自己被命名的过程中逐渐认识自己，这种命名以积极的、可采用的、能够不断改变框架而不断重塑自身的记忆为其根本条件。通过使用参照结构和命名行动，虚的空间得以设计，其中存在着变化地采用新事物即记忆的可能性。这种可能性反过来包含着形成回忆的实际潜力，而这种回忆产生于文本的运动之中——这种运动变为真正的回忆。在"记忆库"及其变化过程的基础上，回想现象被唤起并在"虚"——空的领域的方向被超越。在这一纯粹设想的记忆空间，这些想象因其"可塑性"被变成其他东西。记忆结构在其他基础上被刺激，让新的东西发展。诗本身总是深陷于变化的运动中，尚未出现的记忆的完成过程不可能结束。文本仍处在不断的、无休止的运动之中，正如它所描写的东西。文本所设想的记忆总是在空虚中被改造着，同样作为虚的事件，使其具体化的纯粹可能性，也在运动中被改造着，不允许自己在这一过程之前被确定出来。这类记忆的具体行动是自发的，而且只有在同文本的相互作用过程中才会发生，这同前面的自发的回忆是同时的和同等的行为，因此，弄清自发性和盲目的区别是十分重要的，因为每一行动都必然以文本的固态结构设计为基础才能展开。记忆包括重复和自发之间永恒振荡过程的一切行动,也存在于运动和停止、记忆库和空虚之间的间隙之中,尽管现状总是被卡在变化的运动之间,记忆和现实的最终建造不再是可能的,目标是现实的永恒变化——由语言及其记忆来创造。■

记忆诗学　钟鸣研究集

钟鸣不仅是优秀的诗人,也是杰出的散文家,其格物寓言型散文旁征博引,天花乱坠,奇思妙想,雅人深致。如果一个人既是诗人又是散文家,毫无疑问,他的散文写作会受益于他的诗歌写作,而我们在钟鸣那里还看到了相反的促进作用。在文学百科奇书《旁观者》中,钟鸣提到苏联诗人吉洪诺夫"密集性华丽"对他的影响,[1]吉洪诺夫的诗集1952年被译介到中国,大概由此成为少年钟鸣的诗歌启蒙读物之一,令他受益匪浅,于是他在一部渗透自传因素的作品中向这位风格的启蒙老师致敬——虽然钟鸣早已青出于蓝了,尤其当他1987年写下《鹿,雪》《中国杂技:硬椅子》之后。张枣曾指出钟鸣诗歌"不必要的复杂"之弊,[2]这显然与其"密集性华丽"的风格偏好有关。钟鸣有些短诗会因此略显黏滞,缺少那么一点扣人心弦的锋芒,然而这种风格的魅力却被他的长诗《树巢》发挥得淋漓尽致。

《树巢》是一部以植物、森林为题材的作品,该诗的语言风格也是森林般的:繁复密集、广阔幽深、枝杈纵横、盘根错节、老树新枝、纤毫毕现、柔韧多汁、千姿百态、亦动亦静、变幻无常、自由浪漫……密切应和着它的内容,对这首森林之诗,就连"不必要的复杂"都显得那

---

(1) 《旁观者》,海南出版社,1998年版,第728页。
(2) 同上,第1356页。

文本的森林 ※ 秦晓宇

※ 原载秦晓宇《玉梯》,台湾秀威书局,2012年版,第140—167页。

么必要。

《树巢》是一部未竟之作,在钟鸣的构想中它包括"四个独立的篇章":"第一卷《裸国》(诗体),语义类型为〔逆施〕,追述汉族的自我攻讦性……从而涉及人类从植物崇拜到毁灭自然生态这一最为广义的屠戮主题;第二卷《狐媚的形而上疏证》(阐释体),语义类型为〔歧义〕,它将描绘狐媚的神话隐喻,涉及'文字狐媚'在本体意义上的四种形态;第三卷《梓木王》(小说体),语义类型为〔情境〕,主要描写人类对待植物的三种态度;第四卷《走向树》(随笔体),语义类型为〔还魂〕,它关联到世俗生活中的'物相'和'木'的终极观念。"(1)但最终钟鸣只完成了第一卷。好在每一卷都是"独立的篇章",因此一千五百多行的《裸国》本身即是一首完整的长诗。这无疑是钟鸣最重要的诗歌作品,不过他对它却有种卡夫卡式的自我否定,他曾说:"文字要不要简化世界呢?——为此,我否定了自己的《树巢》。"(2)如此说来,《尤利西斯》《追忆逝水年华》也应一并否定。

《树巢》的"密集性华丽"和吉洪诺夫关系不大,而是根植于南方腴辞云构、夸丽风骇的语言气候。南方文学传统的源头是屈骚,及衍化自楚辞的汉赋,钟鸣似乎希望以此传统重塑新诗。除了"密集性华丽"的风格和控引古今,包括宇宙的雄心,《树巢》与汉大赋的相似之处还表现在以下几方面。

大赋是一种糅杂了诗、骚、骈、散等文体因素的综合性文体,而文体的综合性如前所述也是《树巢》的追求。

汉代赋家指陈事物时,热衷于具体名物的广收博采、铺陈罗列,以博为要,以繁为尚,如扬雄《蜀都赋》言蜀地物产之丰富列举树木名称近二十种,水草名称十余种,禽鸟名称十种,水兽名称十余种,水果名称十五种。张衡的《南都赋》举树木二十余种,水草十种,水禽十五种,蔬菜十二种,水果十种。《树巢》也有十分浓厚的博物学兴趣——这种兴趣本身就是物种多样化的颂诗,以《裸国·22》第一节为例,钟鸣写到了香樟、栗树、枫树、桃树、橄榄枝、核桃壳、葡萄、松树、梓

---

(1) 钟鸣对《树巢》的简介,参阅《后朦胧诗全集(下)》(万夏、潇潇编),四川教育出版社,1993年版,第324页。

(2) 《旁观者》,海南出版社,1998年版,第828页。

树、楮树、豆蔻树、桑葚树、杨柳、毒芹共十四种植物，金甲虫、萤火虫、蝎子、飞蛾、蚂蚁、蚕蛹、蝴蝶、金螭等八种虫，鲥鱼、比目鱼、蝾螈、石化鱼、乌贼鱼等五种生物，还有黄鹂、孤鹅、乌鸦、凫、鹄等鸟类。对此钟鸣津津乐道，不厌其烦。

源自楚辞的汉赋大体上也是一种神话文学。司马相如的《子虚赋》《上林赋》就是用楚国之事，佐以神话而赋成，而散体大赋中直接的神话之作更比比皆是。《全汉赋》中出现次数最多的神话人物是夏禹，计有二十二次。禹的神圣化、经典化是一个将政治神话化的漫长过程。夏商周朝代不同，但文化一脉相承，商人对夏朝的态度不很清楚（想来跟汉朝对秦朝的态度差不多），到了周代，不管地理上还是心理上，周人都近夏而远商，于是商人成了贬义词，夏的地位却被抬高了，成为政治正统、文化正统的元始典范。"华夏"这一文化地理总体名称，就是在这一背景下出现的。在对夏的赞颂中，大禹被标举为夏统的总代表，承接夏统就是"缵禹之绪"，"禹迹"成了华夏地域的表述名称。那个凭借治水之功破坏禅让制，从而开启了家天下传统的大禹王，在周人叙述中逐渐被神化为农业之神、水利之神、内圣外王的国族之神、文化之神。《诗经》中多有关于他的赞美诗，如"信彼南山，维禹甸之"（《小雅·信南山》），"奕奕梁山，维禹甸之"（《大雅·韩奕》），"丰水东注，维禹之绩"（《大雅·文王有声》）。周代的各种政治神话、历史神话被汉朝全盘继承下来，成为汉朝人对本朝进行神话叙事的依据，《史记·高祖本纪》对刘邦降生的叙述就运用了龙的感生神话这一经典模式。和汉赋一样，《树巢》也是神话文学作品，这首有着奇诡想象力和神话情境的森林之诗，用诗中的话说，是一个"染了魑魅之光"的"世界"。其中隐现着大量的神灵与精灵，穿梭于传说和历史、现实与梦幻之间，堪称一部神话大全。譬如"让不朽者变成含在它嘴里的黏土和红色花序"的"喷羊"，"颁布吃人法"的"独角兽"，"叫嚷着弓矢之变"的"太阳"，"发动的茧和开裂的头颅"，"瞳仁相叠的女巫，眉毛粗大的土里的矮子，梦月的风流剑"，"蝴蝶的生死相"，"秦吉鸟"，"乱伦的衣服鬼，袖笼上的鬼，无常鬼，当道的鬼"，"振翅而飞的羽人"，"能言的猩猩"，"眩人"，有着"华丽的隐身术"的"凤"，"人鱼"，"麒麟"，"云车凤马"，"九头鸟"，"轮回酒"，"司书鬼,灶神,或把绳子勒在脖子上的吊死鬼","从树冠走下的青牛","天王树","被伤害的水豹,木獬/金狗,土雉,火蛇,蚕茧风和少女风","飞骇兽","茫然叫嚷着幸福和光明的时乐鸟","鼠舞"……这其中禹是核心。《裸国》之名就用了《淮南子·原道训》有关大禹的典故,传说大禹去裸国,因为要入乡随俗,不得不裸身进入这个国家。大禹王在钟鸣的叙述中形象异常复杂,集远古农业神、圣君、独裁者、色情狂、刽子手、现代政客于一身。

结构主义人类学家列维—斯特劳斯在其著作《神话学:裸人》的"终乐章",提出了神话学的基本假设:"一切神话归根结蒂都发源于个人创造,不过,为了过渡到神话的地位,一个创造恰恰必须不停留于个人的",它要"回应共同的需要"⁽¹⁾。而《树巢》这首神话长诗,亦完全符合这一规律。

《树巢》充分容纳了中国神话里的仙神鬼怪,互文于《山海经》《酉阳杂俎》《聊斋志异》等一系列古典志怪幻想作品,但其神话诗学本质上是一种现代主义的写作范式。神话主义在很大程度上产生于对整个现代文明的危机意识,由此导致了对实证主义的唯理论、进化论以及自由派的社会进步学说的怀疑和厌弃。美国评论家弗·拉夫将神话视为面对历史境况而产生的恐惧的直接反映;道格拉斯则认为,"神话"一词在20世纪具有幻想、谎言、蛊惑、迷信、信仰、幻想形态的规范或价值观等诸多含义,它主要不是释析性的术语,而是论辩性的术语,神话的论辩式运用,起源于传统与紊乱、诗歌与学术、象征与论断、具体与抽象的对比。⁽²⁾在这个意义上,当代现实恰是像《树巢》这样的神话之作赖以实现的、得天独厚的场所。

《荒原》是《裸国》与之"对话"的作品之一,两首长诗都涉及干旱主题(精神的与自然的),都有神话手法的运用(大禹王对应着渔王),《裸国》的最后一句"透明无色的世界",似乎也在呼应《荒原》结尾的"Shantih"(出人意料的安静)。像艾略特一样,钟鸣也为自己

---

(1) [法]克劳德·列维-斯特劳斯:《神话学:裸人》(周昌忠译),中国人民大学出版社,2007年版,第745页。
(2) 参见[俄]叶·莫·梅列金斯基:《神话的诗学》,商务印书馆,2009年版,第3页、第26页。

大量用典的隐晦作品做了注释,且注得同样"狡猾"。例如,注释"树巢"之题时钟鸣提到自己1971年作为军人进入一片森林(老挝上寮地区),这个记忆与1991年他写作此诗时置身其中的时代的"幽暗森林"重叠在一起,于是他在标题下题写了这样一个时间段,"1971—1991年"[1]。但他没提弗雷泽的《金枝》——虽然后者对《树巢》的启示意义绝不亚于它给予《荒原》的启示。譬如《金枝》描述了"一类颇有启发性的事例":"……把树神看作既具树形也具人形,两者并存不悖,而且相互阐明,赋有人形的树精,有时是玩偶或木偶,有时是活人,无论木偶或活人,都是置身于树旁或树枝上,形成双重标志,互为诠释"[2],便道出了《树巢》神话人物的本质特征。

从植物崇拜到毁灭自然生态的历史进程,构成了《裸国》的情节主干。始于20世纪70年代末的改革开放,创造了经济增长的神话,也由此带来对自己国土的生态破坏和环境污染,《裸国》的写作正是出于对这种状况的深重忧患。

《裸国》开篇写道:

一个裸体脱掉衣袍高挂在井栏上。

不知是否化自《庄子·秋水》"跳梁乎井干之上"[3]?"井"指向汉民族幽深的种族记忆,古代"九夫为井,四井为邑",我们现在仍用"背井离乡"形容漂泊的游子。因此这句诗蕴含了对古中国的乡愁,这种乡愁将导向下文生态史、民族史的叙述。不过这句诗有病句之嫌(既是裸体,岂有衣脱?裸体高挂,还是衣袍高挂),就像《裸国·2》所写的,"发出歧义之声"。它在《旁观者》中有另一个版本"一个裸体把衣袍高挂在井栏上"[4],意指明白,没有歧义。但在出版的《涂鸦手记》中,我们发现钟鸣还是坚持了原来的"病句"。通过比较,我们也觉得这个古怪、荒诞、含混、神秘的"病句"确实更具召唤力。

---

(1) 钟鸣:《涂鸦手记》,上海人民出版社,2009年版,第172页。
(2) [英]詹·乔·弗雷泽:《金枝》(徐育新等译),中国民间文艺出版社,1987年版,第191页。
(3) 郭庆藩:《庄子集释》,中华书局,1961年版,第598页。"井干"即井栏。
(4) 钟鸣:《旁观者》,海南出版社,1998年版,第1403页。

《裸国》中，人与自然的互动史大致可分为以下几个历史阶段，每个阶段都有相应的语言表征。

一、"人猿相揖别"的阶段

> 直立的木头在静谧的午后大放光彩，
> 树上摇落的果实变为空心的翼瓣，而太阳，
> 却叫嚷着弓矢之变，支持那些冷血的霹雳手。
> 一个发光的，天庭饱满的人，在树上瞑目而行，
> 保持着平衡，情不自禁的人儿，没有信仰，
> 大地向他疯狂地扑来。海水涌着几只青鸟，
> 在我们头上筑了窝，乌梅在鱼儿身上打下烙印。
> ——《裸国·3》

我们读到了"直立"行走、"果实"的采集、"弓矢"的使用，以及"大地"般野蛮的情欲。"瞑目而行"往往出于恐惧，如《萤窗异草·睡姬》："即凌空而起，惧其坠，瞑目而行"[1]，钟鸣用它来形容原始人盲目的进化历程。此时大自然还是"万物与我为一"的浑融："青鸟，／在我们头上筑了窝，乌梅在鱼儿身上打下烙印。"这个阶段的语言状态是："发出歧义之声"（《裸国·2》），"他攀缘树上，用圆满的腹部述说一切"（《裸国·4》）。

二、草莽开辟阶段

> 野草断头，人类开花结果。
> ——《裸国·4》

---

(1) 长白浩歌子：《萤窗异草》，人民文学出版社，1990年版，第62页。

一堆没点燃的干草,是思想的雨露对万物的
滋润。他举手投足,或低头举手,都无法让一棵树
在烧红的砧石上和灰里苏醒。
——《裸国·6》

令人生畏的岩石,牛首人身,捧向祭坛的陶土,
把树当作初恋和大海倾斜的
背影。
——《裸国·7》

终于,原始农业产生了:

……简单的
耕作,如同一棵静止的树,
一个裸体在它的绿荫中摸索到了纯洁的
嫩芽。
——《裸国·7》

进化于此,人与自然依然亲密,不过万物已是他者("把树当作初恋")。这个阶段对应的语言状况是"他们/就像沛然有声的草木无话可说"(《裸国·6》),"'食不语,寝不言,'只有寡言的时序"(《裸国·7》)。

三、耒耜农业阶段

树上的果实,守着它们的星宿,然后奔向
在地上成熟的犁和金辇,一个
务农守时的人,正像树上一个栉风沐雨者,
都闭息静候着一束草木之光,
在百鸟归仓时,在耒耜吻着黑色的铁器时代,

重又充盈万物所珍惜的人类。

……

他好像

也身携畚锸,指尖也染了光,

正嗅着天然而醇的香脂。太阳授民以时,

也授人以伟大的心愿。

——《裸国·8》

耒耜是中国最古老的农具,七八千年前我们的祖先就已普遍使用木质、骨质或石质的耒耜进行耕作。在相当长的时期,它都是最主要的农耕用具。到了夏商西周时期,其制作材料逐渐演变为金属,此时耒耜也开始向犁过渡(犁对应着全面的皇权专制时代)。"栉风沐雨"典出《庄子·天下》:"禹亲自操橐耜,而九杂天下之川……沐甚雨,栉疾风,置万国。"[1]钟鸣写出了我们这个曾以花为图腾的农耕民族对草木细腻的深情,与此相应的语言状况是:

(女巫)"就连那些翅翼宽大的飞禽,

也难以觉察我在他们对话时插入的语言,

这是太阳的语言,是地穴中生物的

嘀咕之辞,它让火痛哭流涕,让两栖动物

不为时空所限"

……

"从树上摇落的蜂蜜,反复唱诵

而又反复落空的园艺之矢,春光中饮水的小兽,

门窨所稳定的语言,懒散而放荡,

耕种的语言愈加精炼,滋润着清凉的晚星。

掌握了此种咒语,就算掌握了

环树之舞的全部技艺"

"树是承受一切烦恼的根子,除非

---

(1) 郭庆藩:《庄子集释》,中华书局,1961年版,第1077页。

在它翻卷时,随风流露出更深的语言。"

——《裸国·8》

截至此时,人类依然生活在一个万物有灵的世界,正如《裸国·8》中耕者、女巫、禹一齐合唱的那样。

四、皇权专制时代

一滴雨水和能言的猩猩,
儿童的毁齿,恭敬的耳闻目睹,被犀带
摇晃的月色和一个僻静的绝对现实,都掌握在他
手中。"女子属羊守空房",因为,人类,也只有
唯一的行为源泉,唯一的血腥和盘根错节。
连乌贼鱼和文鱼,那么脆弱的生命,也因为
他的诞生而诞生,土附鱼和缘木的鱼,树上
杜撰的灯花。昨夜,他又利用了无辜的死者。
他的头发和牙齿像树皮一样脱落,唏嘘了一声,
然后攀树为巢,普天之下,真的莫非王土吗!

——《裸国·15》

"雨水"常喻恩泽,点滴恩泽都掌握在君王手中,所谓"雷霆雨露,皆是君恩"。"能言的猩猩"典出裴铏的传奇《蒋武》,跨象而来的猩猩向蒋武讲述了蛇吞象的灾难,它说有一条残暴、贪婪的大蛇(可喻君王),"电光而闪其目,剑刃而利其牙,象之经过,咸被吞噬,遭者数百,无计避匿"[1]。"恭闻"更是皇权之下人们的普遍姿态和惯用语,方外之人也不例外,譬如唐朝诗僧贯休曾写道:"恭闻太宗朝,此镜当宸襟"(《古镜词上刘侍郎》),"恭闻吾皇至圣深无比,推席却几听至理"(《送张拾遗赴施州司户》)。"被犀带摇晃的月色"似典出温

---

(1) 裴铏:《蒋武》,见《裴铏传奇》,上海古籍出版社,1980年版,第70页。

庭筠的《遐水谣》:"犀带鼠裘无暖色,清光炯冷黄金鞍";《遐水谣》一诗以"杀气空高万里情""陇首年年汉飞将",谴责了帝王的好大喜功、穷兵黩武,这便是钟鸣用此典的缘由。"僻静"自是"防民之口,甚于防川"的结果,此外僻还有邪僻、僻行义,静则有平定、平息义,通靖,所谓帝王,不就是因邪僻致乱,再用杀伐平息的那个人吗?"女子属羊守空房"乃古老相传的禁忌,而禁忌大都是谬误的俗信、"想象的不幸"(弗雷泽语),它号称出自神意,其实不过是把人意包装成神意;皇权时代,禁忌主要是一种统治手段。就这样,钟鸣从诸多方面反思和批判了东方专制主义,并指出皇权时代的自然环境状况主要取决于帝王一人,"普天之下,莫非王土",皇帝是人们"唯一的行为源泉,唯一的血腥和盘根错节"。

五、变乱的年代

……鸟儿
亲切地称呼一个名叫子夜的小女孩,
比果仁还要嫩,她把捣衣的石头
变成了一条鱼,一块黑玉,
把牲畜变成感化的桑葚和蚕子,
在一只竹筐里练习匹配和
梳头,与冬天的树共解罗衣。
——《裸国·20·释虫和鱼(一)》

这里用了六朝(亦为变乱的年代)的《子夜歌》之典。《子夜歌》是少女怀春之歌,与后世淫秽放浪的《山歌》《挂枝儿》判然有别,郑振铎说"她们是绮靡而不淫荡的。她们是少女而不是荡妇"[1],换成钟鸣的说法是"比果仁都要嫩"的"小女孩"。这段诗中的意象均出自

---

(1) 郑振铎:《中国俗文学史》,上海世纪出版集团,2006年版,第83页。

《子夜歌》及《子夜四时歌》。[1]然而如此美好的变化原来只是"一个圣徒"的"梦"("与冬天的树共解罗衣"已是不祥的预兆,这之后就是"严霜冻杀我"),真实的变化是——

爱美的人为了一条鱼而勾古沉索,
为了世界的变化,气候无常的变化,
鱼儿在釜中哭泣的变化,树上蜡蜜的变化,
毒芹的根子也会变成鱼,
而鱼又变成金螭和虫子。
……
死活都要为渊驱鱼,
为骏黑的树木驱赶鸟儿,
观鱼的人就会变成筌和网索。
——《裸国·20·释虫和鱼(一)》

钟鸣的灵感仍然来自《子夜歌》,后者写道:"枯鱼就浊水,长与清流乖。""毒芹"(有毒,且与"美芹"相对)和"金螭"("螭"与"魑"通假),指向污染导致的变异,"渊""骏黑"则暗示了可怕的恶果。最后三句典出"为渊驱鱼,为丛驱雀"(《孟子·离娄上》)及"得鱼忘筌"(《庄子·外物》),除了表达人与其他生物的敌对关系,这些成语均另有其现实政治的寓意。"为渊驱鱼"比喻统治者施行暴政,使人民投向敌方或走向对立面,"得鱼忘筌"常用来形容达到目的后忘恩负义、背弃根本。随着"世界的变化",语言也朝着污染和破坏性的方向蜕变,人类只能在"变得浑浊嘈杂"的语言中梦想着人鱼的"童话"。

(1) "捣衣的石头""鱼""玉"化用了"佳人理寒服,万结砧杵劳""清露凝如玉……冶游步明月"(《子夜四时歌·秋歌》);"牡畜",全部《子夜歌》不见任何牡畜,或指诗中少女又爱又恨的荡子;"感化的桑葚和蚕子""竹筐""匹配""梳头"出自"春蚕易感化","徒怀倾筐情,郎谁明侬心","宿昔不梳头,丝发被两肩","头乱不敢理""何悟不成匹"(《子夜歌》),"春倾桑叶尽,夏开蚕务毕。昼夜理机丝,知欲早成匹"(《子夜四时歌·夏歌》);最后一句来自"谁共解罗衣","不见连理树,异根同条起"(《子夜歌》),"何处结同心,西陵柏树下。晃荡无四壁,严霜冻杀我"(《子夜四时歌·冬歌》)。

人类原来清澈如水的语言变得浑浊嘈杂倾巧而不可信成了一种实存的攻击物人鱼倾诉的反倒是那种缄默的液体语言像摩羯鱼吐出的珠贝纯洁而甜美带水草味。

——《裸国·20·释虫和鱼（二）》

因是"液体语言"，故无句读之间断。

六、解体的年代

充满悔恨的黎明蔓延，意味着树林的解体。
……
那些颤栗的
空心树，挂住纸钱的树杈。我们沿着每条小河
都能看到奔逃的鱼和隆重的政治集会。
　　　——《裸国·21》

大自然被玷污的两条腿，为了跟上他的计谋，
云的巨大变化，蚂蚁挪巢，要让多少树枯死。
　　　——《裸国·24》

这样的年代所对应的是"蠕动的诗篇"（《裸国·21》）、"声音的弑亲者"（《裸国·28》）、"纸衣女郎"（《裸国·28》），是——

话儿从肺腑流出，一窝小鸡把真理变成了谎言，
仅仅为了一只酒桶和在标本中固定姿势的蝴蝶。
　　　——《裸国·24》

"话儿"除了话语还有阳物之意，象征欲望；"一窝小鸡"，小肚鸡肠、鸡零狗碎的语言；"酒桶"，笨重的工具语言；"标本"，僵化的了无生气的语言。

七、遁世纪

《遁世纪》是《裸国》最后一节,又分为七小节——呼应《创世纪》中上帝造物的七天。但它并非仅仅是"跟'创世纪'对立的一个观念",钟鸣解释说:"'遁'在汉语里除了逃的意思,还有回避和隐去的意思,因此遁世纪在这里指一个破损的地球,一个干裂的世界,在宇宙的循环中,进也罢,退也罢,都来到了一个相对的静止点上。"[1]《创世纪》中有三种树:"可以悦人的眼目,其上的果子好作食物"的树、"生命树"和"分别善恶的树","树巢"之"树"正是这三种树的综合,现在,它们终于迎来了一个隐遁与毁灭的世纪。

> 我们看不到席卷我们的羊角风,摸不着
> 任何一枝能够伸向我们的树丫。
> ——《裸国·29·遁世纪(三)》

"羊角风"指时代的迷乱和癫狂,"丫"因其字像给人以树枝极度稀少之感。

> 大海,一个主宰飞禽走兽,画地为牢的词,
> 已销声匿迹,它以老藤和甘草为杖,
> 所收集到的花信风,在焚香祝愿的
> 人们身上已悄然消失,在死者那儿
> 迅速枯竭,连天空飞过的鸟儿也没能
> 看见它遗留下的最后一滴水。
> 它收留死者,那些日渐清朗的骷髅,
> 那些渔童和站在树上的人,

---

[1] 钟鸣:《涂鸦手记》,上海人民出版社,2009年版,第205页。钟鸣故意称通行的《创世记》为《创世纪》,并相应地造了"遁世纪"一词,这种改造不仅并无不当,而且堪称妙笔。因为"纪"本有"记"义,此外"纪"也是地质年代分期的一个级别(如寒武纪、侏罗纪),对于一首生态长诗有其特殊意味,而世纪乃年代单位,对于一部史诗性的作品又是题中应有之义。因此我提到《创世记》时,一律"入乡随俗"地称之为《创世纪》。

已无回天之术，只悄悄牵走被伤害的水豹，木獬
金狗，土雉，火蛇，蚕茧风和少女风。
——《裸国·29·遁世纪（四）》

所谓世界，就是一个大海干枯、"五行"遁走的荒原，语言的命运又如何？

只有从干焦的嘴唇脱离的
口吻和时间，一个庞大的帝国的虚词，一个词。
——《裸国·29·遁世纪（四）》

终于，人类实现了最彻底的遁走——灭亡：

当我们离去的时候，那将更是一个赤裸裸的
世界，没有透明的小石子和阳光，
混沌一片，闻不到裂缝中侥幸留下的几棵
桃树，没有黑暗，艾草屠杀了人类，
人命卑贱如草，那将更是一个没有冲突的
世界，没有月落星稀，也没有莽原暴露
死者的骨头。人类已开始疏懒，很快就形销骨立，
鸟儿成了世界唯一的统治者，
把我们最强韧、最富有的生命大加嘲弄。
那将是一个更趋于完美的世界，
没有慌张的雷蜞和吠日的狗，没有照天烧的
蜡烛与耕织，没有社稷，喂蚕的人和
尺布斗粟，也没有鱼？鼠舞，那会更令人恐惧，
没有幸福和风险可言，人类离不了浆衣的
槐花和杏仁，那将更是一个阒然无声的世界，
千载同契的世界。我们生来就离不开树林，
人类在上面栖息，在上面饮酒，燃爆竹，
清心寡欲或玩弄卑劣的权术，

从鬼魂手上接过黑暗的灯，那将更是一个
无所侈谈和没有辛甘之味的世界，
没有酒树上的韵律和茅屋中相爱的痛苦。
为了劳动，我们用勒石的手四下抚弄，
捕捉一棵干裂的桃树和鸟儿们的啜泣，
没有瓦盆里揉水的腊梅叶，
没有枇杷和藕，晶亮的蚌粉和青田石，
世界就像散发霉味的大氅，那将更是
一个没有界域封闭的世界，分解着有毒的物质，
我们已五蕴皆空，让柔风和花儿熏头，
更清醒地获得这个无可奈何的世界——
没有翅膀的乌头和犁，比人类还消沉。
当我们离开它时，没有一点污痕会被时光褪尽，
世界已不复存在，没有人能脱离这个空壳，
那将只是一个无声无臭的世界，我们手上
留下的最后一滴水，透明无色的世界。

——《裸国·29·遁世纪（七）》

与此相对应的语言状态钟鸣没有写，但不写就是写，因为那必然是一个彻底无言的世界！

正如"树巢"之题喻示的那样，人类诗意的栖居是这首长诗关注的核心问题，这不是一个闲情逸致的问题，而是一个生死攸关的问题，它主要与自然环境、幻想世界、语言文字有关，钟鸣认为人类的宇宙性家宅应该建立在这紧密关联、诗意互动的多维之上。然而我们面临的历史景况却是大自然被疯狂破坏，神话世界不断祛魅、萎缩，语言也被种种权力的、实用主义的操作败坏。亲手拆除自身存在根基的人类又将何以家为？再不迷途知返，《遁世纪》的景象就不只是"启示录"，也是即将到来的现实。

《裸国》绝不仅仅是一部生态文学作品，因为诗意栖居之理想亦与人的自由及尊严息息相关。这首长诗以历史的眼光，在更广大范围内思考民族的命运。

《裸国》的确具有显著的"20世纪80年代文学风貌",如关注历史经验远甚于个人经验的"宏大叙事","寻根文学"的方式,"为民族立言""史诗性"的写作意识。然而和20世纪80年代"小乘功夫"普遍欠缺的空疏诗风不同,《裸国》又是一部整体精严、细部精美的另类之作。

《裸国》是一首人类学的长诗,就像一个民族发源于其初祖一样,这首一千五百多行的诗作繁衍自该诗第一句"一个裸体脱掉衣袍高挂在井栏上"。这句诗可以划分为"一个裸体""脱掉""衣袍""高""挂""在""井""栏""上"等作为主导动机的"遗传片段",《裸国》就是这些"遗传片段"的复制、变异、融合、传递、表达……这令该诗之构造体现出强大的形式说服力,宛如一个自足的生命体。

"脱掉":植被是大地的衣服,《裸国》展示了一个国家"脱掉衣袍"成为"裸国"的整个历史进程。"脱掉"还可以引申为剥夺和逃脱/脱离,前者指向剥夺自由乃至生命的主题,后者呼应《遁世纪》之"遁",钟鸣在长诗结尾部分写道:"世界已不复存在,没有人能脱离这个空壳。"

"衣袍":除了发挥衣袍的引申义(植被、蒙蔽、遮掩、羞耻、"皇帝的新装"),《裸国》一诗多处直接涉及衣袍的意象。[1]"衣"在《裸国》中最深刻的寓意与"依"有关,"人""衣"为"依","相依为命"就是这首博物之诗的核心生态意识,正如《裸国·4》所写:"我们在寻找,寻找他和树相依为命的根",一旦"脱掉衣袍",就变成"一个裸体""裸国",终将无所依傍、无命可活。而《裸国》的风格也很像一

---

(1) 例如,"长眠者的衣服"(《裸国·1》);"黑暗正好遮住一个飞快穿过衣领的腹部"(《裸国·2》);"在旋涡里急欲换一身衣服而又势所不能","披上一身战火","哭丧的老虎剥光了谁的衣裳,就剥光了谁的自由"(《裸国·5》);"一顶无檐的防风帽"(《裸国·6》);"卸下衣衿,便又是个眷恋生命的人"(《裸国·12》);"身着迷人的色彩","怎样来穿透这道灵魂的最后盛服","绝不可能比死者的编衣干净","也不会像生者所披的黑色大氅"(《裸国·13》);"乱伦的衣服鬼,袖笼上的鬼"(《裸国·14》);"振翅而飞的羽人"(《裸国·15》);"以布衣取天下的人","道德为胄","采采服饰上"(《裸国·16》);"穿羽衣的清晨"(《裸国·17》);"一个裁衣工手里的刀尺"(《裸国·19》);"华丽的隐身术"(《裸国·20》);"皂衣的缝制者","换装束的罪人","捣衣的石头","与冬天的树共解罗衣"(《裸国·21》);"给生者死者换上夜行服"(《裸国·23》);"纺锤"(《裸国·24》);"还未晾干的衣物"(《裸国·25》);"坐卧整衣"(《裸国·27》);"纸衣女郎","信教者,就是被罪恶逼向苦海的纹身主义者","为了后代而脱掉霓裳羽衣"(《裸国·28》)……直至《遁世纪(七)》的"人类离不了浆衣的槐花和杏仁","世界就像散发霉味的大氅","没有一点污痕会被时光褪尽"。

件有着"密集性华丽"的"霓裳羽衣",复杂的款式,绚丽的色彩,精灵古怪的图案和花纹,绵柔的质地,以及各种意义的褶皱。

"高""上":这是一首高瞻远瞩的诗,一首技艺高超的高深的诗,一首曲高和寡的高迈的诗——就像《裸国·20·释凤》描写的那样;它也是一首梦想之诗,而梦想总是栖于高处。《裸国》写到了太多的高处与树上,最后的"上"是——

我们手上
留下的最后一滴水,透明无色的世界。
——《裸国·29·遁世纪(七)》

世界终于毁在"我们手上"。

《裸国》一诗与"挂"的以下含义有关:(1)牵挂,这首诗是对生存境遇和民族命运的牵挂;(2)悬而未决,人类的命运到了生死未卜的关键阶段;(3)悬在高处以展示,《裸国》正是在历史的高度上透视问题;(4)《裸国·5》写道"挂角的羚羊,把它充沛的肝气和勋章也挂起来",本诗通篇都是"羚羊挂角,无迹可寻"的深度隐喻、偏僻用典,让人很难在枝杈纵横的语言森林里把握其意指的"羚角"。

"在":《裸国》是一首探讨存在与或存在(神话、梦幻),存在与不存在(死亡、毁灭),存在与时间,存在与语言之类问题的长诗。仅仅《裸国·1》,除首句外,还有以下含"在"的诗句:"在挺括的死人身旁涌现出嘲讽","而一条拨剌的鱼在池塘却拖着彗星的尾巴","梅灰在他出逃时纷纷闪开",以及:

在这一时辰或那一时辰,在黑暗的羽化中,
在我们面前,在木桶里,现出星体一样可怕的胎记。

"井"：又一个关键词，它有穴、陷阱、坑、深渊等诸多变体。[1]

"一个裸体"：这首长诗的核心意象。如果说《九歌》以"灵"为主题意象，那么《裸国》就是以"肉"（"一个裸体"）串联全篇的，整首诗即是"一个裸体"充分发展变化的语言行动。它以"一个裸体脱掉衣袍高挂在井栏上"开篇，主导动机尽在于此，然后"一个裸体"在各个历史阶段反复出现，应时而变。

"人猿相揖别"阶段，"一个裸体／沉没到黑夜"（《裸国·2》），"一个发光的、天庭饱满的人，在树上瞑目而行"（《裸国·3》），写出了原始人的蒙昧、性灵和对大自然的敬畏。

草莽开辟阶段，"一个裸体，招来软弱的死神"（《裸国·6》），"一个裸体在它的绿荫中摸索到了纯洁的／嫩芽"（《裸国·7》），"软弱的死神"反衬出先民生命力的强大，而"摸索到"的，正是农业的萌"芽"。

耒耜农业阶段，"一个／务农守时的人，正像树上一个栉风沐雨者"。（《裸国·8》）

截至耒耜农业阶段，"一个裸体"都是被赞颂的对象，对他的批判从皇权专制时代开始："在这些墙和夹道间，他成为一个形影不定的人，一个无始无终的人，一个一到岔口就使计谋的人……这个国家后来所由产生的禁忌，也都是在此种不及物中发展起来的"（《裸国·10》）。

当我们离去时，那将更是一个赤裸裸的
世界……

---

(1) 《裸国》涉及"井"及其变体的诗句大致有："井里的长索"（《裸国·1》）；"一个窟窿"，"设下的死亡陷阱和恬适的回忆"（《裸国·6》）；"地穴中生物"（《裸国·8》）；"只有坑才是清晰而固定的"，"在地球上砸出坎来，盛装天空所赐予的雨水和仇恨"（《裸国·9》）；"坑杀写作的人"（《裸国·10》）；"他会觉得自己掉进了深渊"（《裸国·11》）；"飞进死穴的鸩鸟"，"在坑里搜索"，"止如死水"（《裸国·12》）；"井里有巢，有黑夜，也有影子，暗影落在桃树上，投在无忧树上，掊击生者，或不屈的死者"（《裸国·19》）；"在那里凿深井，捏造土龙"，"为渊驱鱼"（《裸国·20》）；"窥破井中的秘密"（《裸国·24》）；"遁入土坑"，"又深又湿的蟾窟"，"让大地的坑挣扎"，"瘀血的窟窿"，"乌白"，"没有流露的勇敢，只有伸到井底，在那儿与泉水和囚徒私语的树根"（《裸国·29》）。

"赤裸裸的世界"在全诗末尾变成"透明无色的世界"。世界终于被我们赤裸到底了,而一首史诗性、寓言性的神话长诗也抵达了它自身的尽头。整首长诗一如列维-斯特劳斯在《神话学:裸人》"终乐章"所给出的他研究神话事实的模型:"庞大而又复杂的构造物,它呈现斑斓色彩,在分析家的注视下展现,如花朵般慢慢开放,然后重又闭合,最后在远处消没,仿佛未曾存在过。"[1]

这个"庞大而又复杂的构造物"向我们充分展示了"树巢"的复杂内涵。"巢"之家园含义是《树巢》的核心关注,"巢"之鸟兽巢穴义也是这首生态长诗的关切之一;本诗的色情、生殖乃至民族繁衍主题,扣阴巢义;"巢"有巢居义(栖宿树上),《庄子·盗跖》:"古者禽兽多而人少,于是民皆巢居以避之",此义《树巢》亦多有书写;"巢"是巢父的省称,巢许(巢父和许由)是隐士的代名词,如杜甫《奉赠萧二十使君》"巢许山林志",《遁世纪》呼应此义;"巢"亦指敌人或盗贼盘踞的地方,如《新唐书·杜牧传》:"不数月必覆贼巢。""巢"也是乐器名,《尔雅·释乐》:"大笙谓之巢",可喻长诗;甚至巢饮这一极生僻的含义,《树巢》亦有表现:"我们生来就离不开树林,/人类在上面栖息,在上面饮酒"。总之,《树巢》一诗由诸多"辞巢"编织、汇杂而成。而"树"除了指涉《创世纪》中的三种树,还意味着《树巢》是一座"文本的森林",古今中外大量文本交织于此,钟鸣的创作就是再创作,就是对数量惊人的文本的吸收、化用、模仿、影射、变形、偏移、改写。这似乎证明了一个观点:文学的本质即是它的文本性,也即互文性。钟鸣相信,"每个典故和风俗的运用,都可以加重语言的分量",但另一方面,这"恰恰也就导致了它的不可知性"[2]。钟鸣对《树巢》既珍视又否定的态度,即来源于此。这种矛盾的态度在长诗之外,构成了一首以"修辞立其诚"为主题的抒情诗。■

---

(1) [法]克洛德·列维-斯特劳斯:《神话学:裸人》(周昌忠译),中国人民大学出版社,2007年版,第746页。
(2) 钟鸣:《旁观者》,海南出版社,1998年版,第1406页。

记忆诗学　钟鸣研究集

钟鸣说过，诗人张枣发明了只对一首诗有效的私人语汇。敬文东则说："钟鸣自己正好相反：他发明了一套对自己整个书写都有效的语汇。"[1]三厚本的《旁观者》，封皮设计精美的自选诗集《中国杂技：硬椅子》，妙趣横生的《畜界，人界》，2009年出版的《涂鸦手记》，再加上2015年出版的《垓下诵史》。在《涂鸦手记》中，解释"地理学"（geographic）这个词时，钟鸣说它源于希腊文的两个字：ge 和 grapho，字义分别是"地球"和"描绘"，他诗意地称之为"关于地球的涂鸦和描述"，这也是作者写作本书的野心和梦想。在新版《畜界，人界》的"后记"中，钟鸣写道："在我看来，真正的才华不在于一得一失，也不在于此时此地，对一个真正的诗人来说，终其一生的耐性才是其秘密武器。"[2]他一再强调卡夫卡的说法：缺乏耐性是我们无法回到天堂的真正原因。耐性在钟鸣身上，也许是一个秘密。不是说别人不知道，而是他们做不到。

耐性缓解了速度与反应的灵敏度。因此，对钟鸣来说，写作在他那里获得了一种自己的速度与成长。他的才华不属于急智型的，毋宁说是性格决定了这一切。因为有耐性等待某种东西自然地在头脑中成

---

(1) 敬文东：《中国当代诗歌的精神分析》，中国社会出版社，2010年版，第243页。
(2) 钟鸣：《畜界，人界》，2010年版之"后记"。

恍惚与界限之间的身体——钟鸣论※　　　　　　　　　　　　曹梦琰
　　※ 原载《广西师范学院学报》2016年第3期，转载于《中国人民大学报刊复印资料》
（中国现代、当代文学研究），2016年第7期。

长,被自己思考与接受,就少了即兴与趋附。也因为有耐性等待那些迟迟不发芽的东西在冻土中酝酿,就少了浮躁:"我们将忘记南方那挥霍的习性,而记住北方冻结在土里的鸟食。"(1)在柏桦身上,天分表现为一种挥霍,他迅速地感知与获得常人不及的东西,迅速地消耗它们,直至没有。或者说南方性,灼灼生华,自燃般地消耗,因为缺少抵御自身的能力,也就不能保持下去,20世纪80年代四川的众多诗人也如是。或许,寒冷的北方赋予诗歌与诗人另一个向度,即持久性,那种耐得住漫长冬季荒芜与枯燥的持久性。钟鸣曾说:"在别人写抒情诗的时候,我延续过去的爱好跑去写叙事诗了;在别人写'史诗'时,我却热衷于短诗或相反;而在许多人大获成功接近自封的'大师',或以过来人自居的时候,我却开始对诗歌保持距离,采取陌生化的方式写上了随笔;等别人开始走成年人的文学路线——青春期诗歌、中年小说时,我又像小学生亲切地回到了诗歌的门槛上——其中有下意识的成分,但绝不是存心作对,而是性格所使然,命运所使然。"(2)当人们专注于自己思考的问题时,就悄然与世界产生疏离感,甚至也和自己——和那个即兴的、冲动的、热衷一切新鲜与好玩事物的自己——产生距离:"蜗牛觉得自己的鼻子很短,/但它却探得书中的路程,/终将获得结局。在圆桌上/它抛弃了胜利,尤其是//那种轻而易得的胜局"(《蜗牛慢行纪》)。不管是诗歌还是随笔,在钟鸣那里,都因为耐性,因为思考的反复与深入,而逐渐蔓延为一个相互勾连的整体,同时获得深度与辐射度。而钟鸣身上,又有南方的精致性、趣味性与神秘性,他的语言是很个人化的。在这种个人化的语言中,身体是在场的,然而语言标识的却不仅仅是这种单纯的在场,还有它的延伸、恍惚与错位。也就是说,在钟鸣的书写中,下意识地包含自己的对立面——但并不是玩弄修辞的对立面,而是在他持久的身体感受与思考中,遇到的不可避免的尴尬与矛盾。甚至对立本身也不像在欧阳江河的诗歌中,那么圆熟与精巧。在钟鸣这里,对立也是不确切的,有语言和道德难以去定义的暧昧性。《旁观者》中,他用了"恍惚"一词。

---

(1) 钟鸣:《涂鸦手记》,上海人民出版社,2010年版,第253页。
(2) 钟鸣:《中国杂技:硬椅子》,作家出版社,2003年版,第8—9页。

恍惚在钟鸣身上是无意识的，他无法控制笔下的滞涩、停顿与飘忽，这是他的作品难以理解的一个原因。然而钟鸣又能洞察到这种恍惚，他思考它，甚至迷恋它，却不放任它。

他的整个书写，都是清晰而理性的，却有一种无法定义的轻盈性与模糊性。或许在可知与不可知之间，这个深度思考者与语言的唯美主义者，已经为自己划定了界限：一方面是可以超越的自己，另一方面是永远不能打破的界限。在《美国讲稿》中，卡尔维诺谈到文学的繁复性，他说："我们是什么？我们中的每一个人又是什么？是经历、信息、知识和幻想的一种组合。每一个人都是一本百科辞典，一个图书馆，一份物品清单，一本包括了各种风格的集锦。在他的一生中这一切都在不停地相互混合，再按各种可能的方式重新组合……但愿有部作品能在作者以外产生，让作者能够超出自我的局限，不是为了进入其他人的自我，而是为了让不会讲话的东西讲话，例如栖在屋檐下的鸟儿，春天的树木或秋天的树木，石头，水泥，塑料。"[1]钟鸣也有这个梦想，用他繁复的笔触，唤出事物和它们身上比人更持久的品质，它们超越时代的变幻与人性的阴晴不定。甚至，他走得更彻底，从器物入手，研究三星堆和上古文化。他说要重建一个金石学上的研究，说这是中华民族的记忆问题。[2]身体召唤人们去写作，写作朝向的尽善尽美，又呼吁出一个为世界而行动的身体，日臻成熟与健全的身体再度召唤写作……在钟鸣这儿，循环进入良性的状态。不尽完美的现实，让人们朝向梦想中的词，词语却让人们再度发现事物身上可贵的品质。不再满足于词的人，开始触摸与了解物，用语言为他人与子孙后代记录重新发现的物的种种。记忆延续，诗意与物性延续，人们于其间锤炼而成的品质也延续下去……

> 我只能这样。盖子里
> 是一个多么慷慨的世界，
> 把各种刺耳的声音容纳，

---

(1) ［意］卡尔维诺：《美国讲稿》（萧天佑译），译林出版社，2008年版，第119页。
(2) 钟鸣：《钟鸣："旁观者"之后》，载于《诗歌月刊》2011年第2期。

即使是一块粗糙的石头,

我划破的也是自己的喉咙,

我用水浓缩了的酸性掌纹,

惊扰的是我自己的灵魂,

它粗糙得实在不成样子,

那是个什么样的岁月哟!

——钟鸣《我只能这样》

在诗人身上,有一种聚敛性,对外在于自己的一切和自身的一切。他通过自身过滤它们的伤害性,即使他忍不住发出感慨:那是个什么样的岁月哟!但这位深度思考者显然不愿意让自己陷入"盲目仇恨、二流的牢骚"中。齐泽克谈"内在违越"时说:"权力一直是,也已经是自己的违越,如果权力要发挥效力,它就必须依赖某种卑劣补充。"[1]意识形态本身包含它的对立面。钟鸣说"虚假意识形态的人格化",实际上就是人们画地为牢,陷入边缘者的自我框定中,自以为站在对立面。他们批判与违背他们所批判与违背的东西,却盲目地陷入"违越"式的补充地位,对意识形态而言。诗人一旦意识到这点,就会让那盲目的、冲动的、自以为的仇恨和牢骚通过自身进行调节与转化:"我绝不在城市里疯跑,/也绝不和任何人交换,/我伤害着自己的灰尘"(钟鸣《我只能这样》)。他与他不满的一切保持距离,认清它们,却不会去"咬人"。诗人说:"灵魂只能按照自己的性质/分配给未来碳化的界线"(钟鸣《我只能这样》)。钟鸣追溯时间中的碳化物,他用得更多的一个词是"氧化":"而秘密则意味着美丽和氧化,秘密仅仅因为美丽。现在人们一般不说氧化,而说牺牲。"[2]他想在自己的写作中记录氧化物与氧化作用,那些过去时代的隐秘与美丽:"在咽气断壳的氧化物中,我看清了/它华丽的隐身术"(钟鸣《凤兮》)。而诗人的写作,也有意识地将自己列入这个氧化过程中,给所有的后来

---

(1) [斯洛文尼亚]齐泽克:《幻想的瘟疫》(胡雨谭、叶肖译),江苏人民出版社,2006年版,第33页。

(2) 钟鸣:《涂鸦手记》,上海人民出版社,2010年版,第33页。

者梳理出一条隐秘的脉络。母语的美与疾,在钟鸣这里,褪去了大而不当的华丽和骇人听闻的怪诞。他聚敛它们,用耐性等待时间的沉积、筛选与挥发,开出那朵奇异的玫瑰。博尔赫斯讲过一个故事,炼金术士的玫瑰:好奇的、满怀热情的人终于等不住了,失望了,离开了……炼金术士对着已成灰烬的玫瑰吹一口气,它在他的手中重新绽放。

"传承有序",钟鸣喜欢强调这一点,也屡次谈到俄狄浦斯情结。也许在他看来,那条不可逾越的界限即是:人们必须对这个我们已经生活其中的世界,我们已经作为它延续下去的一环的历史,和我们前人做出的种种努力,心怀感激与敬畏。当然,这一切以不同的方式来到不同人的身上。在钟鸣那里,并非简单的接受与承认。然而一旦他把它们称为界限,自己就必须予以尊重。谈到张枣诗歌中的谶语时,他说:"圣人也早已提醒众生:不知生焉知死。"[1]界限并非不存在,如果不只是把它当作言辞——当作那种让实际的冲突在其中闭合的言辞。[2]这就是所谓的冲突在叙述中闭合。当人们的身体遇到现实世界的种种——那些他们不可知、不敢知的种种时,禁忌并不能够通过"界限并不存在"这一说辞而被消除。

钟鸣说:"我对人道主义的胜利才是人的最后胜利这点深信不疑。其实,人无时不在自己的局面中。它常令人陷入尴尬。哲学的困惑,其实也就是现实的困惑。"[3]理解这一点,才能够在钟鸣的文字,甚至他的生活、他所专注的事情中,找到一个整体的精神脉络。当钟鸣说到"词的胜利"时,并没有贬斥语言。他忧虑人们陷入语言与现实恶性循环的怪圈中,无法自拔。因此他希望用物的坚实性和生活的实际性,消除词语带来的种种幻想。齐泽克说:"同'真正的艺术'相比,流行剧和低劣仿制品更接近于幻想……幻想本身就是个谎言。真正的艺术巧妙地操纵幻想,愚弄了幻想对思想的管制,从而揭露出幻想

---

(1) 钟鸣:《诗人的着魔与谶》,载于《今天》,2010年第2期。

(2) 齐泽克谈到"冲突在叙述中闭合",他说:"叙述之所以会出现,其目的就是在时间顺序中重新安排冲突的条件,从而消除根本矛盾冲突。因此,叙述的形式也正证实了一些被压制的矛盾冲突。"简而言之,就是人们在修辞的世界中解决现实中不可能解决的矛盾,实际上也是一种虚假的幻象(参阅[斯洛文尼亚]齐泽克:《幻想的瘟疫》,第12页,同前)。

(3) 钟鸣:《旁观者》,海南出版社,1998年版,第293页。

的虚假本质。"[1]罗兰·巴特也说过:"全部文学意味着:'我一面向前走,一面指着自己的假面具……真诚性需要虚假的,甚至明显虚假的记号'。"[2]也许,区别仅仅在于:是用虚假伪装真诚,还是让虚假揭露自己、指向真诚?钟鸣敬畏界限,那是身心在与世界发生最深刻的相遇时,不得不因为它却步或沉默的东西。写作的真诚性源于界限:说什么不说什么,为什么这样说而不是那样说。界限的丧失,对词和物来说,都是灭顶之灾。

> 野兽惨遭灭绝,灵魂继续恶化,
> 时间测算痛苦的是另一个框架,
> 地质学中沉寂的部分已被发掘,
> 巨大的行星被非人的力量吸吮。
> ——钟鸣《时代》

一

在《旁观者》中,钟鸣说到"文化名人":"这是奇特的社会现象。不是我们室内人所能解决的。它像鸦片,具有兴奋和麻醉作用,来自人群最幽暗的部分——谭嗣同用了一个词来形容它:阴疾。"[3]贩卖苦难,用自己受到的不公正待遇来煽动人群和自身。这是文化中的疾,常年生长在阴暗而潮湿的地方,把阳光本身连同阳光下的罪恶一同列为憎恨的对象。一旦滋生与蔓延开来,就勾连起心中的阴暗部分,成就自以为是的"美丽心灵"。这样的传奇故事与文化名人任何时代都有,不管是真实的还是虚构的。人群需要它们,它们就在演绎中流传着。人群是滋生与助长阴疾的地方,看与被看,看者与被看者的表演与心态,均隐秘地构成一幅奇特而玄妙的景观。在钟鸣这里,就是他

---

(1) [斯洛文尼亚]齐泽克:《幻想的瘟疫》(胡雨谭/叶肖译),江苏人民出版社,2006年版,第24页。
(2) [法]罗兰·巴特:《写作的零度》(李幼蒸译),中国人民大学出版社,2008年版,第26—27页。
(3) 钟鸣:《旁观者》,海南出版社,1998年版,第248页。

的《中国杂技：硬椅子》：

> 当椅子的海拔和寒冷揭穿我们的软弱，
> 我们升空历险，在座椅下，靠慎微
> 移出点距离。椅子在重叠时所增加的
> 那些接触点，是否就是供人观赏的，
> 引领我们穿过伦理学的蝴蝶的切点？
> ——钟鸣《中国杂技：硬椅子·1》

　　诗人选取杂技中椅子的叠加、不断将危险推向更危险的情境，然而对供人观赏的杂技来说，这令人屏息而凝视的危险，只是表演的一部分。它唤起一次次悸动之后，依然冷冰冰地走向自己专注的更高的高度。参与其中的身体是脆弱的，然而椅子重叠之时，给观赏者带去又一次震撼，却让人忽略了表演者身体微小的变化。诗人洞穿了我们文化中的冰冷与生硬。诗歌有一种唯美情调，却也冷冰冰地滑向硬度："椅子绷紧的中国丝绸，滑雪似的使他滑向／冬天，他专有的严冬。"（钟鸣《中国杂技：硬椅子·2》）丝绸柔软、精致，却特有一种冰冷，尤其当它冰冷地覆盖在硬椅子之上时。诗人并没有极尽铺陈文化中的美与疾，丝绸覆盖椅子的状态，他借此找到物的切入点，冰冷、美丽、不可言说的神秘感全都出来了。叠加椅子的技艺在不断升高海拔的过程中，也增加着寒冷。这个自然现象中正相关的比例，隐喻技艺本身的完美度与它的冰冷度：每一次叠加都在推进更危险的美，更不可及的美。然而对高度与完美度的追求，仅仅是表演本身的要求，仅仅是人们能够在一场技艺中化解的对危险的紧张感——也许又能回到冲突在叙述中闭合这样一个问题。那么身体就是不在场的："轻身术会使人更加超然吗？"（钟鸣《中国杂技：硬椅子·1》）钟鸣指涉的是这样一种文化现象：被观看者与观看者一同参与表演，前者对身体柔软度和适应度的训练，以及后者的惊诧、唏嘘和紧张，都是预先被设计在场景之内的。表面上看，一个身体在呼唤另一个身体，表演者在调动观看者。然而实际上，他们的身体，都作为技艺的一部分被差遣、调动，即使出现恐慌，也会在最后圆满地化解。身体是缺席的，即使它看起来在场，那般的紧张与焦灼。这是文化的吊诡之处，它让人们以为身处真实，实际上自己的一举一动都已经成为虚假的操练："爬高者在椅子上，像侏儒般倒立，露出些破绽，／看它是诗，天梯，还是椅子，或椅子上的木偶？"（钟鸣《中国杂技：硬椅子·1》）在《旁观者》中，钟鸣虚构出一个场景：人群发出热烈的叫声，对着马戏团的表演。有三个人站起来，蔑视着观众，然后消失了，这三个人是罗伯特·穆希尔、卡夫卡和曼德尔斯塔姆。"后来，穆希尔写了《黑色魔术》——探讨有趣的场景，什么是生命呢？生命就是活着谴责每件事。但以上帝的名义，什么又是活着呢？这是个难题。"[1]什么又是活着呢？像侏儒般倒立，还是像椅子上的木偶？技艺的轻身术，无法让人更超然，如果技艺只是在掏空身体，而不是减轻身体。如果人们看起来还活着，实际上已经不再活着了，他们就是身处一场杂技表演中，无论它如何精彩，都只是表演而已。

在这场表演中，处于最高、最寒冷之处的人就是皇帝。"皇帝最怕什么椅子。"（钟鸣《中国杂技：硬椅子·2》）钟鸣说："其实，皇帝并不怕椅子，他的权力足以让所有看得见的椅子顷刻消失……他如坐针毡怕的是附着在椅子上的那些神秘的意识。"[2]他怕的是那些"深邃的目光，将要／对付他"，他们盯着他的一举一动，盯着他的"不清洁"。这是身居高位者最寒冷的事情，目光的聚焦让他不得不谨小慎微。这显赫的身体，也只能沦为目光中的躯壳。

> 因此我们有责任让嘴和椅子光明磊落。
> 在皑皑而无雪的冷漠和空虚里，
> 在绷得像陶土一样的千人一面，
> 他坐出青绿，黄色，绛紫，制度，吃住软硬，
> 兼施暴力和仁慈。
>
> ——钟鸣《中国杂技：硬椅子·2》

---

(1) 钟鸣：《旁观者》，海南出版社，1998年版，第1228页。
(2) 钟鸣：《中国杂技：硬椅子》，作家出版社，2003年版，第16页。

目光的聚焦经由被聚焦者，返还到投射者的身上。皇帝返还了他的看，那高高在上的看。罗兰·巴特在写埃菲尔铁塔时，说它兼具观看与被看的功能。人同样沦为目光的躯壳："把经筵像巨缸顶到我们的／头上，我们便有了读书月，有了丰雪兆年。"（钟鸣《中国杂技：硬椅子·2》）表演者一旦上升到他危险的高度，他的身体就沦为维持高度的系数，观看者们会一直盯着他，看他会不会摔落。然而高度同样截获了观看者，他们必须要向自己紧紧盯着的高度持仰望姿态。于是，拥有高度的人，就成为他们臣服的对象。表演者与观看者彼此捕捉与束缚，而他们都是表演这一形式的囚徒，被束缚在它的牢笼中："我们有'私'吗？公开后将不存在。"（钟鸣《中国杂技：硬椅子·3》）

当所有人都被置于这场看与被看的表演中，"历险""轻身术"，王的"光明磊落"和书生们的"读书月"，就都成为谨防目光的表演。文化把人置于怪圈中：用自己的目光捕捉他人，同时接受他人返还的目光再将自己束缚，直到人们之间的羁绊千丝万缕，再也分不清是谁在盯着谁。最后的状态是：想象自己置身于被凝视中，并让这种凝视摆弄身体、左右身体，直至身体形成表演的惯性。

因此，诗人才说："我们能否有被公开后／依然存在的那种'私'，那种恪守，／因传种的原理而被爱和它的狭义撬动？"（钟鸣《中国杂技：硬椅子·3》）那种"私"即是身体的真正脉动所在，不为表演存在，那种私是对身体的恪守："仅属于攀缘之手，唯一的，非别的手，／不是所有的时候，也不会在别的椅背上。"（钟鸣《中国杂技：硬椅子·3》）诗人试图释放一种唯一性：身体在发挥它自己，却并不是作为一种依附，一种随时随地可以被取代的依附。身处这杂技般的文化背景中，是选择不断地把自己置于更高的海拔中，成就那冰冷的、让身体消失的表演，还是仅仅退回到身体的感受中，摸索另一种可能性："或靠着它难以理解地步步高到风险和／众矢之的？在它私下沉落的光亮之中，／有轻抬的腕托给它永远被遗忘的轮廓。"（钟鸣《中国杂技：硬椅子·3》）诗人选取椅子，就已经暗示一种被做出来的、缺乏呼吸的感觉。树是有生命和呼吸的，它也有硬度，但它的生长却以看不到的方式改变硬度。树是变化着的身体，坚强而有韧性。椅子却只是被"拼凑"起来的"薄木板"，即使它可以被做到龙椅的精致程度，覆盖着无比轻柔美丽的丝绸,却只不过具有一种丧失呼吸的硬度。叠加,无论怎样的叠加与它们所塑造出的惊奇,都是僵死的不变,是没有呼吸地做,而不是生长。我们的文化一旦陷入这种做的怪圈,无非就是人们争先恐后地去把自己置于风险的最高处,让身体消失在最顶端的椅子中。在僵死的制高点,新一轮的表演与观看往复循环:"是谁呢,/使得我们的面子像拼凑椅子的薄木板,/因为没有表情而被瓦解。"(钟鸣《中国杂技:硬椅子·3》)身体的轮廓被遗忘了,身体的呼吸消失了,身体也就成了椅子,那叠加到更高地方的薄木板。是谁呢?诗人也追溯到这个问题。张枣的《何人斯》中,有"究竟那是什么人"这一追问,借此他追溯与重新发明古典诗意。在钟鸣这儿,也是一种追溯,不过他追溯的是另一方面:那让我们的身体与真正的诗意消失的那种"诗意",那种被人们信奉与崇拜的虚假与冰冷的美丽。"让铁人和硬骨头,/从杂耍里走出来,而人间私事则成了'丑闻'。"(钟鸣《中国杂技:硬椅子·3》)这是另一个极端:在不断做出高度与完美度的表演之外,私的污点被放大为人尽皆知的丑闻,这同样是不真实的,更是残酷的。

"她们练就一身的柔术,却使我们硬到底,/不像肋骨在我们体内,能赎罪,得救;/不像一株蔓,牵引着鸟和它定时而归的幸福"。(钟鸣《中国杂技:硬椅子·4》)诗人直接点明这做出来的柔软、这应表演而生的柔软,是缺乏呼吸的。它不能够变作夏娃的肋骨,也不是牵引鸟儿的蔓。柔术只是在制造一种柔软——和硬椅子一样缺乏呼吸,它充其量只能唤起一种生理性的硬,或者是那冰冷的、制度的、死板的硬。人们不能因此像亚当与夏娃那样,在被逐出伊甸园后,在遇到他们的真实生活后,仍然能够通过身体感受到的最切实的痛苦与快乐去赎罪。诗歌,如果不能唤起呼吸的身体,只是把自己嵌入文化表演的怪圈中,就无法说出最真实的处境,而仅仅堕入一种让问题在表演中闭合的矫饰与空虚:"她们的柔和使椅子像要一个软枕头似的/要她们,要她们灯火里的技艺,/要她们柔软胸部致命的空虚"。(钟鸣《中国杂技:硬椅子·4》)无关痛痒的柔软,作为一种技艺的锤炼,让人一次又一次地抬头瞩目它达到的高度。我们沉溺于这致命的空虚,忘记生活的真实所在。生活不是表演。因此,穆希尔离开马戏团,说:

"生命就是活着谴责每件事情。"卡夫卡离开马戏团,写出《约瑟芬,女歌手或耗子的民族》,他说:"我们之所以要听约瑟芬唱歌,正因为她不是歌唱家,几声尖叫就能让我们心满意足。"(1)什么才是活着?从表演的舞台、看与被看的伎俩中退出,思考一切是为什么,"我"的身体究竟在什么地方。

二

在写出《中国杂技:硬椅子》的二十年之后,钟鸣创作出组诗《耳中优语》。不同于表演性的、将身体置于公共凝视中的杂技,耳中的优语是一种隐秘与亲密的诉说,贴近身体:"它几乎是个少女,从竖琴与歌唱/这和谐的幸福中走出来/通过春之面纱闪现了光彩/并在我的耳中为自己造出一张床。"(里尔克《致俄尔甫斯十四行》)(2)在此之前,钟鸣创作的长诗《树巢》中有一节《风截耳》,在那时,诗人就已经开始关注这贴近身体的诉说与倾听。里尔克《杜伊诺哀歌》的开头:"有谁在天使的阵营里倾听,倘若我呼唤。"(3)对俄尔甫斯来说,倾听者就是知音者,诗人呼唤的即是知音。在里尔克那里,呼唤是朝向神性的,知音者是让普通人震骇的天使。耶稣布道的时候,对他的门徒说"有耳可听的,应当听。(He who has ears, let him hear.)"(4)重点在于听,而不是耳朵。耳朵可以听得到神性、听得到世间万物的声音,"风里生出小兽和伶俐的耳朵,听宇宙的声音"(钟鸣《风截耳》),也同样可以形同虚设,有耳相当于无耳:"变光明为黑暗,变万里长风为污染的双耳, /人被盯死,耳朵被晒干!"(钟鸣《风截耳》)贴近耳朵,表面上是贴近身体,或者说,诗人渴望如此。然而,耳朵本身会被规训、污染,甚至被晒干而丧失听的生命力。就如同练就柔术的柔软,其中

---

(1) [奥]弗兰茨·卡夫卡:《卡夫卡全集·第九卷》(卢永华等译),河北教育出版社,1996年版,第82页。
(2) [奥]里尔克:《里尔克诗选》(绿原译),人民文学出版社,1996年版,第492页。
(3) [奥]里尔克等:《〈杜伊诺哀歌〉中的天使》(林克译),华东师范大学出版社,2005年版,第5页。
(4) 《圣经·马太福音》,13:9。

那个可以呼吸与感知的身体是不在场的："就像皇帝在风里梦见消灭了灰尘，／墙壁上挂满了铁笼子，／挂满了鱼鳃，要把风／送入所有在逃的耳朵，混淆其视听。"（钟鸣《风截耳》）

敬文东说，在钟鸣的诗歌中，"树的海拔是理想的高度、人性的高度"，"椅子的海拔是现实的高度"[1]。或许，还有一种高度，是天空的高度，不过，那显然已经是不可及："'请保持距离'，太阳对夸父说，／'那就是保护你的尊严！'火球开始／西沉，'当心，残屑会刺伤你！'"（钟鸣《追太阳的人》）夸父追逐的太阳，在人神不隔的年代已经是不可及的，这高度带来的温度只会灼伤人："而他则变得诡谲，／像一枚因哭泣而淌血的桃子。"（钟鸣《追太阳的人》）身体聚集了超出它承受范围的能量，只会走向自毁。也许，20 世纪 80 年代的诗人们，或多或少地有过这种追逐的妄想。他们看着年代的天空，张开双臂，却无视身体所处的深渊。听力所及之处，同样有高度的差别，即神的高度、理想的高度和现实的高度。张枣的诗歌，在寻找知音者与对话者，而他本人达到的高度决定了曲高和寡这样一种状态。钟鸣则从听的角度，去辐射世界与万事万物。其中有理想的听、现实的听，甚至听得沦丧。也许，钟鸣从一开始就假定知音者的丧失——如果能够遇到，那也只是很偶然的事情。物作为倾听者丧失物性与自然性："从树叶卷起两只耳朵，／偷听公开的暴力。那些还在土中的人，／秘密的萌芽。"（钟鸣《风截耳》）说到底，是人的阴谋与恐慌玷污自然的自然性，让风声鹤唳转为草木皆兵。人的耳朵则更早地经历了沦丧："再没人涉水过河，／像壮士那样唱'风萧萧……'""地上有无数三只耳朵的秀才"（钟鸣《风截耳》），耳朵失去了对理想之歌的耐心，转向卑劣的、利欲熏心的窃听。看可以转化为监视，听也有监听的功能。耳朵与世界相互污染、抽空，最终也难免成为另一种形式的表演：被监听者为监听者而说，监听者的耳朵被监听者所束缚。

"但我一定要说出真理，／宁可麻雀叫我大嗓门。"（钟鸣《我只能这样》）诗人的目光犀利地透过世界，这个被假定已经丧失倾听者的世界。唯唯诺诺、为琐事而争吵与计较的麻雀们，显然受不了这种深

---

[1] 敬文东：《中国当代诗歌的精神分析》，中国社会出版社，2010 年版，第 225 页。

度的透视:"深渊逐渐在扩大,眼泪,/像廉价换来的肺痨和干瘦";"小市民展开了声势浩大的习气。/遍地都是唐璜似的音节和古板"(钟鸣《我是怎样一个失踪者》)。深渊,如果它在20世纪80年代,在某些人那里,还可以算作一种理想主义的高蹈,此刻的深渊则是从生命与生活的烦琐、无聊、乏味开始扩大,而且势不可当。牺牲、死亡都是没有意义的,因为要抗拒的是凡庸,那种将自己淹没于灰色之中的凡庸。在这样的情形中,交流与对话是不可能的:"那些彼此不信任的人,/他们谁也不愿意记住/那些曾扼制名字的力量,/我的失踪乃是一个无名者的失踪。"(钟鸣《我是怎样一个失踪者》)淹没于灰色中的人,宁愿用同样的灰色眼光去淹没别人,彼此消解对方的存在。诗人自诩为失踪者,一方面是自身的疏离感,另一方面却是无可奈何地被这个世界所烙印的身份:"你可听说,树林要把喧阗的麻雀开除?/用什么方式呢?——请飞到别处去吧!"(钟鸣《曼德尔斯塔姆失业》)

  钟鸣不赞赏圆熟,他说"圆熟的文本特征,也正是技术的单一化","写作技术的有效性,必须在更开阔的视野中探讨。否则,就不可能有客观合理化的判断"。[1]因此,他喜欢翟永明笨拙地抗拒魅力的诗歌,他警惕张枣诗歌中的聪明过人,他不喜欢欧阳江河诗歌中做出来的精致。生命是有摩擦感的,钟鸣期望容纳于他诗歌中的,也是这些驳杂的摩擦痕迹。另一方面,他又是深邃的,不是跟着感觉走的那种状态,因此,他的诗歌中缺少呼之即出的婉转与流畅。可能他自己说的恍惚感,经常扰乱着思考与感觉之间的界限:

  这些传说带走了一年又一年的灰尘,
  坐在镜子里,鸦雀无声一下就老了,
  开始像蚯蚓一样胆怯,再不敢放肆,
  再也不能神气活现地蔑视乘坐地铁
    ——钟鸣《我仍然只能这样》

  忧伤的抒情性忽然蹦入对现实的戏谑中,诗人身上存在着双面雅

---

(1) 钟鸣:《旁观者》,海南出版社,1998年版,第439页。

努斯。或者,我们根本不曾看清他是双面还是更多面,或者仅仅是单面。因为钟鸣警惕着,不把这一切纳入正反或此彼的二元思考中。身体,含混的身体,原本就无法理清这些状态。而界限,他坚决划定的界限,总在谨防被恍惚感僭越。好在,他是防着的。诗人说,他们这代人,"要么是不幸福的,要么就是不道德的",这是身处恍惚与界限之中的两难。

三

随笔集《畜界,人界》中,钟鸣提到一种动物"果然",然而我们现在所知道的它仅仅成为一个虚词,动物的身体消失了。钟鸣说:"生物的灭亡,对过去遥远活泼的生命之存在,或许是一种严重的威胁和一种莫名的恐惧,但对未来,那仅仅是一个极简单的名词或虚词化的过程。"[1]他趣味性地,以一种类书的做法,在他的书中重新召唤出那些真实存在、存在过的、想象中的动物的身体。然而他已经隐隐透露出其中的悲哀之处——依然是消失与缺失。果然的身体是缺失的,而孔雀的身体正在消失。词语的迷人之处在于,它魔力般地呼唤出人们的梦想、对遥远年代与事物的神秘性的追溯。然而词语的无奈之处也在于,追溯之物,已经是此时此刻不能拥有的缺失之物。这其中的暧昧性是:词的魅力,实际上取决于它对缺失之物的追求。为了更好地拥有它,才让它缺失?受虐情结?或许,秘密在于,人生而缺失。孔子也道:"述而不作,信而好古。"我们追溯前人与过去,我们的前人又追溯他们的前人,大家都在不安地寻找自己缺失的东西,都认为自己是缺失的——事实上也是如此。而这种追溯,实际上关乎记忆。身处此时此刻的真正问题,不在于缺失。天堂以降,缺失就天然存在,而在于如何去看待它。致命的不是失去,而是漠视与遗忘这种失去。钟鸣忧心的就是记忆问题,尤其是,记忆中的身体。

无法理解的不仅仅是人,我们还无法理解石头、树木、大地、天

---

[1] 钟鸣:《畜界,人界》,上海人民出版社,2010年版,第273页。

空和它们身上的品质。记忆，若不沦为对"果然"那样的虚壳般的记忆，就必须连同记忆中彼时彼刻的身体一同铭记。一个非常简单的问题——首先是人对自己的记忆。留下的红色摄影，在时间的流逝中，会沦为被任意填充意义的空洞符号——健忘的人，不能回忆起自己彼时彼地的身体是什么样的。赞美和控诉都是毫无意义的，词有时就是毫无意义的，如果缺失身体。太过忠实于身体，让它滞留在语言的僵壳中，可能会被后者吸纳到看不见；太过圆滑，让身体在语言中摇摆、左右逢源，语言就成为游戏，充其量不过是一个看起来漂亮点的躯壳罢了。

  首先是生活的真实，"掌握事物，而不是服从命题"[1]；其次是思考，在命定地要让自己陷入思考的地方，对跟着感觉走的那个自己喊停："只能画事物的表皮，事物并非事物。"（《涂鸦》）[2]这是诗人对语言的质疑，"他画你外省的乖张／你却要一个永恒的形象"，"就像画了一千遍的抚摸。／墙把我们小心翼翼浇筑在一起，／以至于我们无法感受肢体的膨胀，／肉感的威胁和麻木不仁的怯弱"。或者是不足，或者是过度，其实归根结底都是不足。对身体而言，表皮的描摹和过度的描摹，都让我们失去了它。在《旁观者》的写作中，钟鸣或许就是在和那个或者要离开或者又赖着不走的身体较劲。记忆自己，不仅仅是记忆，还要评价与思索那个曾经是"我"，现在正和另一个"我"融合的自己。

  钟鸣的笔下，时代与它的元素出现得很多。它们就像旁观者书房外的喧嚣，他听它们，思考它们，却仿佛从不属于它们。他关注它们，像关注记忆链条中的一环，用以接合断裂之处。而他真正关心的是，那些更遥远的物和它们的时代。在成都，堆满各种各样古代器物的房子里，他告诉我们："我现在对当下不感兴趣，我关心五千年以前的问题。"物往往比人更富有耐心，它们被制造、接受摆弄、做修辞之用，或被销毁与埋葬。它们在时间中静候被发现，然后被丢弃、贩卖，成为新一轮的修辞附着物。或者因为机缘巧合，它们出现在某个命中

---

(1) 钟鸣：《旁观者》，海南出版社，1998年版，第1494页。
(2) 钟鸣：《涂鸦手记》，上海人民出版社，2009年版，第90页。

注定之人的手中。他打量它们，触摸它们的纹理与磨损处，让它们释放出自己承载的记忆——那些残缺的，却让我们期待不已的遥远的记忆，有关我们的祖先和他们的生活，有关我们从何而来。而我们，已经缩小的我们，正是在溯及缺失之物、溯及记忆的过程中，找到自己的所在——这是钟鸣的梦想。这也是他不愿沉溺于语言带来的恶性幻想的原因，他试图从物那里，从物的坚实性中发掘出身体的真实所在："很多人都不懂历史，陈凯歌，拍皇帝啊，坐在那。舜帝禹帝全部要下地劳动，古书里记载得清清楚楚。他们没有历史感，他们不懂。"[1]难怪齐泽克说流行剧更接近于幻想呢。说到底，人们要追溯的是真实，而不是幻想。即使人们幻想了，那也是因为有某种真实在里面，所以会有神话学、心理学……

钟鸣说到自己为什么在《涂鸦手记》的开头谈地理学："那个书从高地开始，最后到低地，就是到东南亚，其实我里面的很多地方都专门谈到这个地方，这条线正好是《山海经》的路线。中国的地理是地趋东南嘛。"[2]"关于地球的涂鸦"，诗意本身来源于某种真实性与坚实性。马可·波罗那儿有一本涂鸦，卡尔维诺那儿则有一本以前者的涂鸦游历为题材的涂鸦，并且取了一个很有诗意的名字《看不见的城市》。用看似真实的口吻诉说虚假，或者用虚假的语气吐露真实。人的痕迹就是对世界的涂鸦，在钟鸣那里，这个词是意味深长的。重要的还是真实，涂鸦掩盖了真实，也泄露了真实。他的身体也穿越那条路线，古老《山海经》中就已经记录的路线。时间中的人们来来往往，留下自己的涂鸦，修改或装饰它的表面。而它本身，却以自己的负载，不动声色地昭示持久性与坚实性。

界限源于对真实的尊重，一旦明白这一点，言说与生活就不会脱节，这是前提。也正因为这样，才有谶语，才有避谶之说，也有了避不开之说。语言有时候摧毁我们，有时候拯救我们。说出还是不说，其中的玄妙在于你在它们之间徘徊了几个圈、往复了多少回。谈到顾城死后，无聊之人以诗人生前说过的"杀人是一朵荷花""杀与被杀都是

（1）　钟鸣：《钟鸣："旁观者"之后》，《诗歌月刊》，2011年第2期。
（2）　同上。

一种禅的境界"这样的话,来为他的行为做出辩护时,钟鸣引用帕斯卡尔的话:"一个人的德行所能做到的事不应该以他的努力来衡量,而应该以他的日常生活来衡量。"[1]界限,那实际存在于生活中的界限,并非通过言辞就可以为自己的逾越找到理由,无论怎样的言辞都不可以。然而还有一个问题,无关德行,而是幸福。界限不能解决幸福的问题,或许没有任何东西能够解决,幸福只是很偶然的事情。罗兰·巴特说:"文学的写作仍然是对语言至善的一种热切想象,它仓促朝向一种梦想的语言,这种语言的清新性,借助某种理想的预期作用,象征了一个新亚当世界的完美,在这个世界里语言不再是疏离错乱的了。写作的扩增将建立一种全新的文学,当此文学仅是为了如下的目标才创新其语言之时:文学应该成为语言的乌托邦。"[2]乌托邦即不可能,即我们追求却到不了的地方。"不完美才是我们的天堂",史蒂文斯说。在这一点上,或许只能保持缄默。■

---

(1) 钟鸣:《旁观者》,海南出版社,1998年版,第1493页。
(2) [法]罗兰·巴特:《写作的零度》(李幼蒸译),中国人民大学出版社,2008年版,第55页。

记忆诗学　钟鸣研究集

一　身体的变形与纵深

敬文东对钟鸣的诗歌有个非常准确的判断:"他发明了一套对自己整个书写都有效的词汇。我反复强调过,这构成了钟鸣诗歌语义空间的自成体系。"[1]他谈到钟鸣诗歌中富有包蕴性的私人词汇,比如,椅子和椅子的海拔、树和树的海拔。"由于这种包蕴性包纳了众多可塑性、可能性和促成诗歌文本生成的可变量以及它自身的修正比,使得钟鸣的整个诗歌文本有着自成体系的前后一致性,也使他的诗歌文本有了自足的语义空间。"[2]理解钟鸣诗歌的繁复、晦涩,这种包蕴性的词汇的确是关键。不完全地归纳,这类词汇还包括鱼、鸟、石头、耳朵、胡子、麻雀,甚至曼德尔斯塔姆。钟鸣自己说:"许多人不理解我为什么写了这么多的'曼德尔斯塔姆',因为在诗里,这并不是他本人,而是他的变形记。"[3]在他自足的语义空间内,反复被击中的词汇,都在经历变形记。那些古怪的变形,因复杂而缓慢。这一点确实不同于欧阳江河诗歌中词语的变形,那种华丽与炫目。钟鸣诗歌中的词语

---

(1) 敬文东:《抒情的盆地》,湖南文艺出版社,2006年版,第307页。
(2) 同上,第272页。
(3) 钟鸣:《广阔的希波吕托斯之风(随感)》,《中国杂技:硬椅子》,作家出版社,2003年版,第177页。

身体与声音——钟鸣诗歌中的繁复与变形※　　　　　　　　　　曹梦琰

※ 此文系曹梦琰的博士毕业论文中的一部分,作于2015年,此处是首次发表。

有点温吞吞的，像拿着放大镜的观察者，慢慢地靠近事物、再靠近。估计不耐心的围观者就要散了，心想这有什么好看的。这也符合他诗歌带来的直接感受，他在挑战人们对诗歌阅读的正常期待视野，但不是出于技巧与策略。而是，他本身就是个喜欢复杂的人，就像张枣喜欢有趣。"只是因为一点时间起了变化／只是因为通过脚灯样的鱼眼看到／一些热爱抽象事物的古怪的人／还有些鱼和用鱼眼思考的人。"（钟鸣《在鱼眼镜头的观察下》）鱼眼镜头下的变形，呈现在诗歌中，既是趣味所在，更源于生存与生活中真实的怪诞："鱼镜头实际上是一味夸张、不能还原事物的镜头，表面上概括着更多的事物，更大的范围，但实际上，因为变形被宣告为仅仅是种氛围，真正的摄影师十分慎用。"[1]

　　在张枣那里，身体在逃离与幻化的过程中，打开新的空间维度，其中词和物都在这敞开的空间中显现得更丰富与深刻。身体的逃离与幻化，缔造了诗歌的趣味感与甜美感，化解了凡庸与枯燥的生活和生存空间，也由此引发诗歌中的对话性，达到更高程度的包容与共鸣。然而身体在逃离与幻化时，所傲视或无视的，对身体而言，并非不存在。预支意味着诗人在诗歌中呈现的纯化状态，经历了身体耗费自身以转化处境之艰难的过程。那么，处境越混乱与紊乱，而诗人又对诗歌中呈现的纯化状态要求越来越高，身体耗费和预支得也就更多。钟鸣的诗歌中，则是反纯化状态的。身体不是通过逃离与幻化抵达更完美的状态，而是，身体携带着让它困扰、变形、分裂的一切，指涉了加诸它的繁复空间与其中的繁复性。如果说，在纯化的状态中，身体对自身完美的追求会导致迷失，那么，身体抽离这种状态，目光投向加诸自身的、让自身变形的一切，又会是什么样子呢？

　　事物与事物的变形，词与词的变形，在钟鸣这里形成了自己的体系。这意味着它们是生长型的，有自己遗传的密码，以及诱发变形的综合因素。它们有自己的生存土壤与生存哲学，拒绝单义化，也拒绝清晰的悖论化，甚至一旦进入语义空间，连诗人也不能阻止其蔓延、枯萎或变种。卡尔维诺（Italo Calvino）透过普鲁斯特谈写作的繁复

---

(1)　钟鸣：《新版弁言：枯鱼过河》，《畜界，人界》，上海人民出版社，2010年版，第8页。

性:"连接一切事物的网,也是普鲁斯特的主题,但他的网是由时空中的一个个点构成的,这些点被每个人不断占据,形成了无限繁复的空间维度和时间维度。那个世界不断扩张,直到它再也不能被理解,而对普鲁斯特来说,知识是通过受这难以捉摸之苦而获得的。"(1)对钟鸣亦如此,他着迷于繁复性,随笔写作自然不用说,诗歌中的繁复倾向也很明显。或者说,最重要的不是着迷与否,而是他感受到的词与物,在他的视野范围与思考深度中,只有借难以捉摸的复杂才能获得,也只有这样才是诚实的。因此他抗拒垂直化的反对或反抗:"如果只是反方向走,就灵魂而言,无疑等于重复错误。尚未逃脱本能的范围。"(2)拒绝知识兔皮帽式的花哨与大于自身的光环:"罗扎洛夫解释说:'知识当它像尖锐的针穿透你灵魂时方显可贵,肤浅的经验毫无用处。'"(3)他的复杂是反观念化的:"我发现,我的精神血液,如果有的话,天生就是反观念化的。"(4)这一切来到诗歌写作中,也让他走上了一条少为人们所理解的路。尽管钟鸣声称:"在未来的诗歌中,'繁复'永远会是个不错的类型,它也不像不动脑筋的人想象的那么简单,俯拾即是或随手扔掉轻而易举,比如,对于复杂,我就走了相当漫长而曲折的道路,其复杂性超过了复杂本身……我用一年时间写了《树巢》,而且,那也只是我整个构思中最小的一部分,里面穿插的散文,萌芽了我后来的随笔写作,这真是个意外。这首诗直到我厌烦得不再想写下去为止,留下来的只有《凤兮》和几个片段。"(5)这是诗人自己的创作体验,他坚持的繁复性,在诗歌写作中是一条危险的路(如果不是错的)。生长引发的生长,交叉引发的交叉,耐性如他,甚至也会有厌烦之感。

陀思妥耶夫斯基总是赋予他笔下人物以完整的人生哲学体系,天真的公爵或阿廖沙,阴郁的伊万,甚至有恶棍倾向的私生子。巴赫金的说法是:"不是主人公特定的生活,不是他确切的形象,而是他的意识和自我意识的最终总结,归根结底是主人公对自己和对世界的最终

---

(1) [意]卡尔维诺:《新千年文学备忘录》(黄灿然译),译林出版社,2009年版,第110页。
(2) 钟鸣:《旁观者》,海南出版社,1998年版,第352页。
(3) 同上,第86页。
(4) 同上,第451页。
(5) 钟鸣:《自序:诗之疏》,《中国杂技:硬椅子》,作家出版社,2003年版,第19页。

看法。"⁽¹⁾他们会对生存方式进行自我哲学化,具体又抽象。钟鸣诗歌中的身体,除了比较明显的"我",不可谓不驳杂。因为不是现象罗列,他观察得投入而细致。以至于被观察的词与物都开始了自己的生长与变形,它们的生存哲学也就开始形成。于是,某个身体的出现,也就有了它对于自身、他者和世界的完整意识。

首先是,身体"我"。在钟鸣的整个诗歌体系中,"我"也在经历着变形,有时是自我剖白的主人公,有时对话友人与古人,有时穿红鞋骂怪话,有时变形为一只蜗牛,还有时按捺不住自己,从旁观中现身。"政权吗?还是最普通的难以置信的宴席?或许是/大口径的炮臼,像伦敦塔?或许是在豆荚地里/跑马,没人比他更悲惨,也比他更锃亮,更肥厚/想到这里,我突然想发笑,笑那些崇拜者!"(钟鸣《垓下诵史》)他诗歌中的讽刺几乎没有调笑性质。丑态,麻雀的丑态或胖的丑态,各种各样的丑态都会被它们所在的背景深邃化、立体化。正如以上诗句呈现出的,在历史与时代大片的灰色地带中,笑让人忧伤,想哭。哭和笑也是彼此的变形。

"只因为他们曾是饥饿的精神饕餮,/只因为麻雀的一生就是少年措辞,/直到中年才开始躲闪喜鹊的劳动,/受够了屈辱后才学会了几招优雅。"(钟鸣《感伤的旅行》)"叽叽咕咕",新近的随笔中,钟鸣用了这个词。"所谓'叽叽咕咕',在'毒食国家',已有语义的变异,不是诋毁、说坏,而是不说好,也不说错,更不说坏。"麻雀的叽叽咕咕,含混而迷离的语汇。它们包围生活和生存,会让人忧伤,更多的时候是无趣。诗人曾略带自嘲地写道:"你可听说,树林要把喧闹的麻雀开除?/用什么方式呢?——请飞到别处去吧!"(钟鸣《曼德尔斯塔姆失业》)自嘲为被开除的麻雀,作为被"我们"拉入伙又遭抛弃的"我",却始终不能外在于"我们"。即使诗人有时会进行这样的剖白:"但,我,仍是无端端地失踪,/从你们公开或不公开的阴谋,/在那发乌严守中立的嘴皮边,/你们忍了很久啊,在良心上。"(钟鸣《我是怎样一个失踪者》)"我"当然可以从"你们"中失踪,无论引发失踪的是"专制的岁月",还是"钞票"的岁月。如果失踪意味着,以

---

(1) [俄]巴赫金:《陀思妥耶夫斯基诗学问题》(白春仁、顾亚铃译),生活·读书·新知三联书店,1992年版,第83页。

死亡或流亡的代价消失。如果失踪也意味着，"我"可以隐没自身于闹世，"成为新的荒凉"。如果失踪还意味着，黑名单化之后长久的暧昧不明："而一次争吵不休的帮会却将我／搞得没了身份，我的身份呢？"（钟鸣《我是怎样一个失踪者》）诗人的词语总是处于立体的语义系统中，即使如此，他拟定的"失踪"，也远远无法涵盖生存的复杂状态。"我"从这里逃逸，逃逸于"你们"，却注定在另一处被拉入。如前所述，"我"即使被开除了，依然还是自嘲式的"麻雀"身份。

生存或生活，你如何外在于它们呢？如何外在于毒、灰色，你和所有人的羁绊呢？所以诗人才会说："我的嗓门比麻雀牌刀片／高了十倍，我只能这样，／我想说出真话，无奈。"（钟鸣《我只能这样》）"我"的剖白：音量即使高十倍，衡量物也是麻雀和它们的叽叽咕咕，那种降格的参照。因为无奈，才说"我只能这样"，只能以时代的叽叽咕咕为参照，只能以麻雀为参照。"我没法解释一代人的羁绊，／但却看见已经消逝的形体，／要将乏味枯燥的胸膛挣脱，／要去证明印刷行业的繁荣。"（钟鸣《我仍然只能这样》）又是无奈的剖白：看见却无力解释——真要解释，必将是漫长而耗费心力的。基本上，剖白式的"我"在钟鸣诗歌中的出现是无力而忧伤的。

然而，作为词和物的观察者，他则是深邃而有耐性的。他看它们的生长与变形，看时间之刃穿过，看它们所在的那个文本与现实交错的晦暗地带："我枕着迷人的石臂，不是要获得诗的力量，／而是为了瞄准个黑洞进入20世纪的廊柱。"（钟鸣《石崇》）于是，当他要呈现它们，那些复杂的词性与物性，就得携带整个谱系、生长的脉络。所以他诗歌中的词会有迟滞感，因为不是武断的单义，也不是玲珑机智的悖论修辞，更不是游刃有余的词语之逃逸与转换。词在他那里总是显得忧心忡忡，有古怪的阴影，也有我们能想到或想不到的羁绊与牵扯，所以令人费解。

钟鸣说过："要论诗歌的进步，除了'词'的胜利，就人性方面，我看是非常晦暗的，犹如骨鲠在喉。"[1]他会伤神物的绝种与词的虚化："生物的灭亡，对过去遥远活泼的生命之存在，或许是种严重的威胁，

---

(1) 钟鸣：《新版弁言：枯鱼过河》，《畜界，人界》，上海人民出版社，2010年版，第2页。

和莫名的恐惧，但对未来，那仅仅是一个极简单的名字或虚词化的过程。"[1]所谓词的胜利也是词的失败，在钟鸣的诗歌中，词流连于对物的记忆，流连于它的缘起与生长环境。与此同时，词语又携带着自身不可逆转的胜利或失败的阴影："爬高者在椅子上，像侏儒般倒立，露出些破绽，／看它是诗，天梯，还是椅子，或椅子上的木偶？"（钟鸣《中国杂技：硬椅子》1）从天梯，到椅子，再到椅子上的木偶。诗，这手艺活儿，它向往的那种高度，最初指向的自然与神性的高度，一直在下降。生长的高度结束了，制作的高度开始，就有了叠加与杂耍。爬高者的椅子，也是失真的词，带着它的胜利，引领我们进入伪话语、伪历史，甚至伪自身："椅子在重叠时所增加的／那些接触点，是否就是供人观赏的，／引领我们穿过伦理学的蝴蝶的切点？"（钟鸣《中国杂技：硬椅子》1）

"它让我在恍惚的时间里／常常不知所措。它只吩咐／水要过细地流淌，吩咐树叶／衰落时要注意蛇的动作。"（钟鸣《蜗牛慢行纪》）蜗牛，慢而柔软，作为"我"的变形。倘若能许诺给自身足够漫长的时间，"我"柔软的一面也就能在恍惚中长久释放，只关注美、关注细微的事物。然而变形意味着，"我"实际能耗费的时间并没有那么漫长，也不会被容忍着缓慢到毫无效率。身体变形记，作为钟鸣诗歌写作的一种倾向，有趣味的缘由，也作为生存处境的折射。诗人为什么要让"我"变形为"曼德尔斯塔姆"，或反之？他想让诗歌获得一种纵深感，在时空的交会与互相隐喻中（这和他包蕴性的个人语汇一脉相承），变形的词与物不能脱离它们的生长环境，后者在钟鸣那里是历史的纵深和空间的交叠。

"他偏僻得像尤利西斯遇上了陶里人，／还有拜占庭喂了鱼的舰队／王朝世袭，文笔平淡——那么去威尼斯吧，／去罗马吧，驾着云里的小船。"（钟鸣《曼德尔斯塔姆的埃及邮票》1）诗人笔下的历史与空间也是变形的，是文本与现实相连的。敬文东说："历史在钟鸣那里，是变形的、虚拟的；钟鸣的呼吸，他的音势、语调，以及他对私人语汇的发现，使他的历史是书卷的：他为自己的诗歌书写引入了大量曾在

---

(1) 钟鸣：《树皮兽和其他名词性动物》，《畜界，人界》，上海人民出版社，2010年版，第273页。

书籍中出现的人与事。钟鸣常常采取了一种'现实虚化的人物和书卷故事纠缠在一起'的钟鸣式伎俩。"[1]也许方才还置身于历史中的惊涛骇浪，忽然视线被拉远，我们恍悟原来一切发生在书中。书正翻过那一页，身体进入了二维化的纸面，被书写与传递："你死后，就像装进了黑色的邮箱／寄给了那些陌生的亲属。"（钟鸣《曼德尔斯塔姆的埃及邮票》）身体在其中经历的变形记源于视觉效果，纵深的变化改变着诗人看到的历史、空间与身体。

"我"的变形，每一次，都在呈现一种视角，也在呈现一种无奈。而所有这一切，是有关"我"的生长与变形谱系。"我"被不同的维度组成的空间拉拢、约束、挤压与撕裂，而在整个过程中（当然这个过程一直都是未竟的），"我"形成着对自身、物、世界的认识体系，也在不断思考，去质疑和修正这个体系。

其次，"我"之外的身体。像巴尔扎克的小说，一个故事的主人公到了另外一个故事中是旁观者，或仅仅是路人。这一切，同样源于视觉纵深的改变。当诗人聚焦于一棵树，再将镜头慢慢推后，树的生长、生长环境，甚至树的世界观就开始呈现："那儿树神会发出惊人的惨叫。／孩子们会把梯子搭向深渊。／如果真是诗人就懂得单纯的游戏。／只有智者才了解树给自己缝棺材。"（钟鸣《一个孩子和一棵树》）当他转向一条鱼时，树就像镜头移开时，还没来得及撤离的物，一闪而过："它曾留恋过树巅和月儿的徽记。"（钟鸣《枯鱼》）甚至鱼自身【"能想象一条枯燥的鱼要过河吗"（钟鸣《枯鱼》）?】也在经历变形。"在城市被弯曲后更像废弃的空间／孤独的人，总是用鱼眼看灰幕后。"（钟鸣《在鱼眼镜头的观察下》）枯鱼过河，鱼眼镜头，它们会指涉一个孤独的观察者，他几乎注定要失败的行动。也会指涉一种整体的生存环境，到处都是枯燥的鱼，到处都是鱼眼镜头下的变形。"鱼"在钟鸣这里呈现了趣味的变形，但他不是把它视为好玩。它古古怪怪的变形都不是为了好玩，它们严肃得好像变形就是常态。在更深远的视觉纵深中，变形是词与事物的阴影，它让它们免于被单义化与单薄化，变得立体而丰富，却并不因此让它们更具美感。"你见过布勒松的

（1） 敬文东：《抒情的盆地》，湖南文艺出版社，2006年版，第294—295页。

照片没有？与其说他给了人类难忘的图像，倒不如说给了阴影——我们生活中的一种特别知识。"[1]"人民不是没有幽默感，而是他的阴影性质"[2]。阴影，即使它呈现或被诠释为某种美感，却是拒绝被美化的。因为忧伤，因为那沉重的事物本身，即使影子是轻的甚至虚无的。而阴影又是那么的稀松平常，常常是散漫而枯燥的。诗人要用诗歌捕捉它们，还要给阴影之上的事物一个静默许久的长镜头。他期许的诗歌包蕴能力，的确让人畏惧。

有关繁复性，卡尔维诺还说："不妨设想如果一部作品是从自我的外部构思的，从而使我们逃避个体自我的有限视角，不仅能进入像我们自己的自我那样的各种自我，而且能把语言赋予没有语言的东西，赋予栖息在檐沟边缘的鸟儿，赋予春天的树木和秋天的树木，赋予石头，赋予水泥，赋予塑料……"[3]在钟鸣的诗歌中，呈现了繁复的身体。譬如，从"我"和"我"的变形，到身体之一部分"耳朵"，再到树、鸟、石头、鱼和它们的变形。简单地说，他赋予了它们主人公对世界与生存的完整意识。然而实际的问题更复杂，诗歌中的身体，每一种形态的身体，都会面临，在自己的生存处境中被边缘化。除了自身的阴影和变形，还有加诸它们的阴影和变形。词和物在诗歌推进的过程中，又在衍生与改变。于是繁复又在繁复化，这是无止境的过程。但繁复没有演变为词语的魔术——词语制造词语的能力。因为他不喜欢，或者说，他看到的繁复性不是那样的状态。钟鸣不喜欢词的炫技，所以总要走到它们的阴影中，不厌其烦地观察。所以很多时候，复杂就变成了一件无人理解的事。

张枣赋予空间的，是让后者轻盈的一维，词、物和身体都能在其中，潜心于达到更完美。在钟鸣这里，身体的变形，它由之而来的文本与历史空间，则赋予了庸常生活与生存不能去发掘的繁复性。灵魂在其中，不高蹈，也不轻浮。它和阴影同在，观察它们，却因警惕而免于被淹没。灵魂也仅仅是免于被淹没，因为生存空间本身，在钟鸣看来，等同于地狱，处处是殇。他是个绝对的唯美者，从漂亮的文字，设

（1）　钟鸣：《旁观者》，海南出版社，1998年版，第86页。
（2）　同上。
（3）　[意]卡尔维诺：《新千年文学备忘录》（黄灿然译），译林出版社，2009年版，第124页。

计精美的书页,到一定要放鲜花的屋子。生存空间和其中的不堪,他的视线掠过它们,也不屑于太久的停留。一切都化为阴影,创伤或痛苦。他调整纵深感,观察这些微小的和巨大的阴影。他穿梭在历史与文本之间、事物与它们的阴影之间,获得了某种平衡。但纷繁与纵深所维持的那种平衡之后,仅仅是一个孤绝者和他的坚持。

二 杂语空间:声音的变形

钟鸣评价欧阳江河的写作:"他喜欢用自制的形而上或宿命论去捕捉生活的特征,解释人生,赋予它总体上的意义。"[1]高低姑且不论,这恰好是钟鸣最不喜欢的方式。他复杂但不技术化,繁复性是他的偏好,繁复性也是我们生存处境的绝对特性,从古至今,从历史到书本,从生命的密码到生活的琐碎……以20世纪80年代的蜀地作为一个狂欢舞台的缩影,其中"第三代"诗人众声喧哗,它的确称得上一个游戏的杂语空间,与青春的才华、狂傲、夸张与幻觉相得益彰。"非非""莽汉"……语言狂欢中作秀的部分随时间淡去,对待杂语的姿态却成了扩充母语的途径,如果去掉其中的浮夸与轻薄。"杂语现象",较之"狂欢"更为深刻,在巴赫金的阐释中如是,对我们的生存处境如是,在诗人钟鸣的诗歌写作中亦如是。"五君"对20世纪80年代的狂欢或许没有太热衷,即使柏桦写了那么多极端倾斜的诗歌。对现实中的狂热,他也是羞怯与退缩的。自称"反常化"[2]的钟鸣,他对这个狂欢的舞台更疏离。20世纪80年代狂欢的杂语空间,其中的声音,在钟鸣看来,或许太过狭隘。

在纵深的调整下,空间不断地变形,事物在其中也被挤压与变形:"有的东西尖叫着变了样/有的却被黑暗唤醒。"(钟鸣《在鱼眼镜头的观察下》)变形是词与事物的阴影,让它们免于被单义化与单薄化。那么声音,它始于变形的身体,它反馈变形的空间,也是丰富的、立

---

(1) 钟鸣:《旁观者》,海南出版社,1998年版,第867页。
(2) 钟鸣:《自序》,《中国杂技:硬椅子》,作家出版社,2003年版,第8页。

体的和沉重的。它是含混的,却不是思辨的、形而上的含混。因为它指涉的自身与身外之物,从来都携带着庞大的、复杂的、难以厘清的生长体系。"她的触点是白的／更接近欲罢免的肉体／触点以外的那种进食方式／形同乌有,而语言／在大记忆的退却中／犹如灯状管状时隐时现／没有具体的形态为她触到／突破,息事宁人／像手鼓重重的一击。"(钟鸣《着急的蝴蝶》)触点,即身体与外界的接触点,那种舍此之外,对自身与外界均无效的点。在这里,触点和身体密切相关,却并不肉身化。"这是蝴蝶腾空了自己的存在,／以便容纳他俩最芬芳的夜晚:／他们深入彼此,震悚花的血脉。"【张枣《历史与欲望(组诗)·梁山伯与祝英台》】"人,完蛋了,如果词的传诵,／不像蝴蝶,将花的血脉震悚。"(张枣《跟茨维塔伊娃的对话·3》)在张枣那里,一直存在一个理想的空间。身体对世界的深入关系,蝴蝶对花的震悚,即完成于这个理想的空间中。先预设某种理想的空间,再以他倾心的对话性,让这个空间不断地清洁与完满,这是张枣诗歌中身体、声音与外界互为因果的关系。在钟鸣那里,他的空间感很少是纯粹而圆满的。如蝴蝶那样,身体与世界的相切,几乎是一次美丽、脆弱而无效的碰触。即使它已经耗尽了自身,对繁复而空阔的外界、那很少能够被把握的外界,却不能发出有效的声音。在张枣的诗歌中,空间的状态是,充盈着历史而又将之抽空,以缔造空之饱满式的干净与充盈。"蝴蝶飞过花丛也是一生。"(赵野《归园》)在赵野这里,空间则几乎省略历史的厚重,质朴而简单。而在钟鸣笔下,身体置身的空间,一直都是牢笼:"她的任劳在大的玻璃匣中／狂飞无度,让风暴／越来越深邃／光在相反的一面／被吸,被拖走。"(钟鸣《着急的蝴蝶》)制造牢笼的历史与记忆,却不仅仅是牢笼那么简单。它们是"风暴",也是"风光",加诸身体,让它丰富也让它沉重。着急的蝴蝶,"从高楼拖下的那熨帖的／年龄,正相当一次蝶舞／气韵深长,且危险"(钟鸣《着急的蝴蝶》)。聚集于蝴蝶身上的,是生长的记忆,那种让声音气韵深长的记忆。然而无论郁积于身体中的是什么,发声只是一瞬,瞬间的捕捉或失落,所以触点的失效随时都可能发生。

"椅子在重叠时所增加的／那些接触点,是否就是供人观赏的,／引领我们穿过伦理学的蝴蝶的切点?"(钟鸣《中国杂技:硬椅子》)

触点的失效也的确一直都在发生。制作与制作的相遇,那种高超的叠加术,让人叹服。支撑叠加的、恰到好处的切点,从一开始就是伪的、表演性的。钟鸣的声音,一直指涉着立体的空间,以及它的生长与变形,身体仿佛在适应它又在拆穿它。身体与世界的关系,钟鸣用了触点(切点),他触及后者,不将自身排除在外,却也并不陷落其中,无论他面对的是自身、历史还是世界。他的诗歌中,一直交会着各种声音,他不抽离自身作为它们的评判者,也不沉溺其中,作为它们的共谋者。他的声音,包容它们,尊重它们完整的生长与变形体系。对于其中的阴影,他是无奈而忧伤的,却并不自恃价值与道德的优越感:"我的嗓门比麻雀牌刀片/高了十倍,我只能这样,/我想说出真话,无奈/声音却把人伤害,/细胞里没催眠的音乐,/而并非存在,我只能这样。"(钟鸣《我只能这样》)自贬式的剖白,对自己音量与音色的自省,这是无奈感的流露。钟鸣的声音当然不柔和,却也并非犀利——犀利是一针见血的。

他看到世界与事物的复杂性,它们并不美妙,却亦不能以丑陋涵盖的那种阴影性。反馈到他偏爱繁复的身体那里,说出就远不止洞察而后有妙语那么简单。他有点铺陈与拖沓,语速偏缓慢,只因他的空间感一直是繁复而立体的,即使空间作为牢笼、生存的地狱,他也要透过它本身看到它的渊源。那会散发出无限个维度,指涉更多空间的渊源:"我要其他的空间,我并不傻,我梦见了某些事。"(钟鸣《石崇》)那么,通过他所看、所感而表达出的,就不会圆润而易于理解。所谓包蕴性的私人词汇,也可以从包蕴性的声音这一层面去理解。在这个喜欢繁复的身体这里,在身体面对的繁复空间那里,声音是怎样的?

"你还在怨述什么,你的眼光触及后/它们就再不结队成群地逡巡雪地/你究竟抱怨谁,因为一成不变/你才丧失了目光,记忆,野兽也惧怕的/密室里的唯一火源和冬天的精神。"(钟鸣《鹿,雪》)看,看的同时反思看的方式。说出,说出的同时也在质疑说出的方式。钟鸣在《鹿,雪》一诗中的空间感,是非常自然化与精神化的。张枣说:"《鹿,雪》的丰富,主要是以'冬天的精神'而展开的。是的,我们只有成为雪,才可能具备冬天的精神。"[1]诗可以兴观群怨,可是我们的观怎样丧失于观,我们的怨又在指向哪里?如果说钟鸣在面对或营造一种空间,哪怕令他倾心与陶醉,他其实也总试图在空间之外的某个点关注它、诉说它。不知不觉中,目光与目光触及的空间、声音与声音言说的空间,又构成了另外一个空间,但它并不凌驾于被自己观看与言说的空间之上。这首诗中的自然空间,其中的神秘与秘密,甚至对目光和声音而言是无力触及的:"它们举止含混,一身是雪/这些形状特有的一种寒冷你看不见。"(钟鸣《鹿,雪》)表面上看,自然空间的出现或被营造,身体在其中的看到与说出,并没有太多障碍。但是在这首早期的诗歌里,钟鸣似乎就以反思的姿态和声音,将那种表面上轻而易举的看到与说出进行了转化。他对"看"进行质疑,对"说"出进行追问。

如果说在《鹿,雪》一诗中,钟鸣溯及的对象、那制造看之牢笼与无效的对象,可能还仅仅是自己或诗人。在后来的诗歌中,他反思的声音将溯及更多、更复杂的东西。"它说不出那样的诞生和纯粹/但知道,那些出于折磨的柔情之手/那些阴影里盲目的摸索,谁将是占有者。"(钟鸣《背》)如同在《鹿,雪》中,"你"观照"它们",从而引出声音对声音的反思。这首诗中,"它"作为一块石头,观照"它"自己的诞生。同样在一个自然化的空间中,诗人却洞穿了某种操控的、让"它"不自由的力量。自然空间中,纯粹的物关联着纯粹的物,纯粹的物比喻着纯粹的物,比如鹿和雪,黑暗和石头……《凤兮》中更极端:"延长细腻的蛇颈","并将自己拆散,像麋鹿解角","它像一匹绿叶欺近我们","听见了它的声音/或许那是树干相互叩阶的声音"(钟鸣《凤兮》)。对于这样的空间和其中的物,诗人是心怀倾慕与敬畏的。"我很想认识这只不死的鸟儿/它的五彩羽栖落在哪一棵树上/哪一个星球,哪块没耕过的土地/我脸色苍白,双手合十,昼夜不停地呼吸。"(钟鸣《凤兮》)对于想象中的家园,那永不能抵达的空间,我们发自内心的乞求,不能不急切而充满渴望。然而,越心怀渴望,越失落得彻底。凤兮,从一开始就是一声叹息,叹息"凤"的遗失,也

---

[1] 转引自钟鸣:《旁观者》,海南出版社,1998年版,第1357页。

叹息"兮"的遗失。词与物遭受双重劫难,在它们的家园遗失之后。

"野兽惨遭灭绝,灵魂继续恶化,/时间测算痛苦的是另一个框架,/地质学中沉寂的部分已被发掘,/巨大的行星被非人的力量吮吸。"(钟鸣《时代》)声音,在自然空间中,是物的物性与耐性。它们会发声,也会长久沉默。比如,无声的雪,孕育中的石头,凤涅槃后的灰烬,它们如其所是。家园的遗失,也意味着沉默被强行打破,直至噪声接踵而来。我们会发现,即使诗人投向更纯粹的自然空间,也一直伴随着后者消失的焦虑感。他说出或者他让自然空间的物如其所是地发声,却同时在指出声音如何遗失、如何被操控与改变的可能性。他一直在叹息,也一直在怀疑:"我只想知道它的影子会埋在哪里/它是否穿过了日月星辰,它的灰烬/吹入虚构的涅槃或死者脸上的须眉/我们仅仅是在黑暗中风闻了它。"(钟鸣《风兮》)想象中的家园,它和身体有关的一切,仅仅是不为我们确定的听闻中的事情。"风闻"泄露了那一切的脆弱性与虚幻性,说出在宣告说出的无力与无奈。"它的光明,树上的卷舌星和/积尸星,可怕地落在地上,告诉死者:/永恒是不可能的,渴望来世圆满/或者抱怨,或扩大那些面孔上的裂痕,/也是不可能的。"(钟鸣《石头》)自然空间在崩塌与毁灭。诗人倾心的自然之声、"古老的音调",他看见并由衷而发的声音,他美好的期待与渴望,都不可避免地被置于一个空间之外的观察者的声音之下,染上忧伤与阴影,甚至绝望。

"一生中我曾只爱这乌黑的头形,/她灵巧而变化,受过不少惊吓,/但仍像松果一样美妙,幽冷地/抵近这纸轩,未发出任何杂音。"(钟鸣《轩》)他倾心的美,纯质的声音,可能会在某个他缔造出的封闭空间中获得,或者说偶尔会。生存空间与身体的实际境遇,却已经到了:"鸟儿无法用它们的喙制止这耳边风,那么铜鸟呢,/是否要在烛阴的眼里颠倒时辰,/变光明为黑暗,变长风万里为污染的双耳,/人被盯死,耳朵被晒干!"(钟鸣《风截耳》)"耳"和"风"变成"耳边风",身体与身外之空间同时陷落。纯粹的物堕落,纯粹的词被污染。从"风里生出小兽和伶俐的耳朵,听宇宙的声音"(钟鸣《风截耳》)开始,一切遗失的,身体或空间,仿佛决堤的水,势不可当地溢出。这里的铺陈制造出的效果,即密集地指涉着生存恐慌感与危机感。生存空间,在钟鸣这里,的确从一开始就是牢笼和地狱。

无论怎样的过去在吸引他,比如,古老的歌谣或大过人类历史的地质变化(他在《涂鸦手记》中追溯了《山海经》的路线)⁽¹⁾抵达他身上的时间与空间,都已被侵蚀。它们变形的阴影笼罩着身体,也让后者变形。钟鸣的目光,即使抵达他倾心的地方,也总要透过它看它背后的阴影。他的声音,难以应和任何他由衷热爱的声音,因为他总在说出它们的消逝或不可能。同样在他这里,无论怎样的现实生存处境困扰着他,制造无穷无尽的噪声,他也很少会投入即时、有效的对抗中。他会走得更远,走到困境之由来的漫长阴影中,其中潜伏的时间与历史。他观察生长与变形的过程,对他而言,太过轻易的否定与对抗都无异于"虚假意识形态的人格化"。

在他那里,声音的复杂,有风格多样化的尝试。即拟定身体与身体所处的空间,设定一个基调。比如,《羽林郎》和《塞留古》中轻快、复沓的调子:"《羽林郎》和前面的《塞留古》,是我在《树巢》后,想摆脱长诗阴影,而特别实验的一种轻松而极富韵律的短诗,更多偏向语言趣味,而非意义。"⁽²⁾当然,这种着意的尝试也不免关乎心境:"羽林郎,你用最古老的钟鼎之声,/萦我耳畔,使我忘了这遥远的古城,/这些壕沟,这些玲珑雕琢的塔,/半醒的井水和散发死人气的陶俑。"(钟鸣《羽林郎》)声音是轻快的。但是对于绝大多数时候的钟鸣来说,他更关注物纵深中的时间与历史,那些让人难以理解的古怪阴影。羽林郎、塞留古,他拟定的身体也是历史的影子。因为断裂在他看来是可怕的,⁽³⁾他一直关注着也试图指向一个遥远的过去。而那个过去,又扭曲着自己,吸附此刻与未来。大多数时候,这种变形确实谈不上美。

《穿红鞋骂怪话》中,他又拟定了一种基调:"这首诗采用了过去

---

(1) 钟鸣:《"旁观者"之后》,载于《诗歌月刊》2011年第2期。
(2) 钟鸣:《旁观者》,海南出版社,1998年版,第1423页。
(3) 对此,钟鸣曾有过精彩的论述:"浪漫主义的反叛史上,蔑视人性,对文学怀有憎恨的矛盾心里,屡见不鲜——否则,为什么要助长那种令人讨厌的'杀父情结'呢,为什么要把无关痛痒的免皮帽,当作——或自以为,是时代精髓呢?为什么还要继续冷漠地吸附技术,制造魔咒,机器解放生产力,难道我们就该崇拜机器,让它变成绞肉机?文学解放想象力——那又有什么必要,非把观念弄到混乱、枯涩,高深莫测而不能理解的程度。"钟鸣:《旁观者》,海南出版社,1998年版,第762—763页。

'信天游'的'词牌'和格式。"[1]如果说这种基调决定了声音的粗犷与奔放，钟鸣在这首诗中，也一如既往地制造某个"之外"的身体和它的说出，那种恍惚感。"我的脚跟套了双红鞋我当然好看，／与你们官场上戴黑帽子的球相干！"（钟鸣《穿红鞋骂怪话》）破口大骂，入戏般爽快。草根性或民俗性的东西，在制造某种类似剩余快感[2]的表达。"红鞋子扎了黑带子，我便知什么是一生的误会，／那也可能是青春期神秘的错乱，而且，必须错，／错得恍惚，一经恍惚，便经不起时间的考验。"（钟鸣《穿红鞋骂怪话》）入戏的痛快感很快变成了出戏的恍惚感。身体神秘的牢笼，那让它不由自主产生表演欲的东西，究竟是什么？穿了红鞋就要骂怪话？青春期的舞台可以演一场，愤青们不自知的、虚假的对立。粗犷的民俗舞台也要演一场，"注意牙齿和手绢的关系，群众和政党的关系，／要注意作风和影响，注意油灯里沸腾的眼波。"（钟鸣《穿红鞋骂怪话》）亲和也好、对峙也好，总逃不开一个怪圈，即"民俗法概不追究的民俗"。娱乐的舞台则更不例外，"但我神游了十里黄河，我两只泥捧的乳房，／像两注清泉在最无人问津的地方撑着，／所以拍电影总是到那里去唱信天游。"我们看到，"骂"在变形，"唱"在变形。说声音解构声音，其实不够准确。恍惚于最初拟定基调之外的声音，只是让声音变得滞涩、不对味儿，但绝不是轻易否定那么简单，或者说如何能够轻易否定呢？

　　如果错了，从一开始就错了，可是一开始究竟始于哪一刻、哪个地方？易于激动的青春期、宿命的南方，还是纠缠着历史与政治的漫长过往？抑或是，已经世俗化与轻薄化的现在？那么一开始，难道就没有对过吗？那声破口大骂怎知不是心之声，身体明知自己在演也要演下去，明知是剩余快感也要消耗与消费。泪还是笑，琢磨去吧。"我趿红鞋不是为了途中半碗凉水，／我清楚地知道我眼里悲伤的沙漏。"（钟鸣《穿红鞋骂怪话》）看见的流逝，那悄无声息却不能抵挡的流逝，

（1）　钟鸣：《自序：诗之疏》，《中国杂技：硬椅子》，作家出版社，2003年版，第32页。
（2）　钟鸣在《〈旁观者〉之后》中谈到过齐泽克所谓的"剩余快感"。齐泽克对"剩余快感"的解释："相对于普通快感，剩余快感的产生正是因为其中包含了快感的对立面，即痛苦。通过奇妙的转换，痛苦产生出剩余快感，使日常生活中痛苦的物质组织（哭叫声）引发出快感。"参阅［斯洛文尼亚］齐泽克：《幻想的瘟疫》（胡雨谭、叶肖译），江苏人民出版社，2006年版，第54页。

其中的变形,本来并不是惊心动魄的。往往是,知觉的惰性让我们惊觉一切事物的改头换面。然而,改变旷日持久地发生着。所以,变形不是变得面目全非,而是违和,那种已经发生又无法停止的失调。怪话是什么话?即入戏的"说"渗透着出戏的"说",里外都顾不了。骂也奇怪、唱也奇怪。变形的声音如同一切事物的阴影,无端地多了几分冷清,让人不舒服,让人悲伤。

《匪酋之歌》里,声音的基调似乎更粗犷与不羁。敬文东拿它跟郭沫若的《匪徒颂》做了比较,指出:"郭沫若的《匪徒颂》充斥着那个时代打满了惊叹号的热情,出于这种热情本身的单一性,使他的诗歌语义空间丧失了博尔赫斯所说的那种'回返能力'。钟鸣强行地(其实是因了个人语汇的包蕴性水到渠成地)把所有匪酋,带着他们的原样集中到这个广场上,不仅让他们互相说明,而且互相揭发。"(1)声音之间,在互相说明与揭发中发生了变形。它们彼此是对方的阴影与反讽,是它们割舍不断的过去或未来。它们彼此互成镜像,却不齿于对方(自己)的尊容:"都说官僚好阴毒啊,民间又多疾苦,/人民应该舞些拳棒,把那些红毛赶走,/把鞑子杀绝,激进分子的密谋,租借的保护伞,/捉几个皇亲国戚,或用土弹轰炸封建主义。"(钟鸣《匪酋之歌》)谈到这首诗时,钟鸣说:"联想历史,王朝,革命,运动,文学,朦胧诗坛……无不红道,白道,表现着自己的社会性。天网恢恢,疏而不漏。那种以为择了'红道''诗道',就正义了、优雅了的想法,实在是幼稚可笑,那是不懂社会的缘故。'匪'可说是个中性词。"(2)声音和声音的相遇,它们彼此促成的变形,抗拒了单一空间,以及其中意识形态笼罩之下声音的暴力化。匪徒的声音,无论是置于历来正统意识形态之下被压制,还是像郭沫若那样,以时代之热情大肆称道:"一切政治革命的匪徒们呀!/万岁!万岁!万岁!"(郭沫若《匪徒颂》)都被单一的对立化(不同的只在于此消彼长)推向暴力。

钟鸣尽可能以复杂化的声音,化解声音的惰性与暴力。声音走到事物的身后,说出正在说出的是怎么一回事儿。他会设定某个场景,

---

(1) 敬文东:《抒情的盆地》,湖南文艺出版社,2006年版,第296页。
(2) 钟鸣:《旁观者》,海南出版社,1998年版,第1434—1435页。

其中的身体与声音，像镜头一样推进并暂停于某个地方。暂停的，刚好是某个时间和地点，可是他会有意无意指出这种设定的局限，所以一直存在"之外"的声音在反思、说明或揭发其中的身体与声音。这个"之外"源于事物与词语完整的生长体系，他在写一首诗，但他关注的并非仅仅是这首诗，以及它有限的时空截面。他会关注词语的生成与变形、物的被污染与损毁。他的树、鱼和鸟，在一首诗歌中昭示出的语义，总在暗示语义继续生成的可能。那么在另一首诗歌中，它们的语义体系就会被继续修改与完善。这也是敬文东说的，他发明了一套对自己整个书写都有效的词汇。声音，也如是获得它的丰富性，甚至沉重性。

历史、现实与文本的衔接与互证，在钟鸣那里，营造出奇特的空间。我们所说的那种繁复空间的极致，不仅是不同的诗歌指涉与营造不同的空间，也是它们在同一首（一组）诗歌中的衔接与交替，声音在其中，又会经历怎样的变形？

"它只是坚决地让小喇叭在丛林，／在摩肩擦掌的城市喧嚣而嘈杂，／这些声音20世纪还是新闻，／而现在，却只是赝品，转了向／让陆地上一次伟大的航行发了霉／火车在跑，运的却是货物，／一部分失窃，余下的变成想象，／时间不可能地重复着，轮船搁了浅。"（钟鸣《时代》）时空交替中，声音喧嚣着。那最初昭示工业与机器带来生产力发展的声音，那象征资本与物质，并引来无数瞩目与追随的声音，正变形为自己的复制品。音量依旧，甚或更高，它指涉的物质繁荣却成为虚浮的泡沫。在圆熟的程式化与技术化的指导下，充满泡沫的空间，刺激着声音的膨胀与散发。如果说，最初的尖叫声指涉了一个对身体来说绝对新鲜的视域，无论它是否最后成为灾难，那么，越来越多的尖叫声，则变成了声音对声音起哄般的回响。它们在拥挤的生存空间中弹跳、折射，追逐彼此的虚无。视觉的纵深持续着：历史中第一辆火车出现，镜头转向诧异的人群。时间推移，电影的发明者卢米·埃尔兄弟的《火车进站》在荧幕上放映，人群被似真的影像吓得四散。生活和艺术中，都曾有过一次伟大的火车航行。伟大的开端，带来了此刻——此刻涌现并充满我们周遭的一切。镜头转向，它正离开那已跌入了书中的历史。画面中，绿皮车被淘汰，胶片电影进了博物馆，时间的叠加让过往又多了尘土与霉点。让历史发霉的是此刻——此刻沸腾而劣质的声音。如果说，想象作为空间的维度，它曾经指涉了一个美好的空间状态，那是封闭的小国，是开阔的六合之间、四海之内。对这种想象中的地理空间与家园的渴望，也一直在吸引着诗人。他们在自己的诗歌中试图引入想象这一维，缔造出梦幻的、清洁的空间感，给予被束缚的身体心向往之的自由。那么想象，其实也一直在自己的阴影中、在外部世界投向它的阴影中。在欲望的挫败与失落中，它不免遁入视而不见与自我美化的两端，想象变成了幻觉，泡沫经济不就是一种有关物质的想象吗？

在钟鸣的笔下，时代的转换以变形的方式呈现，从活生生的立体空间跌入二维化的平面。空间从属性上改变，一切有效的都无效了，身体、声音都无效了。可以用一个动画中的场景比拟——巨大的机械碾过活蹦乱跳的身体，它瞬间被压平，变成自己的画像。失真的本真，历史的声音，看起来原样传承下来。可是我们一旦调整纵深，放大视域，就会发现过去和现在的衔接，呈现为超现实的空间。从画卷到现实空间，少了一个维度，再逼真的形象和声音，对我们来说也是无效的。或许，透过他笔下奇特空间转化中古古怪怪的声音，钟鸣也想呈现一种我们和母语的关系：紧挨着对方，却感知不到彼此的呼吸。他关注词语的由来，甚至关注它们指涉到的最初的物。他更关注词和物的变形，它们在各自分属的空间中，如何成为对方的羁绊与阴影。它们在进入文本、现实与历史交错的空间中，又如何成为自己的羁绊与阴影。钟鸣在不少诗歌中都采取了这样的方式：对一个词反复地击中，并且每一次都引出词语携带的阴影，源于物、现实、历史或文本。比如，《石头》《风截耳》《耳人》《红胡子》《石崇》《鸟踵》……更极端的是《希波吕托斯三重奏》中的变形的"曼德尔斯塔姆"。

以《石崇》一诗为例："我枕着迷人的石臂，不是要获得诗的力量，而是为了瞄准个黑洞进入20世纪的廊柱"；"石榴在空穴中合唱，文人、武士和匪帮，有时／真难以分辨"；"桥上是韩公子，河里是石公子，另一些埋骨成灰，／恨却未消，便先就给太子们缝制了冷冰冰的石衣"；"天庭里下了阵雨，接着，又下了一阵石雨"；"石公子允许幼虫在肉里印制石币，／印制没心肝的箩筐和许多臭皮囊"（钟鸣《石崇》)。石头进入了历史空间。《石头》中被"狂风穿透"的石头,精卫填海的石子,都离开了那个词及物的自然空间。石崇石公子,历史中的人会给词语染上阴影,就像他们会赋予物它本没有的暴虐与奢侈。宝石们都曾是石头,然而一旦离开自然空间,它们就变形为权力与财富的光彩。石公子,富可敌国的华彩。可是石头,它随着王朝更迭而黯淡的色彩,始终笼罩在自身坚实性的阴影之下。那引领"我"投向历史的石臂、建筑物的遗留,作为权力与财富而凋零的一面;作为物本身,却无视对自然界而言太过短暂的人类历史,继续存在。钟鸣并没有太强化每一缕阴影,只是暗示它们无处不在。石榴,或许也是一种暗示,未必是意义的暗示,只是氛围的暗示。从汉语的外形上去制造若有若无的联系,同时,和它作为物的物态与象征,也未必完全没有关系。宝石般的晶莹与流光,密集和繁荣之兆。

  偏爱繁复的身体在空间的转移与旅行中(书卷的、历史的或现实的空间),耐心地观察与梳理声音的发出与变形,它们各自携带的古古怪怪的谱系。他试图保持自己声音的警觉与冷静,暗示声音之外声音的存在。他也的确建立了一个多维的声音空间,在其中,声音衍生、修改与揭穿着声音。"蜗牛觉得自己的鼻子很短,/但它却探得书中的路程,/终将获得结局。在圆桌上/它抛弃了胜利,尤其是/那种轻而易得的胜局。"(钟鸣《蜗牛慢行纪》)繁复身体的繁复化,繁复空间的繁复化,抛弃轻而易得的胜局,走向他认为的那种属于未来的、繁复的诗歌类型。或许,对诗歌而言,过于沉重的繁复性,并不太适合,张枣说到的"不必要的复杂"是很中肯的。杂语的进入,在钟鸣这里恐怕是极致,但他的诗歌中,很少见纯粹戏谑与调侃的声音。词与事物纷杂的阴影密布着,让声音超负荷地沉重,尤其是指涉到时代时。这在他近期的写作中尤甚,他期许于诗歌的那种包蕴能力,是值得商榷的。■

记忆诗学　　钟鸣研究集

第三辑

探幽唯灵

记忆诗学　钟鸣研究集

一

　　钟鸣曾声称自己"没找到时间去碰"⁽¹⁾像《战争与和平》这样的"大部头"。但他抛出了自己的"大部头"——《旁观者》第一、二、三卷,约一百五十万字。钟鸣说这还没有全部完成……要是他把第四、第五卷也交到读者手上,他的《旁观者》就会达到两百五十万字,两千五百多页,比他"没找到时间去碰"的"大部头"还大出一倍。

　　作为读者的钟鸣和作为作者的钟鸣对书的态度并不一致。作为读者,钟鸣喟叹"人生苦短,该读的书又那么多",所以只能牺牲"大部头"而去读那些自己更偏爱的、因而读来一定对自己更为有益的"古怪的作品";作为作者,钟鸣则"非常赞同福楼拜关于书的看法,他说一本书永远是为了我自己,为了一种特殊的存在方式的"。钟鸣花了长达五年的时间去写他的"大部头",如果《旁观者》全部完成,这个诗人将自己"特殊的存在方式"搬到纸上的时间还会更长。

　　然而,一个作者的写作出发点又总是他身上的那个读者,难以想象一个负责的作者不以自己的阅读期待和趣味去为读者写作。钟鸣说:"如果我在阅读时那么挑剔,只能拣有趣的来读,那么当我写作,给别人提供书籍时,就该把东西写得有趣而新颖,以免在它问世后,

---

(1)　文中引语均为钟鸣言论。

钟鸣的大部头随笔[※]　　　　　　　　　　　　　　　　　　　　　**陈东东**

※ 原载陈东东《只言片语来自写作》,北京大学出版社,2014年版。

很快就像一本老账本被人扔进垃圾堆。"他从"将心比己"这句南方人喜欢说的话里引出话头,希望去写一部"值得放到别人书架上去的书",而这部书首先应该值得放到钟鸣自己的书架上。因为,在开始《旁观者》写作的时候,至少钟鸣自己的书架上,是"空着一块的"。

《旁观者》现已摆上了作者、书店和许多读者的书架,它除了是作者钟鸣所期许的"通过自由的文体展示出自由的精神来,并且能满足我们的好奇心和怪异的想象"的一部书,还非常惹眼地是一部"表现了作家的信念和耐性"的"大部头",得像巴尔扎克那样喝下以万杯计的咖啡以后才可能完成。作者钟鸣去写作这样的"大部头",不是为了弥补读者钟鸣"没找到时间去碰""大部头"之憾吗?("弥补读书的空缺,有时就像弥补生活的罪过",钟鸣说。)不过,它首先要弥补的是这个年头文人们只满足于"在大文豪生前坐过的椅子上擦擦屁股"的罪过,羸弱得不仅没有信念和耐性,甚至没有在一间空屋子里长期写作的体力的罪过。

"卡夫卡说,由于没有耐性我们被逐出乐园,由于懒惰我们无法返回,或许只有一个根本的罪恶:没有耐性……"钟鸣认为这是他听到的"关于信念和耐性最有趣的解释",它肯定也是对我们的劣根性的最无望的揭露。

钟鸣的《旁观者》带来的则是希望,让人们去关注当代的汉语写作,对它抱有信念和耐性。这当然是由于《旁观者》的清新、奇异、散漫、繁杂、独特、敏锐和辛辣,它所展现的当代诗人激情、坚忍、隐晦和不安分的生活历程,它由自传性旁逸斜出的复调写作,镶嵌于其中的诗歌作品和对虚构文体、批评文体、注疏、翻译、文献、报道、戏仿等诸多因素的融会,它的大量插图和插页,它的好看,以及它的有点吓人的"大部头"。它会是读者钟鸣所向往的那种"无须一下全读完,而是源源不断地为我提供养分的书",一部来自众多书籍的书。作为少有的"大部头"随笔,《旁观者》正体现了随笔(essay)"尝试着去做"(try to do)的本意,而对于钟鸣,"啊,这种'试试看',也正是我判断一本书是否值得一读的首要标准,而同时,也是我自己写作的标准"。

1999年

二

《涂鸦手记》依然是一派钟鸣笔法。这种笔法开始让读者领教，大概是在20世纪90年代初，花城出版社将钟鸣的第一本随笔《城堡的寓言》装帧成口袋书模样，摆放在书店一些难以引起注意的角落。至于这种笔法的发明发生，则要早得多，或许可以上溯到《涂鸦手记》里提到的一个年份：1971。"在这个年号的起始时间，"钟鸣说，"我进入一片森林（老挝上寮地区），在印度支那开始了诗的幻想，开始零星涂鸦，写写画画。"尽管他自己觉得，"我的这段生活，在后来的文字中只留下很少一点痕迹"，但钟鸣笔法的旋风——清新、奇异、汗漫、繁杂、独到、敏锐和辛辣的汉语所展现的激情、坚忍、隐晦和不安分的生活历程，由自传性旁逸斜出的复调写作，镶嵌其中的诗行和虚构、批评、注疏、翻译、文献、报道、沉思、辩驳、格言、戏仿等诸多因素的融会，以及插图、摄影、平面设计，有机混同着这一切带来的好看——起因里必然有当初那片森林幽处一枚蝴蝶翅膀的轻颤。现在，似乎，从《涂鸦笔记》绚丽多姿的文本，依然能认出近四十年前的那枚蝴蝶。而那枚旧蝴蝶、老蝴蝶，甚至任何人都不曾见过，只是因为想象，因为记忆，因为曾经见识过的另外的那么多蝴蝶，才被虚设，被拼贴、粘合起来，从淡漠依稀里，作为遥远的底木，肆意勾勒、泛开、敷陈、涂鸦，成就了又一本别样的书。

就像钟鸣的另两本随笔[《畜界，人界》（1994年）和《旁观者》（1998年），它们的钟鸣笔法堪称经典]，《涂鸦手记》也依然是"来自众多书籍的书"。广博地征引，向来是钟鸣笔法的一大法宝。那些人所共知的（不必加注），鲜为人知的（详明出处），天才晓得的（无从稽考），会像诸多颇有来历的彩线（从某件龙袍、从出土自什么坑的某片远古的丝绸上抽出的吗），或掊自虚空的彩线（霓虹吗），细密而又细致地缝纫，不，编织进他写作的新衣。《涂鸦手记》则有所不同，当关键词换成了"涂鸦"，那些被征引的（早已不限于文字）也就成了钟鸣的颜料，用以完成钟鸣的线条、色块和形象。而涂鸦的完成从来就未完成，这本书的开放性，那种差不多已经超出了散文之谓的散、散开、散布、散发、散播、散逸、散怀、散荡、散适、散想、散意、散虑、散朗、散心、散闷、散綮、散殊、散弹、散曲、散板、散装、散滞、散碎、散拙、散诞、散光、散漫、散沙、散射、散碎、散宕、散佚、散走、散没、散流、散叛、散架、散涣、散灭、散阙、散朴、散迹、散见、散行、散句、散话、散片、散记、散体、散件……凡此种种，集合起来，用来作为这本书的广告词大概合用。

虽然对仗地辑为"纸宽"和"墙窄"上下两篇，虽然有序地标出了分章号，虽然合适地将文字和影像如同分装在箱子的两格里那样隔离开来，这本书的内容，却呈液化、汽化。摄影和词语，援用和独创，摘录和书写，幻想和即景，往昔和未来，回想和当前，诗歌和土话，描绘和讥诮，分析和臆解，研究和胡诌，典故和私密，逸闻和诡辩，洞见和怪癖，吃惯辣椒的四川嗓子和舌头发麻的塑料普通话，在这本书里几乎分辨不清，相互串联，浑然一色，杂于一，漫流着，风行风靡着，越出界限，并无割划，没有形状，随意赋体。这让人想到卡尔维诺在《未来千年文学备忘录》（顺便提一下，钟鸣的这本文字加摄影的书，也刚好是一种备忘录）里提到的"火焰派"："随时间而成长，而消耗其周围物质"的写作风格或方式。然而，钟鸣的语调，说话的声音，在这本书里却毫不热烈。那是结实的、理智的、透彻的、潜在的、内敛的、明晰的、冷笑话的，仿如晶体（另一种卡尔维诺在《未来千年文学备忘录》里提出，用以跟"火焰派"相对而并论的派别）。于是，阅读的印象里就有一种怪异，譬如你看到意图画成一座冰山的火焰，要么相反，一片熊熊的南极。

而这正应该追究于涂鸦。这本书的封底有一段写道："痕迹从不会消失，但彼此覆盖，这就是涂鸦，跟乌云的象征一样，与其说它影响到一种气候，倒不如说，它改变了一种天空的结构、氛围。"在钟鸣的语境里，涂鸦既有它的出处，即唐人卢仝因其小儿喜胡乱涂写弄脏书册而赋诗"忽来案上翻墨汁，涂抹诗书如老鸦"的原始义，也有从20世纪60年代开始盛行的涂鸦文化（巧合的是，对涂鸦而言，"1971"也相当重要，这一年在《纽约时报》上，有了第一篇比较严肃地讨论涂鸦文化的文章）的所有意涵。涂鸦不妨是写作之喻，涂鸦进而是写作的姿态和实迹。这在《涂鸦手记》里十分明确："据说，莎士比亚的奇迹就是描绘如此丰富的内容却只运用了英语中很少的一点词汇。仅就词汇量而言,卡夫卡更少,平民漫画式的,极少主义,低技派……他来自底层。但这些都不能概括其全部魅力,涂鸦之秘运行其中。"这个涂鸦之秘,又仿佛是简单的,关键在于"了解他内心的基本需求。"显然,钟鸣深谙其中奥义,并得以浅出。要不然,街头墙壁的随处涂鸦,也不会被他那般关注,专门拍摄下来,郑重地收入书里。其中有一幅,照片里是一个粉笔勾画的小人儿,说明文字写道:

四川,资中,铁佛镇,2002年

围绕这幅类型化的涂鸦,外省还流传着一首广为人知的歌谣,以表达构成的乐趣。歌谣如下:"从前有个丁老头(指鼻子和连成一线的眉毛),他有两个乖孙儿(两只眼睛),三天没吃饭(三道皱纹),饿得团团转(脑袋面庞),花了三角三(两只耳朵),买了三根葱(三根头发),买了个冬瓜(身体),用了六角六(两条腿和脚),买了两根丝瓜(手臂),花了五角五(手掌)。"

表达,构成,乐趣。这涂鸦歌谣的要素,也是写作的。这涂鸦歌谣的魅力,也在于有它"之秘"。

2010年■

记忆诗学　钟鸣研究集

没有比四川更中国的省了，也没有比成都更北京，不，更北平的城市。那真是个悠闲的地方，人为贵，车为轻，司机不按喇叭却捺住心气，候行人缓缓踱过马路，晃到对面的茶馆去、火锅店去。三三两两坐下来，在陈年的汤里烫那稀奇古怪的物事——鸭肠、猪脑、牛百叶、兔子耳朵等，经蒜泥芝麻油清火送下，而那无所不在的花椒子儿，哎呀呀，"但蘸着些儿麻上来"。

　　读钟鸣新出版的随笔集《畜界，人界》，首先我想到的就是四川火锅。单看那目录，像极了一份火锅菜谱："叩头虫""孔雀眼""夜叉与夜莺""快兔阿拉克塔海与豁嘴硬兔""白象及它的红牙齿"。作者烧开一大锅魔汤，从古今中外的书籍中搜来了许多匪夷所思的古灵精怪，然后开涮，遂成就了这么一本奇书，绝对的奇书，可以叫它博物志，叫它述异记，叫它传奇集，无论如何，是绝迹很久了的一种东西。

　　然而它的确大有来头。远的不说，近代就有鲁迅，他的《朝花夕拾》里洋溢着古色斑斓的好奇心。名叫"怪哉"的虫子，长得像人样、吃了可以成仙的何首乌，睡在笔筒里、舐人剩墨的墨猴，还有人面的兽、九头的蛇、一脚的牛……伤心的鲁迅，在国事蜩螗人事纷纭之际，犹不能忘情于孩提时的奇思异想。所以，《山海经》《花镜》《毛诗草木鸟兽虫鱼疏》之类，成了他回忆中最可爱的"宝书"。我想，鲁迅本来是极有资格也极可能有兴趣写一本这样的"宝书"的，可惜他当时

唯灵的泉水·致幻的魔汤
——读钟鸣的《畜界，人界》※

江弱水

※ 原载江弱水《从王熙凤到波托西》，广西师范大学出版社，2005年版，第51—54页。

不可以"逐奇而失正",故只能留下吉光片羽。

在鲁迅是附庸的,到钟鸣却终于蔚为大观了。这也难怪,鲁迅是墨翟,摩顶放踵以利天下;钟鸣却像杨朱,写来只图自己开心,因为他"非常赞同福楼拜关于书的看法,他说一本书永远是为了我自己,为了一种特殊的存在方式的",也因为时代大概"息事宁人"(钟鸣《自序》中语)到了这样的程度,写文章大可以不必载那劳什子的道了,作者也就乐得在自己的书里,网罗古今珍闻,排比中西奇迹,按自己的胃口大摆盛宴。

> 纯洁的人耳根也是干净的,所以说,只有圣人才能觉鸟语。圣方济各通过手掌上的一双麻雀,就看到了上帝启动的嘴唇。管辂卜筮解鸟语。孔子遇见了一只孤鹣在树上啼啭,便坐下来鼓琴和鸣。而乌鸦却使爱伦坡忐忑不安:"先知!我说,丑恶的东西!——沉默的先知你究竟是鸟儿还是魔鬼!"
> ——《其鸣也哀》

> 唐鼠上不了天,却有一副不怕跌踬,可调换的肠子。红飞鼠虽有黑色肉翅,却双双沉湎于红蕉花间的恋爱,成为妇人的媚药。隐鼠,用尖嘴穿地而行,让人感到原来的立场空虚。鼯鼠则企图通过飘失在空中的烟火超生……
> ——《鼠王》

钟鸣文章讲究出处和来历,走的是学者散文的路子,可他骨子里纯粹还是个诗人。虽然中西典籍驱遣自如,殆非虚语,可行文时似乎常有不实之词,让人读来不禁捏一把汗,生怕一不小心上他的当。何以这样说?因为他引书掉文就像诗中的用典,使用芜杂的材料只为支持自己天马行空的想象,而对不同时代与地域的说法之间的联系,不愿踩实,并且喜欢对材料度以己意,做即兴的发挥。他要"六经注我",你能指摘他不老实吗?比如,有一篇《山魈》:"在英国,有种叫伐尔基利亚(Valkyria)的山精,到各村落收集亡灵,据说是请去宴饮。而在俄罗斯,伐尔基利亚摇身一变成了乞乞可夫,他把亡灵当作抵押品。

这是果戈理的杰作。"看得出，谈伐尔基利亚还是做文章，说到乞乞可夫，就偷天换日来诗的一套了。借用钟鸣自己的话说，他就像隐鼠钻地而去，把我们丢在原地惘然自失。本来嘛，此书乃《象罔丛书》之一种，已经名副其实："'象'是有，'罔'是无，看得见的和看不见的，实在与虚无，乃一种东方精神，有为而无为。"所以，他谈空说有，虚虚实实之间，悦己并且娱人，就行了。

钟鸣是诗人。我对今天的许多诗一向不以为然，其因有三：一、也许有智性而缺乏感性，或也许有感性而实不可感；二、重情绪上的内在节奏，轻字句上的外在韵律；三、语言上少有多元化，勤于拟洋而疏于汲古。钟鸣的诗我尚无缘拜读，他的文章却多方面地餍足了我挑剔于诗的口味。像这样文字，实在好看：

喜欢把精力放在女人身上的还有桐花凤，这种鸟即东坡所谓倒挂绿毛幺凤。十二月飞来，把人们焚香时的全部芬芳收藏在羽翼间。到了晚上，再倒挂树上放香。一名收香倒挂，又名探花使。据说性极驯良，好集美人钗。另一种说法是，此鸟食桐花上的露水，到花朵飘香时，则烟飞雨散，不知所往。

——《头松·蝴蝶》

我得承认，初读钟鸣我有些把握不了他。除少数几篇包含着社会批判和历史批判的意味之外，他的文章一般并不给读者提供什么微言大义。他围绕一个题目写开去，天南地北，天花乱坠，但很难说他打算指引你到某个具体的目的地去。我前面称他是杨朱似的一毛不拔，正有这个意思。那些材料，换了别人一定要利用过来服务于一些明确的主旨，钟鸣却随用随弃，铺张浪费得很，所以我说这是一种极度奢侈的风格。吃火锅固然大快朵颐，要论营养，怕还不抵一包方便面，如果所谓教益便是文章的营养的话。

可是不然。钟鸣这整个一部书，博种种物，述种种异，传种种奇，其实就有一个主题：神奇与变化是也。现代中国人，被科学主义唯物主义将内心荡涤得干干净净，容不下一点好奇与无伤大雅的迷信。"子不语怪力乱神"，从这个角度上看，今天的我们最称得上孔夫子的好学生。还有什么能让我们动心呢，除了生产力的提高和生产关系的进步？还有什么能让我们相信呢，除了这明摆着的物质世界？钟鸣的书，恢复了一个湮灭了的传统，在唯物的焦土上引来了一注唯灵的泉水，喝上一口，就能让我们变回童年。

"但愿这太结实的肉体，融了，解了，化成了一片露水"，忧郁的哈姆雷特这样想。钟鸣真的有办法做到，只要写一篇《变成露水的王子》就成。"姑妄言之姑听之，瓜棚豆架雨如丝。"我读王士禛赠聊斋主人的这首诗，总觉得那瓜是丝瓜，豆是豇豆，且都细细长长，化成丝丝的小雨。幻觉真是可爱，钟鸣真是可爱。

1996 年 5 月 ■

当代中国文学界，钟鸣是一个谜。他长期蛰居于西南古都成都（那里是诗人杜甫晚年隐居过的地方），属于"朦胧诗"之后的"新生代"诗歌运动的先驱者之一。虽然他与著名作家、文化批评家朱大可并称为文坛上的"东邪西毒"，却跟当下的中国文坛没有多少瓜葛，一个彻头彻尾的"旁观者"。钟鸣就像是一匹神秘的美学狐狸，在文学的丛林里孤独地出没，来来去去悄无声息。

　　1998年，钟鸣又出版了他的《旁观者》，这是一部三大卷、一百五十余万字的巨著。"旁观者"一词显然是来自18世纪英国作家艾狄生（J. Addison），但从风格上看，钟鸣的著作更增添了一种现代主义的气息，因而更接近乔伊斯（J Joyce）。一个现代中国人的精神漫游，一个现代中国的奥德赛。这里是文学王国中的"都柏林"：混乱、荒诞、激情、喧嚣不息的声音（甚至，连其中诸多的印刷错误和作者的笔误这一点也都像《尤利西斯》）。

　　《旁观者》既可以说是一部作者个人的"成长小说"，又可以说是一份关于当代中国诗歌（以及文学）的发展的档案。故事的主角是作者本人和古今中外各种各样的文学人物，其中写到了从20世纪60年代到90年代我们的文学和精神生活中一系列重大事件："文革"、70年代的知识青年、"朦胧诗"时代的精神生活、"文革"后的大学生、最初的"新生代"诗歌运动、90年代的诗坛风云……钟鸣以一种旁观

"旁观者"清※　　　　　　　　　　　　　　　　　　　　　　　　　　　张闳

※ 原载张闳《声音的诗学——现代汉诗抒情艺术研究》，上海书店出版社，2016年版，第94—97页。

者的清醒的头脑,对我们这个时代的文学和精神生活做出了精细的描述,并提出了尖锐的批判。

钟鸣在该书的"楔子"《驿车》(这是该书中最华彩的段落)中,罗列了一份"旁观者"谱系:奥德修斯、艾狄生、兰姆、约翰生、奥涅金、乞乞科夫、涅克拉索夫、波德莱尔、比亚兹莱、乔依斯、曼德尔斯塔姆……一般公众对"旁观者"持有偏见是很自然的,人们往往认为,"旁观"即是置身局外,麻木不仁。"旁观"有时甚至就是"不道德"的同义词。而钟鸣恢复了"旁观者"的真面目,并赋予他以全新的意义。"旁观"意味着一种距离,与喧嚣纷乱的时代之间的距离。这是一个必要的距离。它使"旁观者"拥有一架理性的测距仪,从而为观察世界提供了某种尺度。

> 若非旁观者,便很难注意人在须臾间热情的职责。[1]

在钟鸣那里,"旁观"与"职责"相关,它甚至就是写作者的职责。如果缺乏"旁观"的精神,那么,写作者就容易卷入现世的事务之中,陷于盲目和迷狂,进而丧失其理性的清晰性。"旁观"吁求的是一种理性精神,是一种观察者兼批评者的姿态。

如果说理性批判之精神是一种"英国精神"的话,那么,"旁观者"还有另一面,那就是"俄国精神"——对内心声音的倾听(当然,俄国的批判型知识分子,如普希金笔下的奥涅金,从根本上说也是"旁观者"的近亲,他们在19世纪的俄罗斯只是"多余人")。幻想的"三套车"奔驰在20世纪中后期的中国大地上,正如果戈理笔下的"三套车"奔驰在19世纪俄罗斯大地上,但钟鸣的《旁观者》读上去更像曼德尔斯塔姆的《时代的喧嚣》。曼德尔斯塔姆显然是钟鸣最崇敬的诗人之一,《旁观者》的第三卷的大部分就是由翻译的曼德尔斯塔姆的诗集《向希波吕托斯致敬》和钟鸣献给曼德尔斯塔姆的诗作组成的。不过,曼德尔斯塔姆并不是一个纯粹的"旁观者",他是20世纪俄国的一位流亡者,这种差异也许就是钟鸣个人精神的矛盾之处。

---

(1) 钟鸣:《鼠王》,《畜界,人界》,东方出版社,1994年版。

但是，如果我们细心观察，就会发现在钟鸣身上还有一种"流亡者"式的孤独。他在自己的国家就好像置身于异国他乡，他说着陌生人的语言，没有人来成为他的听众或交谈者。他的写作成了一种孤独的自言自语，他只好自己成为自己的注释者和批评者。在《旁观者》中，注释成为文本的一个重要组成部分。他为自己做注，对自己作品的暗喻、双关等修辞，以及其他种种意义的玄关做出解释。他就好像一个捉迷藏的孩子，因为藏得太妙、太隐蔽，以至别人无法找到他，所以，他只好自己显形暴露。

在文体上，钟鸣的独特性表现得更为突出。他的语言狡黠，玄奥，飘忽不定，而且歧义丛生。在这样一个猛恶的语言丛林中，作者则像是自己笔下的那个虚无的，却又是无所不在的"鼠王"。这个"鼠王"总是能够通过他自己的语言的号召力，将那些被囚禁在本文中的"话语之鼠"解放出来。乌合的"话语之鼠"，用语言的"尖嘴穿地而行，让人感到原来的立场空虚"[1]。从这个意义上看，钟鸣的写作包含着对人类现实生存状况和精神生活的深刻批判。本雅明（W. Benjamin）说过，他的最高理想就是用"引文"构成一本书，钟鸣差不多实现了本雅明的这一写作理想。《旁观者》是各种文体（诗、故事、历史掌故、论说、引文、注释，以及相关的图片）的混合物，那些支离破碎的引文片段纠集在一起，汇合成一股强大的力量。这种写作打破了话语空间的密闭性，使写作向着更为广阔的意义空间敞开。它既解放了话语的意义，同时也是对主体的精神上的解放。这种开放的写作，是对种种精神禁锢的挑战，是文学的自由精神的体现，是对自由境界的语言冲刺。■

---

(1) 钟鸣：《鼠王》，《畜界，人界》，东方出版社，1994年版。

记忆诗学　钟鸣研究集

诗人通常被视为一个文学内部的概念,因为除了宫廷等少数场合,诗歌写作本不具有社会学意义上的职业功能。诗歌作者,除诗人外必有众多的面具来暗示其真实身份。比如,屈原位尊三闾大夫,陶渊明是小小九品芝麻官兼隐士。在时下的诗歌批评与诗学论争过程中,这也是一种潜逻辑,我们经常可以见到"校园诗人""知识分子诗人"之类的概念在不同层面上被使用着。然而,在这些不同的称谓内部却产生了等级差别:知识分子诗人首先是知识分子,其次才是诗人,诗者的身份反而变成了皇后身后美丽的侍女。

奥威尔表述过现代作家的谋生理想(或者谓之"职业化时代"?奥林匹克运动会与NBA、艺术经纪人与参展人、作协与签约作家标志着经济因素大幅度进入智力与体力的余暇领域,即艺术领域):希望得到一个类似于银行职员等八小时制的轻松职位,然后将八小时之外的时间付诸缪斯。这种理想意味着界定一种有规律的诗的生存方式:作者企图通过在文学内外有规律地更换面具,以避免艺术遭受更多的生存压力。但是如我们经验所知,这种理想或者流诸主观,或者屈从于意识形态,生存权之类政治学理念不断地骚扰着孱弱的写作者,写作的内聚力被不时地打断而呈现出不连贯特征,这恐怕使所有在本质上以写作为精神安身立命之所在的现代作家深感苦恼。

乐观而言,文学与生存权的这种游离关系或许正是诗的本能。文

对一个文本主义者的文本分析
——钟鸣作品的知识考察※

朱琺

※ 原载豆瓣网 https://www.douban.com/note/29067686/?type=like。本文作者朱琺在本文中加的所有注释都只包括被引用的作者名字和文章名字,一概不标注具体出处。——敬文东

学承载在词语之上,有着类似黑洞的特质,内在经验恐怕是通往缪斯寓所的唯一小道。因此,当诗人不是诗人时,其状态对于作品的重要性,历来就为热衷于脸谱拼贴术和身份化装术的评论家们提供了用武之地。他们往往乐意将诗人或者诗人的其他身份摇身一变,成为他们心中的理想脸谱。这在传统的文学研究中尤为严重,比如鲁迅,既被称为文学家,又被称为战士、革命家……一连串的面具以顿号相隔,映现出类似悼词的氛围。

> 皇帝规定,每只猴子必须戴上面具。那时的面具,还只能用手拿着,但猴子手持各种各样的面具照样跳得很欢。
> ——钟鸣《徒步者箴言·223》

把写作者变成猴子,显然不是批评的出发点。化装往往是在处理背景材料,即文本之外的材料(传统的文学研究中谓之为"史料")时的人为预设所造成的。它可能不是坚硬的红宝石,却像哈里发的戒指一样不自觉地紧贴在手指上,拿在手里。因此,诗人的多重身份显然不是简单从背景材料中抽出的某类泛泛的概念。奥威尔的话也只对写作者负责,并不是授受给批评家的秘籍。

从文本本身考察,钟鸣无疑是个博物学家——这一点只要翻开《畜界,人界》即可证明。现在看来,博物学家跟知识分子是不同的两个概念,前者是一个漆着古典釉彩、散发着来自那些珍贵红木特有气味的名词。而除了书卷、故纸之外,植物标本与动物尸体使得博物学家的气味要远比知识分子复杂。有人矢口否认钟鸣有古典知识分子趣味[1],尽管他与他们都嗜书。借用知识分子的概念,更准确地说,钟鸣可以被称为"知识离子",一种不稳定状态中的知识者。《畜界,人界》中充满了离子态的知识片段:

> 在只见于辞章的马儿中,驹騄最为有名。
> ——《驹騄》

---

[1] "他对乾嘉学派的考据之风有不可名状的厌恶,或许是因为皓首穷经的老爷作风,忍耐寂寞的工作态度,耗掉心智和激情的不测结果,让他非常不耐"(冉云飞:《作怪的钟鸣》)。

> 这就是狻猊。现在，最经典的辞书和最权威的动物学著作，都未记载它。它出现在中国非常古老的典籍里，是一本阐释远古事物的类物，叫《尔雅》。
>
> ——《巨灵》

> 根据这本失传的《鸦经》，有个中世纪的道士在他写的一本《物类相感志》的书中做了如下的描述。
>
> ——《鸦经》

钟鸣拿出不同的书页，展示某个钟爱的怪物（或动物）的逸闻趣事。他反复引用到"类书"，因为在类书和百科全书中，知识正是以离子的状态存在着。类书这种中国式的百科全书，翻开其中任意一页就可以看到成百上千种知识的大拼贴。一千本书的几百万个句子从辞典本身剥离出来，按照天地人之类古典伦理的次序，在类书中游动。本雅明说，引文就是把句子从文本中解放出来，把意义从句子中解放出来。古代中国人就曾经尝试过他的理想，但比起规规矩矩的类书，钟鸣更能充分展现离子的吸附力，用由此而彼的引文释放出那些被分别囚禁在不同文本中的离子知识。

以《鸦经》为例，坡的乌鸦在情理之中率先被释放出场，而后史蒂文森的《观察黑鸟的十三种方式》以一种旁观者的趣味呼应题词。"河水在流，黑鸟一定在飞。"十三种乌鸦已经从"现在世界上的乌鸦越来越少了"的感喟中展翅而出。它们模糊不清的翅膀掠过英语语源学、东方的三足乌神话，此后我们在这条鸟翼所划出的弧线上看见了某个中国皇帝，钟鸣举证说是这个人命名了"乌鸦"这种动物。诡秘的《鸦经》《物类相感志》界乎存在与杜撰之间，乌鸦的身影在太阳黑子（这被称为日中阴影）和羲和的传说（她是太阳的母亲，射日的后羿是她永恒的心病）中越来越远，而《鸦经》反而在有关生殖崇拜的讨论中变得"非经"，连寻找乌鸦的镜子也沾染上了有关交媾的污斑——钟鸣在这里引用了博尔赫斯《特隆，乌克巴尔，奥尔比斯·忒蒂乌斯》——对不见影子的乌鸦的讨论进入形而上的范畴（黑色的身体本来就混同于它的影子，这是太阳——金乌的庇护）。在不死的仙草与卡夫卡的乌鸦末世论之间,作者与乌鸦一起闭上了嘴。

在《畜界,人界》中,几乎每一篇文章的字里行间都具有类似的飞翔,动物们翩然一现,又含含糊糊地从我们的视野中消失。几乎没有人能够仔细地对各种怪兽的声音做出一点响应[1],因为事实上我们从钟鸣这里头一次见识到它们。比起吉卜林与博尔赫斯[2],钟鸣在动物学的道路上探索得更远,他在语词的密林里搜寻着野兽的踪迹,用破碎的文本建构他的想象。在我的想象中,他更接近于未曾谋面的老普林尼,那是一个道听途说,知识凭借口耳相传的时代。

古典时代的动物学研究已经为今人所抛弃,《山海经》《博物志》《自然史》等堪称贯注这种动物学理念的经典著作。与林纳、达尔文等人所致力的分析性动物学不同,古代动物学是以动物学家的旁观经验——而非实验手段为认识基础的,因此动物学展现在叙事之中,它神奇地获得了某种文本经验的魔力,与遭遇、情景、转化、偶发事件以及时间周期有关。它的分类体系与建立在现代工具理性基础上的门纲目科属种截然不同。它首先是一种现象学性质的分类,而非解剖学性质:凡水中游者谓之鱼,凡天上飞者谓之鸟——这跟一部分古代动物倏忽不定,一部分古代动物神圣不可侵犯,以及一部分动物珍稀相关。钟鸣算得上这种动物现象学唯一的孑遗,按照张闳的说法,他是头猛犸。猛犸唯一不贴切钟鸣的地方在于它不曾进入过中原的动物学典籍,不曾亲近过古代中国的类书作者。在古典动物学方面,我们都不比钟鸣自己有发言权,或许他自有秘密的图腾呢。

我的嗓音像蓝色甲虫。
——《火炉》

---

(1)"对钟鸣诗歌的详细解读不是目前我能承担的……钟鸣也用动物形象来隐喻伦理意义上的过去和现时代的人性……钟鸣的优势在于,他在运用动物形象时具备一种油画质地的'感性的饱满',而欧阳江河则显得过于观念化和抽象。"(一行:《暧昧时代的动物晚餐》)

(2)吉卜林以《老虎!老虎!》等丛林小说闻名,而博尔赫斯也有《想象中的动物》一集(有台湾志文出版社繁体中文译本),参看《畜界,人界》的注文。

像一只黄蜂直抒胸臆。

——《虎廊》

在这个时代,说那些动物生僻与暧昧是件轻而易举的事情。[1]大家向动物园、幼儿图片、卡通片、宠物医院和中国饭店——最多还有马戏团,但是近期中国的马戏班子充斥了裸露和变形的人体——索取了有关动物的全部知识。被中小学应试教育所规范过的"常识"不仅在数量上确保了社会知识的稀薄,而且在方式上,使人只会简单地接受教科书式的宣讲,拒绝从自己的脑海深处生发的想象中的知识。

时间不可避免地变幻着。"这些动物随着人类狩猎季节的消失而消失",消失在本质上是指从句子中消失了,从视野中消失了。那么钟鸣所做的,是在诗学而非通常的博物学意义上,再造了这些已经消失的形象,赋予它们诗性生命和活力。文本主义者钟鸣可以被想象成人本主义或者其他主义分子,但就本体而言,频频引用与杜撰或许是出于对文本的怀旧,或者是出于反文本的漫不经心,这种富有创造性的拼贴造就了诡异的文本景致。"景致"这个词,以及它的兄弟们,诸如"风景"等,几乎被诗人弃用。这或许跟生活方式相关。生活方式的变换首先是交通工具的无限膨胀。在牛顿宇宙定律被爱因斯坦相对论取代的今天,景致的空间含义也发生了变化。速度的快慢决定了景致的质量,"旅游是人类唯一持久的信仰"(卡萨雷斯),但我不知道他们在火车、汽车、飞机、轮船上下能够看到什么,或许信仰意味着视而不见?在古典时代,狼奔豕突是迅速而悚然的梦魇,古代奥林匹克绝不会以"更快"作为唯一的目标,因为一掠而过都是大煞风景的违规行为。

古典文本记录"移步换景"式的细致,如今代表速度至上的火车飞机意味着不可避免的粗糙,是绝不会与此相匹配的。那必然是步行的产物。涓涓而来源源不断的思绪,只跟得上缓慢的步伐和足够的耐

---

(1) "(钟鸣)的动物词源大多来自古代典籍而显得过于生僻(像《树巢》中那些闻所未闻的虫、鱼、鸟、兽)……钟鸣的动物形象也非常暧昧,但这种暧昧更多是由于它的生僻而非像欧阳江河那样起源于观念的混合或辩证性质"(一行:《暧昧时代的动物晚餐》)。

心。钟鸣对徒步的兴趣,是他罕见地在这个时代里能够接近古典,从而也能够接近动物的真正原因。

习惯上,在其他诗人那里,徒步容易被"流浪"一词替代。但"徒步"更为清晰,它接触行走的方式(徒,空身)、结果(步,脚印)以及速度。而"流浪"则抱有艳遇式高峰体验的希冀,更具有浪漫主义的色泽。翟永明提到过流浪者,她是钟鸣过往甚密的朋友,尽管他们俩的风格并不相同,但这不妨碍她在诗行中泄露一点钟鸣的秘密。

一个人加一个动物
将造就一片快速的流浪。
——翟永明《土拨鼠》

快速和慢速,一如速度和静止,是硬币的两面。没有动物,速度是不完整的——"马力""机翼",在大规模的祛魅和屠杀之后,动物甚至躲进了词语。在这种状况下,缓慢的寻找才能让它们现身。徒步意味着无孔不入地涉足——那正是"离子"的作风:"徒步者唯一不能穿越的便是灵魂的边界。"(《徒步者箴言·5》)因此,钟鸣能知我们所不知。

这似乎还不完全能解释钟鸣与动物之间独特的密切。通灵者和泛神论者往往耽于对植物倾注各种神秘主义情愫,但是在钟鸣那里,却恰恰相反。他不仅用马可·奥勒留的名义表达了对植物的歧视——"植物中叶子的本性由于有知觉或理性而成为阻碍我们本性的一部分"(《畜界,人界·植物兽》),他甚至把一些植物召为活物,使一些静止的物体活动起来。

花瓶上隐约有白马奔过。
——《观马》

一方面,他还企图让魂散多时,被人类技术处理过的动物尸体上的皮肤——皮革,幻化为精灵"皮革动物"(《徒步者随录·皮脸》)。另一方面,他对返魂无术或者徒有其表的动物形象,却表现出足够的不耐烦。

> 孔雀的乌木屏风，胭脂和画卷绣纬一样令人厌倦的生活。
> ——《观马》

由此可知，他对动物的偏执并不是来自情感或者其他表面上的不可知论，从本质上说有更加深刻的动力，即动物的动作性。这跟他对徒步的强调是一致的，行动方式显然是人的动作性的形式。现代（钟鸣称之为"强人时代"）人的行动能力的衰退显而易见，钟鸣对古代典籍（更准确地说是古典叙事与古典动作）的兴趣，基本上也是由此生发的。漫长、丰富、多姿的古代容易成为执不同意见者和倚仗想象力者的自我流放地。想象、观察（在钟鸣那儿表述为"旁观"）、行走（徒步），再加上表述，就构成了人基本的行为。

> 我连做梦都在想，不露声色地写一部像亚里士多德《动物志》那样的书。幸好我聪明地暂时还没那样做。因为，我已无法再像他那样，以最简单的方式去观察一只歪颈鸟长长的舌头了。它的叫声，是一个尖吭的啾鸣。谁还能想象，几千年前，一只用人粪构巢的戴胜，是如何摇动它的盔缨，奕换其颜色和形态的：戴胜见到自己的卑微，大神却令其穿上多样的花衣。但我常常想象，寄生在软体动物和无花果里的亚里士多德。
> ——《徒步者箴言·113》

对于一个诗人，或者一个从事诗歌创作的写作者来说，对动作性的关注在诗学上意味着对动词的关注。钟鸣曾经泄露出自然界与语言学之间最原始的契约与最隐秘的对应：动物与动词之间的相互效仿，植物与名词之间的对位。

> 我在写动物随笔时，充满了惊喜，像在一条瘦长的洞穴里遇上了老朋友。我强调"随笔"与散文的不同，是在于essay作为动词创造性的一面。我写了许多陌生化的动物。一来，是这些动物

随着人类狩猎季节的消失而消失了；二来，它们又没完全绝迹，在许多书籍里，它们成了神话。是过去时态，也是现在时态和将来时态。

——《徒步者随录·窄门》

以格局、秩序等为表征的静态美学在传统诗歌语言中占据不可动摇的霸权，而钟鸣有意突出动词的非稳定性。在名词主宰的和谐、有序的统一环境下，动词从骨子里奔涌出一种天生的叛逆与破坏力量，使名词陷入混乱无主。可以说在词的特性上，钟鸣最为坚持了他无论是个体写作、精神实质还是生存状态上表现出来的那种一致。由此也可以说，面对这样富有活力的中国随笔，我们无须用崭新之类的称颂使之流于肤浅。实际上，崭新与钟鸣本人的写作宗旨也恰恰相反。只有在洋溢着悠远、幽静气息的古典博物学河流中，钟鸣才是钟鸣。■

记忆诗学　钟鸣研究集

1995年，钟鸣《畜界，人界》的初版问世时，让大学即将毕业的我为之深深着迷。此前一两年间我已读到他的诗，玄奥惝恍，老实说，超出我当时的理解力。同样的风格趣味展现在散文中，却未料成就出如此奇妙的一路随笔。我折服于作者阅读的渊博和文字的雅逸，也未免怀揣一点疑惑：世上真有他提到的这么多别致有趣的书吗？——这疑惑显然并非我一人所独有，记得有位兄长曾大有发现似的告诉我，《畜界，人界》中称引的某些书籍，"应该是钟鸣杜撰出来的"。

这自然让人联想到博尔赫斯。钟鸣的确表达过对他的喜爱，此次修订新版添入的《凤凰从灰烬中诞生、消亡》一文也可看作他对博尔赫斯的"心解"。文中好些谈论博尔赫斯的语句，放在他自己的随笔中似也不无适切，比如，"他在句法的正常延续下，还不断地给予你表面看似支离破碎、实际上确是线索的东西"，"我们在他那明显倾向于东方式的封闭性里，体验了一次飘逸而精致的文本解放"，还有，"通过这本书，他想教我们用一种失传的眼光来看待世界。有点像他暗示的，偶尔恢复一下孩提时代，第一次进动物园的那种好奇的经验是有益的"。

不过，这些地方，包括钟鸣自陈的"挪用典籍、穿插附会"的写法，只能说明博尔赫斯对他的启发（用他的说法是"顺了口气"），那就是，关键在于我们用怎样的眼光来看这个世界。钟鸣偏爱古怪的作

钟鸣和他的蜗牛式随笔※ ——————————————— 冷霜

※ 原载《新京报·书评周刊》2010年7月10日，发表时有删节。

品和那些"能满足我们的好奇心和怪异的想象"的随笔作家——从蒙田到兰姆,但他也势必要面对奥登的一个论断,后者在评论切斯特顿的随笔时认为,在进入20世纪以后,这类奇思异想的随笔所能带给我们的认知上的快乐已不复存在,代之而起的是那些专门性的批评和有明确主题的散文。换言之,如果没有认识上的深细用心,这种随笔已很难对我们构成持久的吸引力。

而《畜界,人界》的独特魅力就在于,它不仅融会了中国古代博物与志异的叙事传统和来自欧洲的随笔风格,为现代汉语散文新添一味,亦在恢复我们对世界的想象力的同时,帮助我们调校认知世界的姿态。在这些随笔中,"畜界"并非"人界"的寓言和隐喻,它们是远为丰富的、复数的世界,对我们的心智构成必要的提醒。我们在这些随笔中能够感知到一种深思熟虑的低姿态,它似乎源自他笔下的那些穴居动物,以及那些必须贴地行走的小动物,或许也包括儿童。它们行得低,却也因此能看到居高者所忽略的种种事物。

钟鸣的随笔写作始于对历史的思考,但他言说历史的方式却很特别,例如,他用"深梦"而不是"噩梦"这个词来回溯我们最切近的历史,我想未必有何顾忌,很可能只是不喜欢后者那种激切、硬邦邦的色彩和"明显的悲剧意识"。历史固然不容遗忘,但也要避免被它限制、吸附,被它的诡计一次次捕作为笼中鸟儿,而这种低姿态则是想象力和幽默感的源泉。《畜界,人界》中很多奇思异想令人忍俊不禁,随便说个例子,《狐狸》一篇中煞有介事地写道,"狐狸的报复一般选在秋天,秋后算账的本义指的就是这个",因为幽默感引起的笑最具颠覆性,正如时间能摧毁一切,除了风格。

那么,不妨接着问一句,在钟鸣写到的动物中,哪种最接近于他的写作姿态呢?恐怕非蜗牛莫属了吧。在新版添入的《莎士比亚和济慈的蜗牛精神》这则随笔中,他从朱生豪和梁实秋的莎译谈起,曲折延伸,谈到莎翁诗剧《爱的徒劳》中 Cockled Snail(起皱的蜗牛)一语——两位先生都漏译了 cockled——而后细细揣摩和解说其中的况味。在他看来,诗的含混、偶然和巧妙,恰恰藏在这个词的褶皱里,而且,也只有受过生活的磨难,才能理解其中的妙处。而他最欣赏的两类写作品质——精细敏感和富于耐性,在低处慢行的蜗牛不也正好兼而有之吗？另外，还有什么比蜗牛更配得上旁观者和徒步者这样的称号呢？

若再引申一下，钟鸣的蜗牛其实也很近于同样喜爱想象动物的卡夫卡笔下的甲虫，他们的写作方式都可归于他所谓的"蜗牛起皱法"。很巧的是，在中国现代诗人中被钟鸣推为翘楚的卞之琳，也最爱玩味蜗牛的形象，像"在家乡认一夜的长途／于窗槛上一段蜗牛的银迹"，就曾被废名先生夸赞，说这一句的诗思与句法，隐约蜿蜒，亦如同蜗牛拖出的一段银迹。而这蜿蜒的姿态里闪烁的，正是那种精细敏感的诗性想象力，是它，为经济学家们宣称已经变平了的这个世界保存着褶皱。钟鸣的这些富于褶皱的随笔本质上属于诗，像他在《蜗牛慢行记》一诗中写的，"给自己留一个更荒凉的位置"，他和他的文学蜗牛家族的成员一样，所创造的亦即他们背负着的，是深深影响他的麦克卢汉所界定的艺术家的任务：一个"反环境"。■

记忆诗学　钟鸣研究集

最近一直在读钟鸣的《畜界，人界》的修订版。以前读过旧版，里面的内容还记得几分，但是偷懒的概括有什么意思？要想重温那种感觉，不如一头扎进茂密的词语中。

然而，《畜界，人界》依然是难以名状的，像书中不断变幻属性的神兽，总想从把握中挣脱。在这种情形下，我告诫自己，同时也提醒读者，在阅读或评论此书时，需要冒险的好奇心，还得有一点盲人摸象的自觉，一些缘木求鱼的勇气。

《畜界，人界》，你可以名之为随笔，也可以称之为小说，当然也可以说它是志怪或者神话，无可无不可。我个人认为，重点不在这里，因为钟鸣文体的模仿者不少，他们把奇崛的形式学到两三成，即可赢得惊叹和赞誉。重点在于，无论你如何定义它，或与众多模仿者相比，有一个要素是应当放置在前的，那就是"有趣"。

钟鸣的写作向来追求有趣。他说，自己读书挑剔，只拣有趣的看。所以"将心比己"，当他为别人提供阅读时，很自然地要求自己把书写得有趣，以免甫一问世即被扔进垃圾堆。可什么是有趣？或者说，趣味究竟来自哪里，就像佳肴依靠的是什么食材、何等厨艺，人们未必抓得到要点。在随笔集《太少的人生经历和太多的幻想》里，钟鸣认为自己的写作依靠两样东西，那就是热情和想象力。不过，那是20世纪90年代。在我看来，经过多年的洗练，他的热情似乎在发生转变。

当狮子奔向螃蟹，蝎子蜇向天秤 ※　　　　　　　　　　　　　　　　　西闪

※ 原载《南方都市报》，2010年6月20日。

相较而言，想象力在他的写作中的重要性愈加凸显。换句话说，钟鸣所说的"有趣"与"想象力"虽然不完全等同，却是大有关系。

翻开《畜界，人界》的任何一页，都会惊叹钟鸣的想象力——《春秋来信》《吃铁的动物》《叩头虫》……每一篇都值得细读。可是，要评论想象力本身却是困难的。钟鸣感叹，如今人们遥望星空，看不见狮子奔向螃蟹，也看不见蝎子蜇向天秤。因为我们越来越趋向于用客观化的眼光看待世界，不再认为那些星星与其他迥然不同的事物间存在什么关系。他说到了最根本的问题——"想象"就是用思维将不同事物联系在一起，而"想象力"则是将它们联系起来的能力。"在一粒沙子里看见宇宙，在一朵野花里看见天堂"，这就是想象与想象力。

钟鸣说，中国最早亡掉的就是想象力。借荣格的话，他惊呼："东方直观得过火了！"这种直观一直在坑害中国文化，并导致想象力的过早衰竭。他所说的"直观"，其实就是无趣，就是没有想象力，归根结底，那是将事物与事物之间的关系一成不变固化下来的思维方式。

这让我想起颇受钟鸣喜爱的中世纪典籍，以及研究中世纪的权威赫伊津哈（Huizinga）。赫伊津哈在《中世纪的秋天》中专辟一章来讨论想象力，标题就叫《想象力的衰竭》。他认为，象征手法几乎是中世纪思想的命脉。通过象征，中世纪人从万物的意义联系中看待万物。这种普遍存在的想象，使得他们的思想世界熠熠生辉。但是，一旦人们机械地看待万物间的关系，将事物分门别类，纳入逻辑体系，他们的思想就失去了生机，夜空中闪耀的就不再是神灵，而是术语和理念。这种贫乏的想象导致了两个结果。一个结果是无休止的计数——罪人受十二种错误的蒙蔽，其严重性可用七种观点来衡量，每个观点又可细分到八种或十四种等。另一个结果则是虚无——要么是形容词的无限叠加——"上帝"超级慈悲、超级威严、超级明亮、超级无所不能、超级英明、超级光荣，要么是彻底地不可言说，彻底的神秘主义——反智、沉默、虔敬、静居独处。

只要稍微留心，就会发现我们也似乎呈现出中世纪的晚期症状。一方面极其喧闹，但语言空洞雷同；另一方面奉真诚为至尊，感伤兼自我感伤。显然，钟鸣较早觉悟到了，并看到了戕害想象力的两种危险：计算与虚无。所以在《畜界，人界》里我们发现，老鼠用粉红肮脏的脚给自己加冕，苏格拉底与独角麒麟存在隐秘的联系，叩头虫形如大豆发出唯唯诺诺的声音，耶稣幻化万物却可能是一只类似羊的植物。钟鸣究竟在做什么？现在我们知道了。他在写作中所做的，就是打破人们观念中僵化了的事物与事物之间的关系，并且尝试着再造它。

"尝试着去做"（try to do），钟鸣认为这是当初蒙田杜撰"随笔"（essay）一词的本义，也是自己写作的首要标准。这个标准，当然与想象力紧密相连——没有再造事物关系的热情和勇气，也就谈不上想象力。因为想象本身就是一件冒风险（甚至风险极大）的事情。

要打破与再造事物之间的关系，钟鸣针对的首要对象是语言。他承认，当初最大的挑战和苦恼都是语言意义上的。从1990年算起，《畜界，人界》的写作跨度相当长，足以检视钟鸣在语言方面的努力。他将惯有语句击得支离破碎，然后用自己的方式重新黏合它们，呈现出了诡奇的风格——尽管他对胡适不无微词，对平白的《尝试集》也是相当不屑，但从"尝试"的语言意义上讲，他们是共通的。

《畜界，人界》的有趣当然是多重意义上的，不只语言，不只文风或内容，只是我难以道尽了。照钟鸣的计划，《畜界，人界》不过是"象罔三部曲"的第一部，转眼二十年过去了，另外两部《色界，物具》和《鬼界，地狱变》尚在搁浅中。作为他的读者，我当然希望他有更多的尝试。相信会有更多读者和我一样，借助他的想象力，让自己的思想世界大为不同。■

记忆诗学　钟鸣研究集

如果，你爱一个人，而又不理解他
——实际上，是爱着自己——
这又算什么呢？

要理解你喜爱的诗人，
就该把他从神话解救出来。

——钟鸣《旁观者》

最理解钟鸣的人，或许是他本人。这倒不是说他自恋或自傲，而是因为身为"旁观者"，他有一种罕见的自知之明。倘若在日常，这不过是为人的基本德行，但放在"宝贝儿精神"当道的"强人时代"，却成了难得的品性。当代诗人里，他是第一个勇于写自传的。要了解钟鸣这个人、他的写作和他的时代，皇皇三大册《旁观者》——一部"融个人成长史与广义新诗史于双重叙述"的"成长小说"——足矣。

钱穆说，诗人不必写自传，诗歌就是他的自传。这话当然有它的道理，但"诗人自传"毕竟有历史编纂学替代不了的价值，《旁观者》就证明了这点。"诗人自传"向来不易，要跨越他我和诗文的双重界限。而自传又是衡量一个人最好的尺度，还有什么比自我陈述更能考验个人的眼光和德行呢？因此，要真正理解诗人的世界，舍此无他。胡适说过，"自传"的意义在于"给史家做材料，给文学开生路"。这两点，《旁观者》毫无疑问都做到了。但，像《米沃什词典》一样，《旁观者》不能仅仅视为"诗人自传"，它更是"时代之书"，在为时代作传。

描绘时代的知识状况，探讨时代背后的知识命题，与时代展开知识对话，是《旁观者》也是钟鸣所有写作的永恒主题，他把这当成自己责无旁贷的写作责任和思想义务。柏桦说钟鸣的散文"既有中国传统文人的风骨，信手拈来，自成一体，带有士大夫精神（就人生观而言，他的散文的精神是儒家的而非老庄的），同时又有西方散文的思辨性、批判性以及现实性"(1)，是很确切的。但从"文如其人"来看，这何尝不是对钟鸣生活风格的贴切描述呢。无论是写作、摄影还是收藏，无论是诗歌、随笔还是评论、研究——我们都能看到钟鸣抱着"入世"精神，持之以恒与时代对话，面对时代难题不断思考，绝不轻易与时代达成表面和解。而代价是，他彻底沦为时代的"旁观者"。看看吧，我们周围多少人视"旁观"为"失败"，在不甘寂寞中急于粉墨登场啊。如果说，"旁观者"是诗人的谶纬，那他也是心甘情愿去承受的。"他并没有消失什么，不过感受了一次海水的变幻，他成了富丽珍奇的瑰宝。"(2)因为，在"旁观"生涯中，"知识"是"旁观者"唯一的酬劳。但——好人儿千万别误会，"旁观者"可不是"受难者"（"肃然起敬"是对"旁观者"的"趣味"的侮辱），而"旁观者"的"知识"（"我任何时候都喜欢琢磨事情的原委，甚至不惜以吃亏是福来换取这点，有种逻辑常识支配着我"(3)）也不是"方脑袋"或"宝贝儿"的"知识"。记住这一点吧，不然，还没上道，我们就陷入时代的恍惚了。

今夕何夕？我们现今身处何种时代？钟鸣常提的一个说法——"强人时代"。

它来自德国史学家梅尼克的《德国的浩劫》。在这部晚年史著中，梅尼克反思了二战中德国法西斯的崛起。他认为，法西斯的根源不在

---

(1) 柏桦：《钟鸣随笔小引》，见钟鸣《畜界，人界·序》。
(2) 莎士比亚：《暴风雨》。
(3) 钟鸣：《旁观者》，海南出版社，1998年版，第600页。

德国文化本身，而在于近代以来遍及整个西方的精神世界的失衡，即过度的理性化、职业生活以及技术—功利主义精神所导致的精神的单一化。在这个过程中，技术时代取代了理智时代，"强人"（homo faber）取代了"智人"（homo sapiens）。需要指出的是，拉丁语 homo faber 的本义是"技艺人""制作者"，译为"匠人"或许更为合适（阿伦特在《人的境况》里，就把 homo faber 与 work 相对应）。而在梅尼克看来，所谓"强人时代"，也就是"技术时代"（或者说"匠人时代"），它被一种由运筹计算的智能、精明的能力以及混血儿的形而上学所构成的"理性"牢牢把控着。在这个时代，盛行专制主义以及"可怕的单一化者"（terribles simplificateurs）。梅尼克描绘了这可怖的画面：

> 的确，19世纪末和迄今为止的20世纪，一点也不缺乏强而有力的能量。那种运筹的智能更多的是朝着实际上的目标而非朝着知识上的目标定向的。它和聚集起来的意志力量相结合，就掀起了一场又一场猛烈惊人的风暴，并只有在物质生活享受的那种休闲之中才得到解除，这大体上就是本世纪的天才们所提供的一幅画面。[1]

其实在梅尼克之前，韦伯早已在社会学领域提出了现代生活受制于"理性铁笼"的问题。从"宗教—形而上"理性主义走向"科学—技术"理性主义的现代人，因为失去灵魂与心灵的依托，整个生活处于没有根的"漂浮状态"，职业分化造就大量"没有灵魂的专家"，而完全专业化、非人格化的资本主义社会运作，使得现代人同时受到经济秩序和官僚科层制的奴役，沦为争名夺利的行尸走肉和组织机器中无生命的螺丝钉。如何打破"理性铁笼"？韦伯寄望于克里斯玛的周期性出场，然而历史证明了，希特勒式的"强人"不但不会带来解放，反而只会在"理性铁笼"上再多加一副极权主义的枷锁。这一点，活得更久的梅尼克，也就有了后见之明。

在梅尼克看来，"强人时代"的到来，是个广泛现象。这显然启发

（1） 梅尼克：《德国的浩劫》，生活·读书·新知三联书店，2002年版，第55页。

了钟鸣,关注中国近世以来工具理性、技术主义和功利主义愈演愈烈的状况:

> 鸦片战争以来,整个启蒙主义运动,就是以士的步步丧失和皇权被废黜为前提的。强人时代,讲个痛快淋漓,信仰一个比一个短命。伴随军阀的武力,却是智识阶级的贪新和追名逐利。[1]

> 个人选择十分有限,故带来人们对生存技术看法的转变,功利主义和个人主义大肆盛行,绝对合理的要求,把艺术和知识极端运用到无理的程度,因为急功近利,最后连理性也变本加厉,变得恐怖起来了。[2]

——这恐怕是中国最早出现的"反思现代性"的声音。钟鸣将视线拉得很远,俯瞰中国近代以来整个社会的世俗化进程。

而这审视的精神坐标,则来自中国地理和文化上的近邻——俄罗斯("俄国是道难题呀",而"旁观者就是不断奔向难题的人")。在"强人时代",看看这些来自俄罗斯的"漂流瓶"吧——普希金、陀思妥耶夫斯基、契诃夫和曼德尔斯塔姆,多少人捡起来看看然后随手扔了呢,但钟鸣没有,因为他是个真正的收藏家。得之于俄罗斯旁观者们的精神光谱,钟鸣笔下的"强人时代",具有了比梅尼克更复杂的折射,后者始终难以摆脱"德国古典文化"的情怀。要解剖"技术—功利主义精神",还有比来自俄罗斯的"俄国细瓷"和"武器的雕刻美"更管用的吗?所以,纳博科夫在契诃夫那里发现了"强人时代"的主题,并非偶然:

> 在一个到处是茁壮的歌利亚们的时代,读一读有关柔弱的大卫们的书是非常有用的。凄清的景色,排列在荒凉、泥泞的土路旁的枯萎的柳树,在阴沉的天空中鼓动着翅膀的黑乌鸦,在一个

---

(1) 钟鸣:《旁观者》,海南出版社,1998年版,第618页。
(2) 同上,第710页。

平常的角落里突然翕动起某种令人惊异的回忆——这一切勾人心魂的朦胧、这一切美丽动人的柔弱、这整个契诃夫式的鸽灰色的世界在极权国家崇拜者们许诺给我们的那个强壮、自负的世界的炫示下都是值得珍爱的。⁽¹⁾

钟鸣有没有读"大卫们的书",不知道,不过他显然读了"吴雨僧"(吴宓)这本书。"在强人时代之下,他用道德实践和信仰的统一性,抵抗圆滑和世故,抵抗没有灵魂的无赖和文明的二流子们。"[2] 吴宓在抵抗什么?他在抵抗"强人时代"最大的痛疾——"宝贝儿精神"呀。

"宝贝儿"的"精神常胜",说到底,与知识的逻辑性有关,而知识,正是钟鸣梳理"强人时代"的着眼点。知识的单一化,知识的滥用与张狂,知识的逻辑混乱和缺失,这一切的一切,不仅是认知问题,更是德行问题。所以"强人时代"的知识状况,何尝不是人性状况?但是,在钟鸣笔下,"强人时代"的复杂性在于,疗治知识的沉疴,并不能简单诉诸"精神胜利法"或"人格神话"。因为"理想主义日久就陷入令人难堪的狂妄,写实主义也因为残酷的描写和愤世嫉俗的论调令人憎厌"[3]。

或许,我们该换个角度了。"强人时代"就必然意味着"知识之恶"?要知道,在当代诗人中,钟鸣以阅读广泛、博学多识著称。知识性一直是他写作的显著标志,柏桦称他为"学者型的诗人","他有一个充满各种思想各种策略的大脑,这大脑随之产生无穷的战斗精神和纯语主义、产生一个宏伟的工作过程和复杂有序的计划"[4]。问题是,这一"知识性写作",何以完成对技术—理性至上的"强人时代"的批判?这令人思量。不然,从"钟鸣"到"钟书",从《畜界,人界》《旁观者》到《谈艺录》,我们会对两种博学风格的知识写作感到恍惚。而批判钱锺书式的技术知识分子,批判知识的技术化操作,反对"圆熟

---

(1) 纳博科夫:《论契诃夫》,《世界文学》,1982年第1期。
(2) 钟鸣:《旁观者》,海南出版社,1998年版,第709—710页。
(3) 同上,第613页。
(4) 柏桦:《左边:毛泽东时代的抒情诗人》,江苏文艺出版社,2009年版。

的文本特征"和"技术的单一化",不正是《旁观者》的应有之义吗?这是否提醒我们,知识的问题,必得以知识的方式来解决,而不是简单诉诸反知识?

当然,已有人在批判《旁观者》"炫耀知识"了。[1]这一点,我们在后面谈"观念写作"与"气质写作"时会再讨论。这里只想说,如果我们不对"知识"进行知识社会学的分析,不将"知识"语境化和历史化,我们何谈"知识"?而"炫耀知识"也更无从谈起了。

在匆忙扣帽子,讨伐《旁观者》的"知识"之前,我们不妨先看看这是何种"知识"。从地域来说,《旁观者》展现的是"南方的知识"而非"北方的知识",是"外省的知识"而非"首都的知识"。从历史来说,它展现的是"四五一代"的"知识",而非"文革"后一代的"知识"。前者来自俄罗斯,后者来自欧美。后者更多是观念、话语的操作,而前者的"知识"经过了"四五一代"人生和遭际的磨炼,何来"炫耀"?因为那本是幻想太多而人生太少的一代,知识贫瘠的一代。用陈丹青评"星星"那一代的话说,就是:"20世纪80年代才有的气息,尽在其间。所有八五使徒怀抱贫穷的妄想,肠胃里是20世纪80年代的粗陋饭菜,无限渴望他们当时并不了解的'世界',每件作品的物质感和混杂的观念,渗透着可敬的营养不良,那是我这一代熟悉的匮乏与不甘。"[2] 20世纪80年代观念艺术的盛行,恰恰是知识贫困的反映。如果说"知识"多了——其实哪里是"知识"多了,是"常识"少了,那也是因为时代造成的反拨。但是,没关系,特殊时代的生活史能自动加以矫正。

时代在变,改变的不仅是"抒情诗人"的时代感,"抒情"的有效性也随之改变。"抒情"或许要让位于"叙事",因为,诗歌的地平线和诗人的视线已经变了。诗歌既不是市场上的待售商品,也不是广场上的政治雕像。在"强人时代",诗人直面的是现代人和现代生活的难题。如果不想像"宝贝儿"那样与时代达成表面和解,就必须通过"知识"来进行柔和的梳理。关键是,不回避时代的难题,这才是"现

---

(1) 林贤治:《五十年:散文与自由的一种观察》,《当代作家评论》,2000年第3期。
(2) 陈丹青、张英:《"现状"不算"美术史"》,《南方周末》,2007年11月22日第D21版。

代生活的英雄"呢。

钟鸣的写作和时代,包含了太多的"知识"命题,亟待我们来厘清。而我们的"知识分子"话题总是纠缠不清,不正是因为我们热谈"分子"而冷对"知识"吗?结果呢,"知识分子大讨论"每每沦为划线站队、拉帮结派的闹剧(余英时有感于"分子"的贬义,改"知识分子"为"知识人"。但"知识"没说清,"人"就更说不清了)。这一点,钟鸣有相当的警醒。"如果谈论'知识分子写作',以遗忘为前提,那费希特1794年就报废了,曼海姆、萨特、福柯、加缪……也仿佛不存在。"[1]不要忘记"知识",也就是不要忘记知识自身的逻辑,不要忘记知识背后的社会存在。否则,知识就会浮泛起来,走向反知识,变成神话,"狂乱无章地四处乱抓"。这也是为何钟鸣如此钟情曼海姆的"知识社会学"。没有这种知识的知识,我们就无法看清"强人时代"的知识状况,这对"旁观者"来说是致命的。因为,"不能想象一个人在快接近真理时把眼镜丢了"。而在现实中,多少"知识分子"盲信自己"知识"的透明性啊,就好像真理没有影子一样。■

---

(1) 钟鸣:《旁观者》,海南出版社,1998年版,第617页。

记忆诗学　钟鸣研究集

椅子

时代始终是大于个人的事物,它甚至比所有个人之和的总数还要多,以至于让我们试图陈述它时,总有一种"狗咬乌龟——无从下口"的尴尬。但是,对那些心理敏锐、思维强健的人来说,仅仅给它一个或几个词,或者给它一个或几个鲜明的意象就足够了,正如同米兰·昆德拉在面对自己的小说时不无得意地说:看啦,给它一个词,捉住它![1]在皇皇巨著《旁观者》里,钟鸣准确地给了这个时代以"强人时代"的封号,他把那些为社会所鼓励、不择手段以猎获成功的"强人"的(比如拉斯蒂涅)最后一条三角裤衩都给撕掉了。但在钟鸣的诗歌书写中,他宁愿给它另外的词,这些词饱满、精湛、见血封喉,还充满了四川方言那种肉乎乎的感觉。尤为关键的是,它们既适合钟鸣的一贯音势,也与时代—生活或事境构成了紧密的上下文关系(而不是和乌托邦构成了上下文关系)。

1987年,写出长诗《中国杂技:硬椅子》的钟鸣是幸福的,因为这首杰出的长诗对他至少有着双重意义:它不仅使钟鸣发现了自己的私人语汇,而且私人语汇的出现,给他的作品带来了开放的、一以贯之

---

(1) [捷]米兰·昆德拉:《小说的艺术》(孟湄译),生活·读书·新知三联书店,1995年版,第28页。

椅子和树※ 　　　　　　　　　　　　　　　　　　　　　　　　　　　敬文东

※ 原载敬文东《指引与注释》,中国文史出版社,2009年版,第229—263页。又载于《新文学》,2003年10月第1辑。

的,而且是自成体系的语义空间。理查德·罗蒂(Richard Rorty)在指斥海德格尔的狂妄时,曾经认为,借助于对某些书籍的熟悉,海德格尔可以发现一套词汇,号称不但对他,而且对所有同时代的欧洲人都是最后的——或者更确切地说,是最新的词汇。"他没有能力这么做,"理查德·罗蒂把牙咬得"梆鸡巴紧","不存在这样的基本词汇表,这样的连祷文"[1]。在《私人的反讽和自由主义的希望》里,罗蒂对上帝语义说了一番意味深长的话:上帝语义是一套终极语汇,也就是可以圆满解决人生、时代和社会悖论的"最后语法"。罗蒂接着说,现代主义,尤其是现代小说和现代诗歌的兴起,使所谓的终极语汇只是每一个人随身携带的一组私人词汇。[2]钟鸣显然没有海德格尔的狂妄,他只是想找到主要是用于描述(而不是解释)事境的、仅仅属于自身音势的私人语汇,目的不在解释,也不在用这些语汇给时代—生活赋予虚构的意义(情景)。

> 当椅子的海拔和寒冷揭穿我们的软弱,
> 我们升空历险,在座椅下,靠慎微
> 移出点距离。椅子在重叠时所增加的
> 那些接触点,是否就是供人观赏的,
> 引领我们穿过伦理学的蝴蝶的切点?

在《中国杂技:硬椅子》一开篇,钟鸣给出了其后将要贯穿他几乎所有诗歌文本的基本语汇(私人语汇):椅子和椅子的海拔。作为人类为自己的臀部发明的一种工具,椅子在具体中被泛化的同时,也被抽象地神化了。而神化不可避免地带来了椅子的寒冷,以及与之相连带的海拔。如同张爱玲所说,恋爱的定义之一,就是夸张一个异性和其他所有异性的区别,龙椅就是从众多坐具里被挑选出来的、被夸张和神化的一种特殊坐具,它具有来历不明的抽象和背景不清的具体这双重特性。其寒冷和高度也是空前的,是令人望而生畏的,它表征着

---

(1) [美]理查德·罗蒂:《偶然、反讽与团结》(徐文瑞译),商务印刷馆,2003年版。
(2) 同上,第105页。

一种权力。伊万·克里玛（Ivan Klima）曾经令人惊恐万状地说过："权力是没有灵魂的，并且它将来自没有灵魂。它建立在丧失灵魂的基础上并从中汲取力量，灵魂的缺失维持着和恐惧的联系。"[1]椅子上坐着的人同样如此。在同一首诗中，钟鸣曾用方括弧标明了一条描述性的"真理"："皇帝最怕什么？椅子。"因为椅子的海拔和寒冷使坐上去的人也感到恐怖：获得它，需要以灵魂付账。

　　钟鸣极善于从凡俗的词汇中，寻找富有包蕴性的私人词汇（这是四川方言在构架诗歌语汇方面的天然能力）；由于这种包蕴性包纳了众多可塑性、可能性和促成诗歌文本生成的可变量以及它自身的修正比，使钟鸣的整个诗歌文本有着自成体系的前后一致性，也使他的诗歌文本有了自足、自洽的语义空间。从凡俗、繁复的事境直接吸取词汇，是热热闹闹的四川方言本有的特性；与孙文波、肖开愚、柏桦等人不一样，此情此景在钟鸣那里要复杂得多。打一开始，钟鸣就是一个对物（或事境）有着浓厚兴趣的诗人，其浓厚如同茅台对酒精浓度的严格要求。在说到陀思妥耶夫斯基（Fyodor Dostoevski）时，钟鸣写道："我也知道陀思妥耶夫斯基，他嗜赌，因为穷，手头拮据，但文字上，他总是赢，因为，押的是观察。"[2]这其实是在说钟鸣自己。他建构诗歌文本的首要技术，就是拥有一种既能使物抽象，却又从不失却具体性的特殊观察方法。肖开愚说过一句非常正确的话，大意是，四川方言始终是情绪性的，它的想象力大于观察力。钟鸣押的观察方法使他修改了这种方言（这是他的母语）的肠肠肚肚。对物的亲和，并最终从物那里获取自己的私人语汇，这在以抒情见长的中国诗人那里是一种罕见的能力。

　　椅子作为一种看似的中性物（或词汇），本身并无美丑、善恶、好坏之分；事实上，我们就是在这个层次上理解它并且普遍而深刻地误解它。但在钟鸣特有的诗歌思维方式的透视下，这个中性词终于从词典里走了出来，跨入行进中的生活与诗歌书写的交叉点上。夏尔·杜波斯在1926年11月7日的日记里说："诗人接受，他是个交点，而

（1）　［捷］伊万·克里玛：《布拉格精神有权者和无权者》，《宿命的召唤》（邵燕祥主编），生活·读书·新知三联书店，1998年版，第273页。
（2）　钟鸣：《旁观者》，海南出版社，1998年版，第593页。

不是中心……诗人穿越了事物，远胜于他创造了它们（more than he originates them）。"⁽¹⁾就是在这个意义上，钟鸣激活了一个词，也开创了他的诗歌写作。如同夏尔·杜波斯说"我生于十七岁"，钟鸣的诗歌写作出生于《中国杂技：硬椅子》。

椅子和椅子的海拔，其包蕴性构成了钟鸣的诗歌思维空间的一半，它告诉了我们一个基本事实：强人时代的来临不仅是现实问题，而且是历史问题；不仅仅是拥有椅子的海拔的人在以灵魂付账，椅子统治下的小民同样如此，只是方式不同而已——前者是主动的，后者则更多以被动的方式。椅子需要围绕它的臣民，正如同臣民们需要一把椅子以及椅子带出来的海拔。罗兰·巴尔特说："权力是一种支配性的力比多（libido）。"[2]巴尔特肯定同意，该力比多一定促成过许多虚构的真理来巩固椅子以及椅子的海拔：

他以硬气功练出的头面，
能够发热，把经筵像巨缸顶到我们的
头上，我们便有了读书月，有了丰雪兆年，

我们的劳动和王的亲耕也将被认同，
文武嘴，笔直地出来，计较所得所失，
而王，在小事的交椅上则看到座次。
　　　　——钟鸣《中国杂技：硬椅子》

董仲舒说："王者皇也，王者方也，王者匡也，王者黄也，王者往也。"——这就是被椅子挑选出来的众多"经筵"里的一种。[3]它是椅子的硬度的维护者，也是椅子独有的伦理学。依靠这种伦理学，椅子和椅子的海拔才能得到巩固。

《中国杂技：硬椅子》通过钟鸣的私人语汇的自为运作告诉我

（1）　参阅乔治·布莱：《批评意识》（郭宏安译），百花洲文艺出版社，1993年版，第62页。
（2）　罗兰·巴尔特：《法兰西学院文学符号学讲座就职演讲》，载《符号学原理》（李幼蒸译），生活·读书·新知三联书店，1988年版，第3页。
（3）　董仲舒：《春秋繁露·深察名号》（张世亮等译注），中华书局，2018年版。

们[1]:在20世纪90年代这个强人时代,"倾诉"[2]是不被允许的。所有的建筑都在向鸽子笼靠近,广场上聚集着数不清的互不相识的人,甚至把广场搞成了市场(那是银行和晚报的地盘,是数字和数学发号施令的场所),人与人之间的隔离成为普遍并且绝对的事实,椅子及椅子的海拔在暗中鼓励对倾诉的取消。出于这个原因,强人时代的私事在椅子的伦理学逼迫下,要么被要求全面公开(这是晚报的功能之一),要么仅仅被当作丑闻处理掉(这是晚报的另一个功能)。椅子和椅子的海拔意味着,在它面前,隐私是不存在的,是公开的,是应该大声武气的,而倾诉恰恰意味着耳语和小范围,意味着来自灵魂的和声。但椅子取消了灵魂,在椅子的运作下(不管它是一个词,还是一个既抽象又具象的物),我们全都变作了独白者、唯意志论者、唯技术主义者。仅剩的高度只是椅子的海拔,它是强人时代唯一可能拥有的高度;其他的高度,要么是虚伪的,要么就是不及物的。

特别值得注意的是,这篇杰作也包蕴了钟鸣其后几乎所有诗歌文本中的戏谑化音势(四川方言"粗俗"的幽默也鼓励这种戏谑化音势)。钟鸣的大嗓门众口皆知,他自己就曾"嘴嚼"[3]式地说过:

我的嗓门比麻雀牌刀片
高了十倍,我只能这样,
我想说出真话,无奈

声音却把人伤害
——钟鸣《我只能这样》

---

(1) 我曾经把语言的这种自为运作称作"语言的自述性"。语言的自述性指的是:一种与生活、时代有上下文关系的语汇一经生成,便构成了一个活物,不再是钟鸣鄙弃的那种"单词现象",即死词(参阅钟鸣:《笼子里的鸟儿和外边的俄尔甫斯》,民刊《南方评论》1992年),它能自动说出自己、表达自己,在极端的意义上,它还能将诗人的写作引向这个词应该去的地方。诗人生下了它,但它也催生着诗人,约束着诗人(参阅敬文东:《论新诗现代主义的内在逻辑与技术构成》,《山东师大学报》1995年第2期)。
(2) "倾诉"在钟鸣的诗歌中是一个整一性的概念,它不是一种思想,或者不仅仅是一种思想,更是一种思维方式和构架诗歌的方法,甚至就是钟鸣诗歌书写的最终目的。
(3) 蜀语,意为话多而口气强硬。

让许多"方脑壳"⁽¹⁾理论家忽略的是，钟鸣的大嗓门是以笑声来体现的。在钟鸣的诗歌语义空间里，笑声拥有了形而上学的特性。可是，要回答笑为何物，连昂利·柏格森（Henri Bergson）这样的大智者也觉得为难。柏格森感慨万千地说："自亚里士多德以来，最伟大的思想家都曾经碰到这个小小的问题，然而这个问题却总是躲闪、溜走、逃脱，最后又突然出现，对哲学的思想提出傲慢的宣战。"⁽²⁾钟鸣并没有弄清笑为何物的奢望，他只是笑了，在私人语汇的自为运作下，也在母语四川方言的帮助下。福楼拜（Gustave Flaubert）在写给友人的信中说，在一个无聊的社会，没有比笑更认真的事情。在钟鸣的诗歌系谱里，椅子和椅子的海拔尽管首先是一个不可逾越的、迫使人去逼视的事境，但仍然是值得笑话的，也只配得上笑话。因为椅子的伦理学和靠这种伦理学建立的高度——它有时又自称真理，是虚拟的。普罗普（Vladimir Propp）说得好："宗教领域和笑的领域是互相排斥的……教堂里祈祷的时候，笑被视为亵渎神明……如果说不能想象耶稣笑容满面，那么把魔鬼想象成纵情大笑的样子却很容易。歌德描写的梅非斯特就是这个样子。他的笑虽然厚颜无耻，却有着深刻的哲理性。"⁽³⁾在椅子及其海拔看来，钟鸣就是魔鬼梅非斯特，是厚颜无耻之徒；与卡夫卡说魔鬼是一个复数不同，钟鸣的笑声是独一无二的。我们有足够的理由认为他笑得好，因为在新的命名法则再三强调下，椅子很有能力——

使我们的面子像拼凑椅子的薄木板，
因为没有表情而被瓦解，让铁人和硬骨头，
从杂耍里走出来，而人间私事则成了"丑闻"？
————钟鸣《中国杂技：硬椅子》·3

她们的柔和使椅子像要一个软枕头
似的要她们，要她们灯火里的技艺，

（1）蜀语，意为蠢笨。
（2）柏格森：《笑：论滑稽的意义》（徐继曾译），中国戏剧出版社，1980年版，第3页。
（3）普罗普：《滑稽与笑的问题》（杜书瀛译），辽宁教育出版社，1998年版，第18页。

要她们柔软胸部致命的空虚。

——（钟鸣《中国杂技：硬椅子》4）

　　仁、义、礼、智、信是促成椅子海拔的众多伦理学中的一种，被处理成这副人模狗样，当然不全是开玩笑。而面对这种充满喜剧色彩的杂耍，只需用三分严肃、七分玩笑的口吻去对付就可以了。这就是取消倾诉后剩下的唯一高度（不是乌托邦的高度）理应得到的待遇，当然，这是那种有能力随身携带私人语汇的人，才可能做到的。

　　比较一下欧阳江河《椅中人的倾听与交谈》，也许会很有意思。欧阳江河在这首写于1991年（注意这个写作时间）的著名诗篇里，与惯常的诡诈式语调相联系，虚设了倾听者和交谈者。尽管全诗关乎倾听和交谈，但椅中人是不存在的，更重要的是，倾听是不存在的。剩下的，只是孤零零的椅子和椅子的海拔。欧阳江河赶走了交谈的双方：他有能力设置交谈的舞台，却未必有能力给舞台设置基本群众。《椅中人的倾听与交谈》是一个有局限的心脏：它在欧阳江河的诗歌系谱中是孤单的。它太突兀，有些来历不明的味道。但这或许可以多多少少证明，椅子与椅子的海拔，作为私人语汇，仅仅属于钟鸣。

树

　　椅子及其海拔的来临，是和天空的丧失联系在一起的。这个皱巴巴的现实，使钟鸣引出了对他自己而言具有创生意义的另一组私人词汇：树和树的海拔。这两组私人语汇共同作用，开辟了钟鸣那开放的、自成体系的诗歌语义空间。一个词出生、生根、开花并经由这一系列过程结成果实，并不是没有原因的。钟鸣是看见了自己出生时刻的那种诗人：一个词的出现，就其包蕴性来说，和一个诗人与世界、时代、生活、历史的对话方式有关，也和他存身其中的母语有关，它同时也把这个诗人构筑诗篇的语气、方式与思维角度全盘捎带出来了。所以，《圣经·约翰福音》才说"太初有言"（the Word）。这个词的包蕴也预示了一个诗人未来诗歌的走向：它把他（或她）转渡到他（或她）

应该去的地方，那是诗人一张移动的但又是不朽的餐桌。词是致命的，它如果想让自身发展，如果它要让自己拥有自行运动，进而推动诗歌在走向上的自为性的能力，就必须和诗人的血脉、筋骨以及时代的肠肠肚肚和诗人的母语（此处就是指四川方言），有紧密的上下文关系。诗歌的词汇应该是在诗人、时代与事境的交叉地带产生的，它带有感叹号一样的表情。这样的词汇拒绝孤立、突兀和来历不明的背景，私人语汇之于诗人，犹如冲锋枪之于临敌的士兵。而有时候，在到达诗歌技术的圆满性时，诗人与诗人的较量，诗篇与诗篇的较量，全在私人语汇系谱及其内部活力的较量。这就是看穿了技术的局限性，看穿了制约技术的多重因素后的恍然大悟。

钟鸣在其诗集的一开篇，按顺序排列的是如下五首诗：《追太阳的人》《鸟踵》《少年游，爬树》《捣鸟蛋》《一个孩子和一棵树》。这样的安排不是无意的，它表明：钟鸣对自己自成体系的诗歌语义空间有相当自觉的把握和要求。在这五首诗里，诗人由此明白了两个相互关联并依次递减的高度：天空（鸟的高度）的丧失和树的海拔的来临。在这五首诗里，这个主题的演变顺序在"逻辑"上是谨严的，在形象上则有如 W. 本雅明称道的那种直立特性：它从天空顺次降到地面，然后又爬行到树上（包括树上的鸟窝）。对此，本雅明说："若干世纪以来，文字经历了从直立慢慢躺倒的过程：最初是立在碑石上，之后是半卧在倾斜的书桌上，最后终于在印刷书籍的床上躺下来。而今天，文字又开始慢慢站了起来。人们看报纸更多是垂直地拿着从上往下读，而不是平摊在桌上读。"(1)钟鸣"逻辑谨严"的诗作很能满足文字直立爱好者的脾气。在这个过程中，诗人的语调起伏波动，焦灼不安，充满了迫不及待的倾诉表情——钟鸣早已摆好了这一姿势。但他也给出了倾诉可能到达的限度：用树的海拔来定义倾诉。早在 1987 年，几乎和写《中国杂技：硬椅子》同时，钟鸣在写给张枣（不如说是在向张枣倾诉）的一首诗里，就不无感伤地说到了鸟——

它的饱食使我们觉得这世界空虚

---

(1) [德]本雅明：《本雅明：作品与画像》（孙冰等译），文汇出版社，1998 年版，第 26 页。

> 它的嘴衔着拉丁文像尘封的玫瑰
> ——钟鸣《画片上的怪鸟》

鸟是大地和天空的中介。从钟鸣的随笔里，可以找到鸟如何在天堂与人世之间作为信使的身份特征（这和卡夫卡的看法有某些一致性）。情况总是这样，枯瘦的鸟，它的流线形，它合乎上帝关于美的比例，它代替上帝转动着的小眼睛，总能使我们这些椅子的臣民感到饥饿。而鸟，作为20世纪80年代汉语诗歌的核心意象之一，早已变作钟鸣痛斥过的"单词现象"——失却了个人与事境之间上下文关系的死词；在钟鸣这里，情况很不一样。和许多人把鸟当作超越、高蹈的赞美对象不同，钟鸣首先把鸟当作受难者——这是诗人和事境构成的上下文关系决定的。

从这些限定了方位、方向和锁住了翅膀的鸟儿身上，钟鸣看到了人的罪恶。出于这个原因，飞翔着的、有翅膀的诗句要么已经不合时宜，要么已变得虚伪不堪，这一点连普通话也深表赞同。对于成熟的诗人，罪恶首先是个诗学概念而不仅仅是个伦理学概念（诗歌不是伦理学）。在长诗《鸟踵》里，虽然诗人也清楚"人的胜利，／全都是因为仿造了鸟的肚皮"，但钟鸣的目光却一下子滑到了阿里斯托芬（Aristophanes）身上，他说阿里斯托芬——

> 是第一个告诉我们鸟和人的距离的。
> 鸟儿奋击天空，人张开自己的网罟。

《鸟踵》的精致安排还体现在它的对称性上。这首诗的第一部分抒写鸟的受难，第二部分写少数人如何在仰视鸟，由侧面衬托鸟的暂时停留。对称性就这样出现了：这是善与恶的对称。这种对称性在词汇的吸纳和运用上，有着游标卡尺测量过的精确性，尽管它仍然带有钟鸣从四川方言那里得来的粗砺和戏谑化的音势。

鸟失去自身的高度后，只有停留在树上。这是钟鸣又一次从生活（事境）的上下文中，找到的一个极其凡俗的词语。树的高度不仅是飞鸟的高度，也是善的高度、倾诉的高度。随着强人时代的到来，鸟不仅失却了架设在天堂的居所,也有失却构架于树杈的鸟窝的危险。这一中心意象在《捣鸟蛋》中被揭发得、描述得体无完肤:"也许可能会有块石头要摧毁鸟巢, / 我就是要去察看,人类毁坏的程度。"这是因为在新的命名法则十分嚣张的强人时代,善与恶的对称性其实是严重不平衡的,也是因为椅子对树有着天然的敌意——最初的椅子很可能就是以牺牲树木来达成自己的。

> 那儿树神会发出惊人的惨叫。
> 孩子们会把梯子搭向深渊。
> 如果真是诗人就懂得单纯的游戏。
> 只有智者才了解树给自己缝棺材。
> ——钟鸣《一个孩子和一棵树》

孩子是所有灵长目动物中比较洁净的,是灵长目中仅存的透明部分,他们还暂时对树的存在、树的高度的存在抱有相当浓厚的好奇心。但所有的成人不都是从孩子出发的吗?博尔赫斯曾抱怨中国的神话没有回返能力,他哪里知道中国的神话为了反对或促成椅子的建设,已经离开自己的出发点多么遥远!阿什伯利(John Ashbery)对此情景曾感慨万千:"距离出发的日子已经十分遥远了。"成人会返回到自己的透明部分吗?善恶的对称性归根结底是一种伪对称,或不可能的对称。《鸟踵》在词汇安排上的精确性暗示了这一点:在描述(而不是解释)恶时,钟鸣显然要比诉说美好有更多的词汇储备。

对别人的善意和来自别人的善意,都被限定在这个高度。任何冒犯这一高度的行为都是无效的。女诗人 Diana O' Hehir 写道:

> Those invaders from space will set down in a
> blue light, climb out of their
> Pale machine carring their chart, globes,
> Maps of rivers of the heart, their diagrams showing
> That country we all long for.

> 那些来自天空的入侵者降落在
> 蓝色的光照里，爬离他们
> 苍白的机器，带来了众多的图表、星体以及
> 心河的地图。他们的节目向我们显示了
> 我们渴望已久的王国

钟鸣精当地指出：这个王国（that country）如今只构架在树杈间，它就是也只能是树上的鸟窝。它近在咫尺，距我们却有着几乎无限的航程。所有的交流、倾诉，都建立在鸟语之上：它有一种含混的、来历不明的和难以理解的特性。

在数字定义过的"强人时代"，在银行与晚报定义过的事境中，椅子的海拔才是现实的高度，它有着令人眩目的寒冷；树的海拔是理想的高度、人性的高度。它远在天边，但又在我们眼前。这个有限的高度，有如卡夫卡的城堡，在椅子的刁难和争辩下，人们对它可望而不可即。在椅子和树的对峙下，处于下方的，始终是树，树和树的高度要由椅子和椅子的高度来标量。这在一首关于椅子的诗中，钟鸣有精当的描述。现实中的树，理想中存在的树的高度，要看椅子愿不愿意成为朴实的事物。不用说，这最终取决于椅子的脾气。

> 亚伯，请躺着，但别让椅子空着！
> ——钟鸣《林肯，空椅子》

林肯的椅子代表着人性的尊严、温暖、同情、悲悯，以及可以用善来测度的一切品质。它是从椅子的角度，对树做出的肯定。但诗的题目和全诗一开头"别让椅子空着"的吁请，令人遗憾地证明：最朴实的椅子上始终是无人的。钟鸣的高音势中蕴含的悲凉气息，给予树及其高度以某种虚拟的面孔，一种不稳定的、时隐时现的身份，有如卡夫卡云遮雾掩的、矗立在K上方的城堡。尤其值得注意的是，钟鸣从四川方言处得来的浓烈音势，仍然贯穿在对树的吁请之中。但它明显改变了姿势：它拥有浓厚的感伤色彩，具有挽歌的性质。钟鸣也由此从一个不同于欧阳江河的角度，有限度地修改了四川方言的内在

音色。

《圣经》早就说过:"不从恶人的计谋,不站罪人的道路,不坐亵慢人的座位。"[1]椅子从那时起,已经被部分地看作邪恶之物,但它的寿命是久远的。作为一个词,椅子至迟从《圣经》时代起,就一直在等待有人来重新发现,从而让自己再生。钟鸣接住了这个词,他在新的命名法则定义过的事境中,找到了这个词的上下文关系。遥想当年,当卡夫卡发现"城堡"后,当城堡作为一个词——仅仅是一个词,在无数人那里或惨遭屠杀,或稍许存活几天后旋即被抛弃,这是因为他们并没有破译出来自这个词的召唤。作为一种倾诉关系,钟鸣发现了树及树的高度,表明他彻底破译了城堡的真正内涵,但他也以彻底相异的面目置换了城堡,并把它输入了自己的私人语汇系谱。

爬椅子者和爬树者

伊万·克里玛在说到城市时,有一个惊心动魄的描述:"垃圾作为我们时代的一个问题吸引着我……我所生活的城市和垃圾有着一场旷日持久的斗争。大多数用作垃圾场的地方都已饱和,腾不出一点点多余的空间……我们生活在一个过量生产的年代,当某种东西被大量制造的时刻,它正变成潜在的垃圾。"[2]W.本雅明在《发达资本主义时期的抒情诗人》里则说,在高度城市化的时代,像波德莱尔这样的诗人,只能是一个"游手好闲"的拾垃圾者,他在城市中闲逛,他寻找可以框架城市的词汇、诗行以及最后成型的诗篇,他的动作和拾垃圾者的动作有着惊人的相似性。在钟鸣那里,垃圾和拾垃圾者的形象只是结果,它们的前奏应该是椅子和爬椅子者,是椅子和爬椅子者的惯性运作才导致了垃圾和拾垃圾者,《中国杂技·硬椅子》有这样的描述。

他们要爬得很高很高来赞美这种配给物。

---

(1) 《圣经·旧约·诗篇》1:1。
(2) [捷]伊万·克里玛:《布拉格精神·关于垃圾简短的沉思》(邵燕祥主编),生活·读书·新知三联书店,1998年版,第262页,同前。

这些攀登者，有那种让影子入木三分的

功夫吗……

钟鸣按照四川方言构架诗歌语汇的本有姿势，已经设置了椅子和椅子的高度；按照语汇富有包蕴性的自为运动，爬椅子的人的出现应该是顺理成章之事。这样的语汇空间拒绝无人和空寂，爬椅子者的出现，为钟鸣诗歌语义空间的直立性和声音上的嘈杂在提供了四川方言的朗诵音势之外，还提供了新的理由与来源。爬椅子者都是些用脚行走和"思考"的人，免不了狂呼和奔跑，也免不了争吵：这构成了嘈杂的直接来源。他们费尽心力，就是为了得到那个寒冷的、危险的高度——在钟鸣的诗歌语境中，那个高度是强人的高度，是胖子的高度，但还不能成为麻雀的高度。在《谐谑曲：胖僧》里，钟鸣以其一贯调笑的音势，揭发了一个基本的事实：坐在椅子上的人都是胖子。胖子们多肉、臃肿、懒惰，尽管攀爬椅子时显得有些力不从心，但欲望和他们的肥胖程度是成正比的。

肥胖是爬椅子者的外形特征。尽管这很可能不是钟鸣的独有发现——想想《巨人传》对胖子们的戏谑化描写吧，那几乎组成了胖子的集团军——但胖子从拉伯雷（Francois Rabelais）过渡到这里依然成为钟鸣的私人语汇，理由十分简单：它和钟鸣的其他私人语汇组成了连续的、连贯的语汇系谱，它们之间有着紧密的上下文关系，更和钟鸣存身的四川方言有紧密联系。《谐谑曲：胖僧》把爬椅子者的攀爬动作给彻底暴露了：

喂，小胡胡，
你和你的黑衫党坐到高台酒吧的椅子上去，
朝下看看，有没有格列弗的晕眩症？
谁被电线上的燕子搁了一张肿脸？

多么艰难的历程，多么寒冷的高度，多么辛苦的攀爬者！只要爬上去，强人就可以宣告自己在新的命名法则允许的时代出生了，尽管坐在椅子上的攀爬者都是胖子，但他们是以虚张声势来完成自己和构建自己的。一切原因都出于椅子这个词汇的自为运动：椅子为自己设置了一个寒冷的、危险的高度。在这个高度上，攀爬者的过程是致命的，它是一个深渊，需要以灵魂付账，虚胖来自没有灵魂。钟鸣以自己的音势，和本雅明进行了一次隔代倾诉：肥胖就是垃圾。钟鸣的诗人形象就是拾垃圾者的形象，但钟鸣比本雅明论涉的波德莱尔复杂得多：因为他是在揭示出爬椅子者的形象后，才成为拾垃圾者的。这些虚胖的垃圾拥有的危险高度，只拥有一个切点的寒冷高度，在钟鸣那里也由此获得了入木三分的揭发。

> 爬高者在椅子上，像侏儒般倒立，露出些破绽
> 看它是诗，天梯，还是椅子，或椅子上的木偶？
> ——钟鸣（《中国杂技：硬椅子》1）

钟鸣以吁请的口吻说："请坐到朴实的椅子上去吧"（钟鸣《林肯，空椅子》）。吁请的结果却引来了另一个直立着的形象：爬树者。钟鸣比本雅明眼里的波德莱尔复杂得多的重要原因就在这里：除了爬椅子者的形象，他又端出了爬树者的形象。爬树者和爬椅子者之间不仅在对话，在互相反驳，而且前者还是后者的"逻辑"结果，前者使后者更加复杂化。钟鸣屡屡被人诟病的复杂倾向，不妨从这里去寻找。

"高度"作为词汇，在20世纪80年代的中国诗人那里，在被践踏、蹂躏后，也成了空壳。"高度"在钟鸣这里，是自然而然的结果。一个小常识可以回答这个看似复杂的问题：有椅子和树，就必然有它们带出的高度，也就必然会带出它们各自的攀爬者，除非这些玩意儿都是二维的。所以，钟鸣可以顺理成章地说到爬树者。

> 因为人们不再爱，至少也不是恨——
> 所以我要爬到树上去听麻雀啁啾。
> ——钟鸣《少年游，爬树》

鸟的高度丧失后，仅存的是树的高度。令钟鸣晦气的是，即便到

了树上，听到的也不是夜莺和云雀，而是一贯为他讨厌的麻雀——"麻雀"在钟鸣自成体系的诗歌书写中，应该是围绕椅子打旋的尤物。在这个细微的、让人难以觉察的交会点上，钟鸣暗中把椅子的高度和树的高度连在一起，也把爬树者和爬椅子者的形象搅和在一起，它的形象变得含混、模糊，也显得更加复杂。

　　爬树者不是单一的意象，它和椅子的高度联系在一起——在椅子逼视下，树也遭到了污染。在被晚报和银行注视的时代（或数学时代），爬树者到得树顶，也不是满怀希望试图找到一切可用纯洁、美好来量度的善意之物，而是去"察看人类毁坏的程度"（钟鸣《捣鸟蛋》）。[1]柯罗连科在给卢那察尔斯基的信中说，十月革命前后，自称无政府主义者的马赫诺在他占领的地区发行了自己的钱币，钱币上写着两行诗："哎，老婆们，高高兴兴吧，马赫诺有钱了。""谁不收这些票子，谁就要吃马赫诺的鞭子。"瞧瞧，椅子给了树该是怎样的挤压呢。

　　饶是如此，钟鸣还是给树的高度和爬树者注入了与椅子完全相反的特性。他以忧伤的语调说：

也只有树，才有梦里的梯子，
过于悠缓、结实。也只有树上下来的
孩子，才会不费劲地爬上山坡，
用一棵树的尺度援助人类的感官。
　　　　——钟鸣《一个孩子和一棵树》

　　钟鸣在寻找倾诉对象，甚至不惜牺牲一贯性的戏谑语调。当马克斯·韦伯（Max Weber）忧伤地说，由于现代人只记住了前方，所以他们忘记了上方；当曼德尔斯塔姆说，诗人手中拿着一个瓶子，里边装满了倾诉之词，正在漂向未知的人群、寻找未知的倾听者时，这正是

（1）从这里似乎不难看出，钟鸣的诗歌书写既听从了四川方言的教诲——不轻易去虚构一个不存在的高度（乌托邦，情景），也不完全听从四川方言的唆使——不轻易放弃有可能存在的高度（受到限定的乌托邦）。和欧阳江河听从新的事境的要求修改四川方言有别，钟鸣没有由此去建筑修辞世界，而是构架了一种次生世界。

钟鸣的语调试图显露的实质。[1]当几乎所有人都在偷窥椅子和椅子的高度，都试图充当强人，充当被新的命名法则鼓励的数学家时，依然还有极少数人在仰头望天。遗憾的是，此处的天不再是鸟的高度，仅仅是受到污染的树的高度——乌托邦和过高的情景变质了。

空间意识形态

钟鸣给空间打上了意识形态的标记，它由钟鸣的私人语汇所赋予；它意味着：椅子的高度和树的高度，以及由此带出来的爬椅子者和爬树者，还有他们的一系列动作，给予了空间一种质地特殊的伦理学。在《中国杂技：硬椅子》一开篇，钟鸣就明确提出了"伦理学"这个"概念"。

在椅子的高度上，伦理学只是一个切点，这是一个极妙的比喻。实际上，空间一直具有特定的意识形态，充满了伦理学。想想马克斯·韦伯的话吧，我们记住了前方，却忘记了上方。在韦伯那里，上方表征着上帝语义，它是至善至美，是福音和最后审判的尺度。很显然，空间意识形态并不是钟鸣发现的，他不过给空间赋予了从四川方言那里得来又有限度地改变四川方言内在音色的钟氏韵味。在一本伪托鲁班所著的有关木匠的书中，有这样的话："一副破瓦一断锯，藏在梁头合缝处。夫丧妻嫁子抛谁，奴仆逃亡无处置（藏在正梁合缝中）。"[2]空间在人的视力所及之处，早已染上了祸福、善恶的伦理学色彩。空间和高度是让人畏惧的，这并不是迷信。每一个人都是不同程度的恐高症患者，否则，为什么他们总是走在地面上呢？而在说到房屋时，米希尔·埃利亚德（Mircea Eliade）精辟地指出："在日常住宅的特定结构中都可以看到宇宙的象征符号，房屋就是世界的成像……它是人

---

(1) 也就是在这里钟鸣修改了四川方言的本有音势。和欧阳江河修改四川方言得出的"冷"与"硬"较为相反，钟鸣用倾诉的悲伤语调（当然成色并不高）为诗歌输入了可信的、有限度的柔情。在新的命名法则喧然尘上的晚报时代和银行时代，可信、可靠的柔情绝不是可有可无的东西。但这种柔情又绝不等同于小品心态支持的那种趣味性的"柔情"，因为前者有深入骨髓地对时代进行认证后才产生的那种清醒的认识。

(2) （明）午荣（编）：《鲁班经匠家镜》，海南出版社，2006年版。

类模仿诸神的范例性的创造物,即模仿宇宙的起源而为自己建造的宇宙。"[1]当埃利亚德饱含爱意地说,人们在听从高空教诲时可能没有想到,也可能是不忍心想到,人模仿诸神的结果是把它们降低为椅子的高度;居住在高空的神,在人这里只剩下孤零零的、与神毫无上下文关系的椅子。椅子的高度以虚拟得太过真实和强大的伦理学嘴脸,置换了诸神(鸟的高度)拥有的关于至善的伦理学。椅子的高度,和它随身带来的具有切点性质的空间意识形态,始终和匍匐的地面相联系,与在地面上爬行的、跃跃欲试的胖子和作为胖子的前奏与过门的麻雀相联系。

椅子在钟鸣的语调中,对所有人都构成了诱惑。但椅子为了使自己的高度永远矗立,它必须给出自己的伦理学(意识形态),并以真理的面目现身。它虚构了真理,仅仅是为了让所有的小民或有志成为胖子的小民(比如麻雀)有一个标杆,一个可用于录取胖子时的标准,这就是钟鸣在他的诗歌书写中反复暗示的强人逻辑。强人逻辑给了被晚报与银行注视的时代中的爬椅子者以终极形象,也给新的命名法则定义过的"强人时代"中的爬树者以终极定义。没有强人逻辑,爬树者和爬椅子者都是不可思议的。强人逻辑是椅子给出的空间意识形态的核心意象。在《红胡子》系列里,钟鸣给这种意识形态的众多面孔做了一个极好的陈述。

> 胡子改变了一个旧时代
> 胡子改变了一张旧面孔
> 而新面孔却等着旧胡子。
> ——钟鸣《红胡子之二》

钟鸣说,胡子是一个魔咒。但"胡子"作为词语,为钟鸣具有包蕴性的私人语汇提供了另一重连续性:它暗示了椅子的伦理学,椅子随身携带的空间意识形态——它号称的真理,具有多重面孔,它会随着

---

[1] 米希尔·埃利亚德:《神秘主义,巫术与文化风尚》(宋立道等译),光明日报出版社,1990年版,第32—34页。

不同时代的需要改变面貌,唯一不变的是强人逻辑。爱伦堡也曾说到胡子:"在第一次世界大战前夕,巴黎人的胡子开始匿迹,但是一些上了年纪的激进社会党人出于对高尚的 19 世纪传统的敬意,仍留有大胡子。"[1] 不管钟鸣"胡子"一词的来源是否与此有瓜葛,从这种种说法组成的语义网络中理解"胡子"意象,理解"胡子"作为椅子的空间意识形态的种种变脸,起码是意味深长的。钟鸣的私人语汇的巨大力量使"胡子"这个词,也在他的语汇系谱中扎下了根。它拥有自己完成自己的全部能力,词是可以自我实现的。

钟鸣并没有忘记还有树的高度控制下的另一种意识形态,这是另一种伦理学,是关于善的伦理学。由于椅子的存在,这种伦理学只在树的有限高度运作,从不奢望超越树的高度。它对一切形式的乌托邦持怀疑态度,只是在很少的情况下,它才充当一种身材矮小的乌托邦角色,这是树的伦理学的本质特点,而这,就是明显在修改四川"方言"的本有音色了。

椅子和树带来了各自的空间意识形态,两种不同质地的意识形态是密不可分的,它们彼此交媾、反扑,然后又生下新的混合体,让人对它们的界限更难分辨。这既为钟鸣诗歌语义空间的复杂性找到了可供理解的线索,也为他的诗歌"体系"构架了思维方式。

历史的,现实的,还是次生现实的?

椅子、椅子的海拔,以及由它们带来的公共词汇(它是椅子定义下的空间意识形态的语义表达),像"胡子"的变迁一样,有变幻不定的多重面孔,它到死也不否认自己是真理的解释者和拥有者——从发生学的角度看,它不仅是现实的,也是历史的。椅子的海拔的获得,与树的海拔的弱势存在,像由来已久的狂风顺次拂过沿途的风景,有着源远流长的一贯性。从这个意义上说,钟鸣的私人语汇不仅植根于他寄存其间的时代(当今的强人时代),也来自历史——这就把四川

---

[1] 爱伦堡:《人·岁月·生活》,花城出版社,1998 年版,第 11 页。

方言特别重视"现在而今眼目下"的特征给有限度地修正了。不过，考察历史在钟鸣这里仍然是为了给今天作证。钟鸣的诗歌也有自己的内在时间方式。

> 洁净的牲畜和不干净的人啊，
> 在各自的空间活过了六百岁，
> 六百岁对鸟类来说并不算长，
> 而对于人类来说也并不算短。
> ——钟鸣《鸟踵》

六百年来，人类早已掌握了铁的秘密，把铁在各个方向上的辐射潜能发挥到了极致；原子弹、氢弹的爆炸，股票指数的不断上升、下降……在六百年间加速行进。人间一年，天上一日，在不到六百天的时间里，鸟的海拔丧失了，鸟的海拔受制于椅子的海拔，鸟的意识形态受制于椅子的意识形态，像遥远的反光，只在椅子冷笑的嘴角被反射、捕捉和回收。这是两种完全不同的速度，两种完全不同的度量方式：在这里，时间呈现出它的多重性，为不同种类的生灵所分食。但是，历史在钟鸣那里是变形的、虚拟的，钟鸣的呼吸，他的音势、语调，以及他对私人语汇的发现与经营，使他的历史是书卷的：他为诗歌书写引入了大量曾在过往书籍中出现的人与事。[1] 他常常采取一种将"现实虚化的人物和书卷故事纠缠在一起"的钟鸣式伎俩。[2] 在一篇采访记里，他表达过这一意思："人类的知识有两种：一种来自生活，一种来自书本。我们的生活始终是靠两种知识的交叉影响……比如，遇到生活中的一个问题，我就去谈书本上的一个问题。"[3] 生活与书本之间有着互渗、互补、互相发明和互相揭发的特质。或许，这也暗示了私人语汇并不是万能的，它有使用张力上的限度，并不是时时处处都有

---

(1) 这是钟鸣的诗歌一个非常显眼的特征，比如他"修改"古诗（《尔雅·释君子于役》），比如引历史人物入诗（《查理轶事》《石崇》），比如他将一些传说中的人物引入诗歌（《耳中人语》），这些东西都来自书卷，它们的首要特征就是书卷。从这里，我们是不是可以看出博尔赫斯的影子呢？在博氏那里，世界干脆就是一座图书馆。

(2) 钟鸣：《秋天的戏剧》，1998年，未刊稿。

(3) 吴晓曼：《我的过去与现在：钟鸣访谈录》，《中国图书商报·书评周刊》，1999年2月6日第4版。

强大的火力，它需要维特根斯坦屡屡提及的那根梯子的帮衬（请注意钟鸣和欧阳江河对书卷的不同看法和不同目的）。书卷故事既是钟鸣私人语汇逐渐生长并具有包蕴性的土壤，也是检验私人语汇穿透力的实验场所。

博尔赫斯有趣地把世界处理为一座圆形的图书馆，在这个精致的、按比例微缩而成的图书馆的每一个角落和每一本书中，都可以查到有关这个时代甚至所有时代的语汇，这就是书卷的含义。它意味着，语汇——无论是公共的还是私人的，早已存在于这座图书馆，正等待有心人、思维敏锐和健硕的人去弯腰捡起，仅仅是弯腰就行了。钟鸣的特殊性在于，依靠具有历史感的私人语汇，他把自己的诗歌语义空间弄成了夏尔·杜波斯称道的那种次生现实（或称次生世界）。次生现实意味着，由于私人语汇的自为运动（请注意钟鸣私人语汇的籍贯：既来自书卷，又作用于历史），历史（书卷中的历史）和事境在某些核心部分有了某种同一性；次生现实不单单指事境（或现实）和历史打成一片的滥俗掌故和庸常俗套，更是在私人语汇注视下，现实和历史拥有了互相倾诉、互相同情，更关键是互相揭发的机会；它不仅仅是亲和与抱头痛哭，更是背离——狗咬狗才是它最有说服力的意象。

钟鸣依靠特殊的诗歌方法，为次生现实带来了巨大的空白。文字以诗的形式分行排列，是人类认识上的一大发明。诗歌仿佛是处在一座巨大的广场中，却只占据其中很小的一部分，它把其他部分定义为空白。它所有力量中最大的力量，或许就是造成空白的力量。这是一个可供人与事从诗歌中返回语汇，又从语汇返回生活（现实的、历史的、书卷的）的"稠密地带"（巴赫金语），如同它从事境进入语汇最后加入分行的诗歌中一样。在钟鸣自称历史主义的几乎所有诗篇中，空白的存在是显而易见的。空白不仅促成了次生现实的生成，也使次生现实具有回返的能力。只不过回返能力的表现不一样：由于次生现实只拥有一个交叉点的位置，它向左返回历史（对钟鸣来说是书卷），向右返回"现在而今眼目下"的事境，就是很容易的事情。空白的存在，让历史与事境之间构成一种互相印证、互相揭发、互相鼓励，一起向椅子的海拔努力迈进的强大张力。空白是它们的中场发动机或暗中的煽动者，但它往往是一个容易让人忽略的角色。

空白也是次生现实捎带出来的结果。只有有能力的诗人，才能修改一种特定语言（比如钟鸣的四川方言）对自己的约束，创造出接近事物真实的次生现实；也只有有足够才华的诗人，才敢赋予空白以力量，依靠空白来预支成功的喜悦。在《树上牙医》里，钟鸣不无忧伤又不无戏谑色彩地说：

树上的虫儿却使它最痛。

这句有趣的诗把具有回返能力的次生现实的特征给随口说了出来：善与恶是一种极不精确的说法；次生现实的精确性恰恰在于它既是善与恶的临界点，也是它们的整体，而且对它们怀有不可遏制的疼痛。看待美好和看待恶毒持同一种心情，这既是空白的张力所致，也是次生现实本身就该具备的特征。并不仅仅是树的海拔和树所定义的空间意识形态让人心痛，这一切也关乎椅子的海拔和它的意识形态。在一首借助过往书卷写成的叫作《雨鸟》的诗中，有这样值得注意的几行。

但那里没有雨鸟，只有伤心的
农夫，是做好汉的时候了！
雨鸟为谁而生，谁又能回答，
既然没先知，就要回到笼子里。[1]

反对阿Q造反的假洋鬼子对宏哥说："宏哥，反了吧！"泥腿子陈胜对立在田垄里的农人说："王侯将相，宁有种乎？"是羡慕还是愤怒？不清楚。这些人都是些有志向的、对椅子有浓厚兴趣的小民，我们每一个人——哪怕是玲珑剔透的圣人，都随身带有看起来是椅子才该具有的公共语汇，只不过在大多数情况下是潜在的而已。这种潜在性是可返回的，它和树及树的海拔与伦理学有极大的裙带关系。在钟鸣具有双刃性的私人语汇造成的次生现实中，"做好汉"既值得赞同，又值得反对——空白的力量就这样生成了。仅仅使用价值论的评判

---

[1] 商羊是传说中的独脚鸟，主雨，故名雨鸟。钟鸣在他的散文里写到过它。参阅钟鸣：《畜界，人界》中的《商羊，天雨》篇，东方出版社，1995年版，第53—55页。

来说明善恶是远远不够的。在空白形成的力量中，树的意识形态和椅子的海拔难解难分，我们几乎不能找到它们的确切界限。这就是我们，一切时代中的"我们"应该分有的品貌。波兰诗人蒂蒙图斯·卡波维兹说——

田野上的那些树木
缄默地站立着
像那些受惊吓者竖起汗毛
————卡波维兹《沉默的力量》

树在椅子定义下的空间意识形态面前，总会感到恐惧。大地受难是一个由来已久的事实，并不是在数字、肥胖度、晚报和银行注视下的新强人时代独有的品貌。是的，树木只是恐惧大地上竖起的汗毛，但更是恐惧本身。钟鸣经过长期磨砺，拥有了具有庞大包蕴性的私人语汇，在虚构和事境的临界点上，促成了次生现实的完成（次生现实由此也成为真正的现实）；他把强人时代的来历在诗歌书写中，归结为一种可前行也可回返的复杂性面目。钟鸣把判断的艰难留给了诗歌文本，这正是空白合乎逻辑的运作结果。作为私人语汇具有包蕴性的自为运动，与历史、时代、当下事境有上下文关系的"结论"终于出现了：

花旦：还要不要生育呀？
————钟鸣《尔雅·释君子于役》

眼罩

"小子，我可以和你对质，／时代，我能跟上你，／但我只能这样"（钟鸣《我只能这样》）。钟鸣总有这样的能力：既让你时刻感到他面对的时代和事境无比强大，又无时不让人觉察到他在它们面前游刃有余的优雅姿势。和欧阳江河诗歌书写中故意性的互相矛盾、互相驳诘不一样，钟鸣的诗歌语义空间是逻辑谨严、自成体系的。他把构筑次生现实当作最主要的目标来追求，因为次生现实包含着既可前行又可回返的能力，它能让椅子的海拔返回椅子，树的海拔返回树，空间的意识形态返回现实中和书卷中的每一个人。它们组成了一种可以循环往复、互相说明的诗歌语义空间，这一切的来由，全在于钟鸣动用了一种与众不同的诗歌方法。

《追太阳的人》被钟鸣放在诗集的头条位置，是意味深长的。尽管它不是钟鸣最早的作品，但它无疑既总结了此前的诗歌写作，又开创了钟鸣其后的诗歌书写。这是一首关于诗歌的诗歌，它包含着钟鸣诗歌写作的方法论。在诗的一开头，钟鸣就宣布：

"请保持距离。"太阳对夸父说，
"那几乎就是保护你的尊严。"
火球
西沉。
"当心，残屑会刺伤你！"

在《追太阳的人》一开始，钟鸣就迫使自己和太阳构成了一种紧张关系：既追赶它，又疏远它。时代总是那样地炫人眼目，人追赶时代，有时是主动的，有时是被动的（这既取决于这个人在写作中的内在时间形式，也取决于这个人动用的母语的内在时间形式）；对更多的人来说，无论是主动还是被动，都远说不上自觉。钟鸣在既追赶又疏离的紧张关系里，构筑了庞大的空白：这个空白的生成，正等待着新工具的加入。

这就是眼罩的重要性。眼罩在钟鸣的诗歌语境里所起的作用是：它能过滤掉太阳那过于炫目的光线，使人能直视并进入它的黑暗部分。[1]时代太强大了，它超过了我们的想象力，"连没戴眼罩的神也

---

(1) 眼罩也为钟鸣适应新的命名法则定义下的强人时代对语言的要求带来了莫大的帮助：眼罩既阻挡了事境的强烈光线，又能让他看见事境最隐秘的部分。也就是说，通过这种既"直接"又"间接"的方式进入事境，钟鸣得以修改四川方言本有音色的许多特征，比如它的时间形式，它的描述原则，它的只重视当下，它单纯的冲锋的青春，它的朗诵语势，它的反乌托邦品性，等等。这也可以看作一个被晚报与银行注视的时代事境对诗人和语言提出的要求所致。

感到呼吸十分困难"(钟鸣:《追太阳的人》)。在次生现实中,连神都不是时代的对手,更不用说人。眼罩表征着一种特殊的、能够催生次生现实的观察方法。椅子、树、它们带出的空间意识形态、爬树者和爬椅子者等形象水到渠成地到来,全搭帮了眼罩和眼罩所包蕴的观察方法。波德莱尔在《人群》中写道:"诗人享受着无与伦比的优惠,他可以随意使自己成为他本人或其他人。如同那些寻找躯壳的游魂,当他愿意的时候,他可以进入任何人的躯体。对他自己来说,一切都是敞开的,如果有什么地方好像对他关闭着,那是因为在他眼里,那些地方并不值得一看。"钟鸣会同意,这就是眼罩扮演的角色。

眼罩带来了钟鸣的个人语汇,它们既是观察的结果,又是分析性的。无论是椅子、椅子的海拔,还是树以及树的高度,都既具有抽象性,又具有直立性。[1]抽象性使钟鸣既破译了椅子定义下的意识形态、椅子带来的公共词汇,使它们处在钟鸣敏锐的分析性中,并且赤身裸体地排队走来,有如自由运动的电子被强行加上了正负两极的电源,也像谣言在光天化日之下,被拨去了黑暗的伪饰,直立性使钟鸣有能力将爬树者和爬椅子者的欲望和焦虑形象地表达出来。更重要的是,眼罩让钟鸣站在事境和书卷的交叉地带,眼罩为他带来了超过一切真实的次生现实,为他收集历史与当下生活的阴影做好了准备。

> 当剑在他们的口语中比速度时,
> 她的韧性在谁眼里,她炭火的
> 红衣,在他一跃时,就成了剑的
> 精粹和封喉之血,但谁眼里,
> 有那暗的凝结的锋芒——
> ——钟鸣《红剑儿》

---

(1) 按照结构主义者的看法,语言天然就是一种隐喻或者天然就是"所指"。本书认为,语言仍然可以首先被看作描述性的——在词与物之间尽量发现和创建某种同一性。四川方言作为一种肉感语言,特别强调具体性、鲜活性和这种同一性,四川"方言"诗歌写作之所以能直接进入事境、描述事境从而产生关于脚的诗篇,就是因为这一点。而通过眼罩,钟鸣为四川"方言"诗歌写作输入了分析性,即在保持语言直立性的基础上,适当地引入抽象性。这种改造应该说是相当成功的,和欧阳江河的成功有着较大的区别,不仅仅是方式上的区别。

尽管钟鸣后来对《红剑儿》的由来有过另一番解释，但此处仍然要将之看作对眼罩的最好描述：他希望眼罩有那种见血封喉的观察能力，要求它比语言更快，比诗歌更早生长。

这种即时性的动作，使钟鸣的诗歌的观察性大于分析性，可以毫不牵强地把椅子、椅子的海拔、树、树的海拔当作分析性的私人语汇，但它们天然地包蕴并生成了直立行走的爬树者和爬椅子者。这些面貌各异的攀爬者，各自随身携带了一大批可以使自己直立行走的词汇。钟鸣设置椅子和树之后，更多的是对爬树者和爬椅子者的描述，使其诗歌语义空间"逻辑谨严"地包蕴了眼罩所能观察到的一切事境。次生现实就是眼罩的结果，在次生现实中，有限度的分析，更多的观察和直立行走，使诗歌既具有人间烟火味，又带上了被分析、被标量、被测度之后的标签。或许是钟鸣，而不是欧阳江河更有可能为次生现实赋予更准确的内容，并且是定量的分析。

很显然，钟鸣知道自己在干什么。他在一首相当精彩的诗歌中非常自信地说：

一个在家的旅行家，凭着什么，
给大地派遣了不可捉摸的地平线。
　　——钟鸣《派遣》

眼罩使居家的钟鸣具有给大地派遣地平线的能力，他戴上眼罩，把书卷和现实叫到某个临界点上，指挥它们相互交融，组成了活生生的次生现实：书卷中人与现实中人构成了新的但并非想象意义上的强人时代，这些人共同完成着他们应该完成的事业，或者爬树，或者爬椅子（这仍然靠近描述的诗学一极而不是解释的诗学一极）。时代的强光被暂时遮住了，以至于能让钟鸣看清楚攀爬者们的每一个细微的动作。这些细微的、具体的动作，存在于钟鸣的几乎每一首诗中，但它们仍然是被精心称量过的。

倾诉[1]

椅子、椅子的海拔，以及由它带来的空间意识形态，使爬椅子者在危险中忘记了倾诉，也失却了倾诉的能力。它的姿势可以表述为：爬椅子者之间的相互仇视或交流经验，爬椅子者对爬树者的嘲笑。互相仇恨不用说了，交流经验不过是互相仇恨的副产品。爬椅子者的目的仅仅是想垄断独白，在那个危险、寒冷的高度上，剩下的也只有独白。嘲笑呢？上述种种有可能是对话，因为对话可以是不平等的，可以是大声武气的，还可以是发号施令的，但它们都不是倾诉。倾诉是耳语，倾诉既可以对自己，更可以对他人。倾诉是一种理解，狄尔泰（Wilhelm Dilthey）认为，理解就是再现和再生。一切都起始于一种直觉的同情运动，但钟鸣在《曼德尔斯塔姆在彼德堡》里所表现出的倾诉，比单纯的理解要复杂得多。

爬树者定义过的空间意识形态，就是关于倾诉的意识形态，爬树者带来的语汇也是关于倾诉的语汇。树的海拔被钟鸣敏锐地定义为倾诉所能达到的最高限度。其敏锐来自特殊的观察工具：眼罩。

尽管爬椅子的人远远多于爬树者，但爬椅子者根本上是一个个孤独的人，他们都想得到独白的海拔；爬树者却注定需要相互鼓励，他们排斥孤独。排除孤独的姿势在曼德尔斯塔姆的吁请中，有了很好的表露。由于可用于倾诉的对象过于稀少，迫使钟鸣不得不在诗歌写作中和他的同类进行倾诉。这是其私人语汇可回返能力的又一次显示。他们把死人从墓堆和骨灰中喊出来，却对他们说一些让他们听不懂的话，迫使他们只好再一次失望地死去。

私人语汇使钟鸣有能力建立诗歌中的次生现实，而在次生现实里，他和曼德尔斯塔姆走到了一起。走到一起意味着：两个倾诉者各自拥有的生活交叠在一起。如同我们很难分清柏拉图对话录里哪些话是柏拉图的，哪些话是苏格拉底的，我们也很难分清，哪一种生活属于曼德尔斯塔姆，哪一种属于钟鸣。这是真正意义上的倾诉：倾诉者自愿和倾诉对象交换生活，或者自愿去过另一种生活。马塞尔·雷蒙

---

[1] 原载敬文东《指引与注视》，中国文史出版社，2001年版，第229—263页，又刊载于《新文学》2003年10月第1辑。

在《品质的意义》里说，通过一种苦行，先是进入一种深层的接受状态，在此状态中，本质对极端很敏感，然后渐渐趋向一种穿透力的同情。对此，钟鸣和曼德尔斯塔姆会共同点头说是，曼德尔斯塔姆不会再度死去。

一个词超越时空，从不同的人过渡到另一个人笔下，在有些人那里是偷窃，在有些人那里是倾诉；倾诉就是用对方的语言说话，用对方的肺部进行呼吸。丧失了这个支点，倾诉就被长久地流放了。

钟鸣说过，张枣发明了只对一首诗有效的私人语汇，钟鸣自己却正好相反：他发明了一套对自己整个书写都有效的语汇，这构成了钟鸣诗歌语义空间的自成体系。他体现出了和张枣相反的能力，如果不理解这一点，将既难以理解钟鸣诗歌在复杂性中孕育的单纯，也难以理解钟鸣在数学家纵横驰骋的时代，为维护有限的倾诉被迫对母语进行修改的真实含义。■

记忆诗学

钟鸣研究集

晚报

亚当·斯密（Adam Smith）诚恳地说，他处的时代是个商业时代，商业时代的特征是："以交换和贸易的形式来探讨人们的社会联系或他们积极实现着的人的本质。"这使一切学问和艺术都应该"探讨它们在人类生活中，在真正的人的生活中的相互补充"。[1]亚当·斯密的如此论述，恰好歪打正着地击中了几百年后我们的时代。[2]而有时候，真理、预言和谶语往往就是歪打正着的。钟鸣对此深有感慨，他说，一切都变了。

> 我们得来谈谈那时一个金币等于多少，
> 那时餐盘里冻僵的一条鱼是否还活着，
> 像叶塞宁在绳扣里咽气，像珂丁诺夫，
> 像你，像我，突然好像一切都变了……
> ——钟鸣《珂丁诺夫》

---

(1) ［英］亚当·斯密：《国民财富的性质和原因的研究》（上卷），商务印书馆，2008年版。
(2) 这里所说的我们"这个时代"主要是指20世纪90年代。20世纪80年代虽然也有和商品经济紧密相连的信息业出现，但其重心仍然在启蒙上，诗歌带有强烈的使命感和英雄特征；也正是在这个意义上，我高度评价"今天派"诗人的杰出成就。而所有这一切在20世纪90年代有了很大的改观，本篇将对此展开论述。

诗歌写作在20世纪90年代的伦理任务※   敬文东

※ 原载敬文东《指引与注视》，中国文史出版社，2001年版，第153—176页，又刊载《文艺争鸣》，2013年第12期。

啊，一切都变了，而作为变化的一大征候，作为对亚当·斯密精彩论说的积极回应，晚报不仅顺应了这个时代，还部分性地参与并开创了这个时代：它甚至就是靶子上的第十环，那个俗称靶心的家伙。晚报表征着信息业的发达程度。拉兹洛·马凯在评述布罗代尔时有一个深刻的判断："在全部人类历史上……体力劳动和脑力劳动的外化使劳动与具体的个人相脱离，并成为可以转移、交换和积累的客体。头脑中的信息与记忆留下的信息完全相同，而信息则通过书写、印刷、录音机以及计算机转化成为客体。信息因此进入了技术领域。"[1]晚报恰可谓生逢其时，它满足了信息社会中人在生活技术上对信息的要求：今天的信息（新闻）是明天的垃圾，明天的新闻恰好是今天的方糖，也就是钱锺书多次引用和嘲讽的、挂在驴脖子上能让驴子忘我赶路的那截萝卜。连自称旁观者的钟鸣也对《伊利亚随笔》的作者（兰姆）殷殷致意：让我们一块儿用专栏奋斗吧，我的报界同仁！[2]当然，这得从相反的方向看。在钟鸣的语势中，说的和做的往往有一种优雅的、向下弯曲的反比关系。

下午三点过后，都市里最热闹的地方要数售报亭了。本市晚报准时到达这里，人们递上钞票或钢镚，便可换来各种各样的小道消息、绯闻、广告、滔滔不绝的社论、丑闻、数字、白浪滔天的欲望、谣言、敬爱的哲学、正史说教、历史哲学以及哼哼唧唧的"痛苦"。晚报是都市人的眼睛、闹钟和食品，人们通过晚报窥探世界——没有晚报，世界就是不存在的，纸上的、虚拟的世界比真实的世界更真实一万倍。除此之外，晚报还可以使人免受街头围观有可能带来的担惊受怕，并且依靠新闻特写的简洁描述，把街头围观的真实性给取消掉——死水一潭的生活，总是让我们渴望什么地方起火、什么地方有凶杀案，但我们只是一群喜欢用热闹来点缀生活的人，并不愿意自己身处其间：那些起火的大厦，那些流血的事件，让我们升腾起一种恶意的、漠然的快感，然后很快忘掉并期待下一次。欧阳江河写道："晚间新闻在深夜又重播了一遍，其中有一则讣告：死者是第二次死去。"（欧阳江河

---

(1) ［法］布罗代尔：《资本主义论丛》（顾良等译），中央编译出版社，1997年版，第30页。
(2) 钟鸣：《旁观者》，海南出版社，1998年版，第14页。

《晚餐》)是的,永远只是下一次。瓦特·本雅明说:"如果报纸的意图是使读者把它提供的信息吸收为自身经验的一部分,那么它是达不到它的目的的。但它的意图却恰恰相反,而且这个意图实现了,这个意图是:把发生的事情从能够影响读者经验的范围里分离出来并且孤立起来。"(1)除此之外,人们还以晚报来计量一天的时间——晚报前和晚报后;用晚报来填充肠胃——面粉、小米、南瓜和土豆仅仅成了对晚报的模仿,就像柏拉图那把模仿理念的椅子:人们要在晚报的广告栏里,才知道这些东西何处有售,却忘记它们曾经长在土里,仿佛它们从来就长在纸上。都市里有土地吗?没有,但它有晚报。

下午三点过后,专栏作家们开始贩卖眼泪、灵感、惊呼、哲理、故乡、热点,直到小情小趣的智慧,但愿他们能卖出一个好价钱。本雅明认为,波德莱尔最明白这伙专栏作家的真实情况:"他们像游手好闲之徒一样逛进市场,似乎只为四处瞧瞧,实际上却是想找一个买主。"(2)这说的是波德莱尔写过的一首诗:

为一双鞋她卖掉了灵魂

但在卑鄙者身旁,我扮出

伪善的小丑般的高傲,老天爷取笑

为当作家我贩卖我的思想

和波德莱尔一样,无论是用四川方言写作的诗人还是用普通话写作的诗人,一并出门上路了。不过,他们未必去当专栏作家——他们中的大多数人只是出门去观察。(3)而以晚报为舞台的,则是铺天盖地的小品文,生、末、净、旦、丑躬逢其会,少长咸集,恰可谓新一轮的兰亭集会或滕王阁赋诗。

---

(1) [德]本雅明:《发达资本主义时代的抒情诗人》(张旭东等译),生活·读书·新知三联书店,1992年版,第128页。
(2) 同上,第51页。
(3) 观察是现代汉诗在20世纪90年代一个主要的诗歌技术,这是20世纪90年代特殊的事情所要求的结果。晚报、银行等事物的集中出现使抒情成为不可能,观察在这个意义上表现了它的重要性。但有一点必须注意,四川方言是缺乏观察能力的,这就产生了一个问题:在时代面前四川方言会有什么样的反应?谁的力量更大?这是四川方言诗歌写作亟待回答的问题。

原始儒学经董仲舒、"二程"、朱熹打磨后,其鲜活成分(比如"天行健""知其不可而为之""人定胜天"等)早已成为过眼云烟,正所谓"谈笑间,樯橹灰飞烟灭",禁锢已久、早已心怀不满的人们则另辟途径。道、玄、禅的相互需要以至于"哥俩好、三桃园"似的联手,至迟在明清之际就完成了新一轮的"桃园三结义":以表达性灵为幌子,把一切重大严肃的主题通通转化为趣味。严羽说得妙极了:"诗有别趣,非关理也。"[1]活活为"桃园三结义"当了开路先锋,况周颐则心平气和地呢喃:

人静帘垂,灯昏香直。窗外芙蓉残叶,飒飒作秋声,与砌虫相和答。据梧冥坐,湛怀息机……乃至万缘俱寂,吾心忽莹然开朗如满月,肌骨清凉,不知斯世何世也。[2]

果然是老僧禅定,内心恬静,却了无生命的大欢叫,更不用说灵魂在繁复事境面前的战栗,有的只是轻描淡写的小情小趣。性灵、空灵、舒卷等小品特征,把发自人生骨殖深处的悲惨特质视若无物,把时代深处蕴含的苦难骨髓置若罔闻。[3]我们从不缺少灾难,从不缺少痛苦,缺少的是对灾难和痛苦的深入审视、思考与咀嚼。如果考虑到传统的惯性作用,那么,从历史上传承下来的小品心态,就是晚报时代改头换面的典型心态。小品心态是道、玄、禅桃园结义的结果,其特征,是将生命在繁复事境面前的一切反应仅仅转化为小猫小狗似的趣味。钟鸣对此调笑式地写道:

新闻公报说蝗灾自民国年间就已经被消灭
增值税,进口税,一辆福特车值多少钱。
——钟鸣《伤感的旅行》

---

(1) [南宋] 严羽:《沧浪诗话》中华书局,2014年版。
(2) [清] 况周颐:《蕙风词话》上海古籍出版社,2009年版。
(3) 这样说显然有对明清小品不恭和不公的地方,实际上,明清小品的出现就是为了反击自程朱以来日渐严厉的理学对人性的禁锢。但本书站在今天的立场,不愿意高估它的"历史功绩",理由很简单:今天的许多小品恰恰是继承了明清小品的上述特征,让人感到在一个严峻的时代,这样做很有些不严肃。

事情的确是这样。如果小品心态在明清之际是以反击宋明理学的面孔出现，今天的小品心态——不如说是晚报心态，则是和晚报时代合谋的爪牙，它以文化人的参与、写作者的主动献身为标志。晚报心态的特征是：快速展现晚报时代中人的平面化情感，以及与此相关的一切——诚如鲁迅所说，它压出了晚报时代中人皮袍下的"小"。时代需要某种心态，某种心态也需要对应于某个时代。两者不合拍，固然是双方的扑空；一旦握手言欢、青楼梦好，则分明是皆大欢喜，大红灯笼高高挂。舍勒在《死与永生》中说，世界不再是真实的有机的家园，不再是爱和冥想的对象，而是冷静计算的对象和工作的对象。

表面看起来，晚报心态是对亚当·斯密的"商业时代"的抗议，是对"物吃人""商品拜物教"的逆动，实则不然。晚报心态是中国文人士大夫心态的改头换面，一切事境甚至惨痛的事境，仅仅被当作快速处理的对象，有如晚报新闻的快速一样，并将这一切，盛在"趣"的痰盂中，而对晚报时代的"噬心主题"（陈超语）做充耳不闻状。作家陈村对此的合理性有一个不大不小的辩护："一天有朋友通知我，南方的一家报纸刊出对我的批评，说写的是小男人散文云云。我起初觉得挺委屈，再一想果然是小男人了，现在没有仗可打，没有侠客可做，只要不去暴走罗布泊，是很容易沦为小男人的。"[1]想想看，人们从"商品交流""情感交换"之余头一份晚报，在公共汽车上，在餐桌边，甚至在厕所里，在悠闲的饭后的茶桌前展开报纸，读一读上面的小品文，大多时候人们会对之报以会心的一笑，然后抛到一边，直至化成纸浆。这也许恰好反证了小品写作者是把小品写作当作"茶余饭后"：读报人的心态与写作者的心态恰是同一个心态。有词为证：

记得当时，我爱秦淮，偶离故乡。向梅根冶后，几番啸傲；杏花村里，几度徜徉。凤止高梧，虫吟小榭，也共时人较短长。今已矣！把衣冠蝉蜕，濯足沧浪。

无聊且酌霞觞，唤几个新知醉一场。共百年易过，底须愁闷；

---

(1) 陈村：《小男当家》，载《三联生活周刊》，1997年第17期。

千秋事大，还费商量！江左烟霞，淮南耆旧，写入残编总断肠。从今后，伴药炉经卷，自礼空王。

——吴敬梓《儒林外史·篇末词》

不排除这种呻吟中有令人感慨的内容，但也道出了晚报心态的心声，甚至这中间的许多词汇的各种变种，正是时下某些晚报小品文的遗产：既然"百年易过"，当然也就无须"愁闷"，只闲情逸致地饮些朝晚霞罢了；既然颇"费商量"，当然不用去关心"千秋"事业，否则，"断肠"之势在所难免，实在犯不上。清人沈复自述说，他父亲在家宴上点了一出《惨别》，沈复的妻子居然不忍心观看。"余曰：'何不快乃尔？'答曰：'观剧原以陶情，今日之戏徒令人断肠尔。'"(1)小小的离别，不唯在沈复笔下令人"断肠"，在今日的晚报上也表演得凄凄惨惨戚戚。饭后的蒙太奇，小恩小惠的思想火花，对生活的一汤勺感悟，吃饱了撑的似的闲情逸致，顶多来点"伤离别、离别虽然在眼前"（一首流行歌曲的唱词）的不痛不痒……差不多就是与晚报时代相对应因而能适者生存的晚报心态的全部内容。

面对这一切，我们听见自称旁观者的钟鸣那粗砺的笑声（想想此人在四川方言指引下在诗歌写作中生成的喜剧效应吧）。对某些晚报小品文的需要者，对钟鸣唤作群众的尤物来说，都是些什么货色呢？钟鸣没有忘记给他们描上一笔："相互簇拥而来，相互簇拥而去，然后，相互吐口水，再相互忘掉。"(2)这种心态并不深刻，也配不上更深刻的解释，它只不过是晚报小品文长期豢养、狼狈为奸的基本群众罢了。难怪钟鸣十分传神地描写过契诃夫面对群众时的神情——契诃夫双手一拍："哎，群众。"也难怪米兰·昆德拉那么喜欢卡夫卡，因为卡夫卡最害怕群众。

本雅明一针见血地指出："新闻业是对文学活动、精神、精灵的背叛。无聊的闲话是其真正的实质……其表现就是流言蜚语。"据本雅明揭发，《费加罗报》的创始人公开宣称："对我的读者，巴黎拉丁区

（1） 沈复：《浮生六记》（卷一）。
（2） 钟鸣：《旁观者》，海南出版社，1998年版，第299页。

的一个阁楼着火,比马德里的一场革命更重要。"⁽¹⁾某些晚报生产的流言蜚语和更加重要的阁楼着火,满足了快速时代的人对信息的重视。晚报是不能过夜的商品,这的确是一个快速的时代,一切都被赤裸裸的速度决定,一切都变得赤裸裸。名片、电话、公关、推荐表、试卷、面试、钞票……皱巴巴的时代,一切都以赤裸裸的自我推销、自我解释来完成。时代已经到了以秒进行计算的地步。最好认识三天就结婚,四天就太长了。你要早来五分钟这事就成了。速度决定命运,速度决定时代的面貌。⁽²⁾因此,钟鸣不无感伤也不无幽默地说:"15世纪的人类还钻进草垛和田畴做爱,耳畔响彻奶牛哞哞的叫声,阳光月光直接照射屁股,而阳台内裤却考究起来。然后,人类翻到床上,窗帘和芭蕾就产生了。这都是速度决定的。"⁽³⁾真正的故乡无人问津,梦境——这古旧时期的甜蜜之乡和乌托邦,早已被忘掉,真实的丑陋被虚拟地唾弃,满世界滚动的都是胖子,瘦削的人满怀羞愧。胖家伙看到这伙营养不良的瘦子,要么愤怒他们为时代抹黑,要么暗中高兴他们有幸作为自己的陪衬人……在速度就是一切的时代,某些晚报和晚报小品文不大展宏图说得过去吗?

奥·帕斯说,"社会表达和诗歌表达之间总是有分裂","诗歌是不同的(另一种)声音"⁽⁴⁾。真正的写作,由此注定成为旁观者的法定业务;而对时代暗中"点水"⁽⁵⁾的人,注定成为旁观者,他们在时代面前如果说不是败退,起码是变得不合时宜了。与晚报比起来,诗歌,真正的写作,旁观者的事业,显然算不上信息(它是关于灵魂的状态的消息,它是关于灵魂的现象学或解释学);与时代的需求相对照,它们是更为古老的食物。而在晚报时代,作为一切食物中最昂贵的食物(当然,很可能是最不能填肚子的食物),作为晚报时代暗中的食物,

---

(1) 转引自〔[德]本雅明:《讲故事的人》《启迪:本雅明文选》(修订译本),阿伦特编,张旭东等译,生活·读书·新知三联书店,2008年版,第100页。

(2) 这倒和四川方言的天然语势(比如大嗓门、雄辩和绝对化)带出的极快语速相适应,我们从柏桦那些焦躁的诗句中已经窥见了这一点。在这里,重要的更在于:四川方言诗歌写作较之普通话诗歌写作更能贴近式地"描述"(而不是解释)时代事境。这也是本书下篇将要得出的结论。

(3) 钟鸣:《旁观者》,海南出版社,1998年版,第398页。

(4) [墨]奥克塔维奥·帕斯:《双重火焰》(蒋显璟译),东方出版社,1998年版,第4页。

(5) 蜀语意为暗中说出,揭发出。

诗歌及一切认证式写作已经没有市场。[1]孙文波说得很诚实:"如果以普遍的现象为依据,那么在这个时代没有人会需要诗歌的声音。""我们怎么能够要求一个天天谈财富的人懂得诗歌呢?即使你告诉他过去人们经常说过的话'诗是人类精神构成的最主要的器官,它曾在人类文化形成过程中起到过至关重要的作用',他也不会听的。他更懂得的是财富才是生活等级构成的必需品,没有财富就没有自由自在的生活。"[2]这就是数学的作用。而暗中需要的人——据奥·帕斯检举,被希梅内斯(Juan Ramon Jimenez)定义为"无限的少数人"。但"无限的少数人"在哪里?是那些麻雀吗?或者,是那些营造虚假意识的胖子?看吧,当晚报与互相簇拥着的群众结盟,把不能公之于众的隐私转化为大众消费,把床头演义转化为金钱……按钟鸣的说法,诗歌和所有认证式写作真可谓走入了象牙塔,成为遭人嘲笑的怪物(时髦者称之为"边缘性写作"),诗人则"无可如何"地成为时代的旁观者。

波德莱尔为旁观者描绘了一幅有趣的肖像,他说:"此地有这么个人,他在首都聚敛每日的垃圾,任何被这大城市扔掉、丢失、被它鄙弃、被它踩在脚下碾碎的东西,他都分门别类地收集起来。他仔细地审视纵欲的编年史,挥霍的日积月累。他把东西分类挑拣出来,加以精明的取舍;他聚敛着,像个守财奴看护他的财宝,这些垃圾将在工业女神的上下颚之间成型为有用之物或令人欣喜的东西。"[3]在更大的意义上,诗人成为被晚报心态与小品文所丢弃之物的收藏者、鉴别者、分类者和记录者。这就是说,诗人走到了事境的底层[4],把曾经高悬的目光转向垃圾。他拷问垃圾,却将光芒四射的太阳悬置起来。钟鸣的看法可以被看作对波德莱尔的回应:"旁观者就该这样,他是生

---

(1) 1995年,某市曾针对18所大学近万名大学生做过一次问卷调查,结果是,经常阅读诗歌的人仅占被调查总人数的4.6‰,偶尔读点的是31.7‰,从不接触诗歌或者对诗歌根本不感兴趣的超过半数,而在阅读诗歌的人中间,也仅有不到40‰的人表示对当代诗歌有兴趣(《北京青年报》1996年2月14日,第3版)。

(2) 孙文波:《诗人与时代生活》,《现代汉诗》民刊,1994年秋冬卷。

(3) 转引自[德]本雅明:《发达资本主义时期的抒情诗人》,生活·读书·新知三联书店,1992年版,第99页。

(4) 四川"方言"诗歌写作于此是不言而喻的,普通话诗歌写作于此真可谓是被逼成为的。许多迹象表明,北岛、西川、王家新等人已经为诗歌输入了大量的非诗性"素材",这当然发生在20世纪90年代。王家新新近发表的长诗《回答》(《芥原》1998年第4期)就是上好的说明。整首诗芜杂、散漫,处处可见中性的生活场景和对此的陈述,这就是强大的、新内容的事境在修改诗人的思维观念和诗歌词汇。

活的旁敲侧击者,各种秘密的窥探者,精神的偷香窃玉者……告诉你们吧,我们旁观者,小人物,多余的人,在鞋底寻找真理的人,其实就是些用眼睛为灵魂拍快照的人。"[1]如果说,在慢速的农耕时代,或相对缓慢的"启蒙"时代(比如20世纪80年代),太阳以及太阳的眼泪——火——是更重要的事物,或者是可以被从容表达的事物,那么,在晚报时代就不那么从容了,它变得遥远、缥缈,像地狱的磷火,不容易为胖子和麻雀所捕捉。

银行

让我们再次回到都市中的下午三点。在获得好价钱后,专事隐私和晚报小品文的专栏作家去了银行。在"晚报前"他们写作,"晚报后"则是面对存单、利息的时间段落,亦即面对数字、数学和数字决定的坐标网络的时间段落。本雅明对妓女有一个绝妙的观察:妓女是融商品和售货员于一体的人。专栏作家不同于妓女(原谅我的粗鄙),因为他们除了商品和售货员外,还兼任自己的会计与出纳。他们明白应该怎样在四者间做定量分配。一切都只能是数学,这是个数学统治众生的时代。钟鸣说:"繁荣的时代,就是计算的时代,但没人计算它的风格。"[2]

在"晚报后"这个时间段落,另一处繁忙之地是银行。一天的贩卖、价值交换与讨价还价、尔虞我诈后,商品成为钞票。会计、出纳为保证在万籁俱寂的夜间也能使财富增长,纷纷把一天所得瞄准了利息这个靶心(海子:我下去练一会儿靶子)。利息:睡眠中财富的增长,让穷光蛋滋生理想、奋发向上、忘我工作的动力,像黑格尔称颂的恶一样,在号称伟大的人类进步过程中起到了杠杆、润滑剂和支点的作用。专栏作家对此心有灵犀:"我们要为利息歌唱,它是人间最伟大的发明之一,因为没有它,我们的劳动所得就会贬值,就会被商人们巧

---

(1)　钟鸣:《旁观者》,海南出版社,1998年版,第234页。
(2)　同上,第262页。

取豪夺。"[1]谁说不是这样的呢？钟鸣在《匪酋之歌》中这样写道：

> 哎呀，你们自己打破了头，
> 像只火鸡，就为做个上等人。
> 上等人欠了死囚的钱，空虚地
> 绑过一票，钱作祟，金为堂……

  数字和计算在"做个上等人"这方面的作用，既显而易见又不证自明，但我们不能因此忽视连接晚报出口与银行入口的广告彩轿。广告比纸张晚了若干年，但纸张仿佛在等待广告一样：纸张承接了广告，广告则加强了纸张的威力。千百年来，我们被告知，纸张是神圣的。秉承四川方言的教诲，欧阳江河用充满绝对化的腔调写道："纸是耳光！词是铅弹！光线是绞索！／尽管理由像室内的光线一样充足／但我们并没有理由从阅览室离开／我们置身其间读一本书——／一本沙之书，亡灵之书，众书之书／一本所有的书在其中被消灭的书。"（欧阳江河《阅览室》）在今天，神圣的"众书之书"只能是印满了数字（数学）的书。而随着造纸业与高度污染的到来，随着被随看随扔的晚报的出现，纸张不再神圣，但广告在某种程度上维护了纸张的尊严。"广告的字体在报纸上越来越大，它的吸引力占了上风。"圣伯夫（Sainte-Beuve）在《论工业文学》中少见多怪地说，"它构成一座磁山使罗盘偏离了方向。"圣伯夫错了！如同"鱼儿离不开水呀花儿离不开秧"，正是广告使人离不开报纸，使人对报纸有了更大的依赖性，从而将尊严还给了纸张——没有广告，我们就无法交换劳动，包括专栏作家们的灵感、智慧、眼泪，也无法尽可能多地生产和占有可用数字来标识的利息。广告不但部分地生产利息，也分享利息。
  请摊开每一份报纸，请寻找专栏作家们的版面，不难发现广告与哲理同在，眼泪与利息齐飞。某些晚报与广告、银行、利息的结盟，催生了都市中的新人种——专栏作家（钟鸣称之为"胖子"，但主要是麻雀），催生了都市中的新污染——晚报小品文（钟鸣和波德莱尔称

---

[1] 李子：《专栏作家的苦衷》，载《成都商报》，1998年3月7日第4版。

之为"垃圾",可用于拷问)。小品文(晚报心态)是我们时代的主人、A角和头面人物,也是各种聚光灯竞相追逐的猎物。它占据了要塞,把报纸和纸张径直当作自己的后花园或舞蹈前台。当此之际,诗歌以及所有型号的认证式写作的无用性也就更加凸显了。

尽管史蒂文斯(Wallace Stevens)写过这么一则札记——"金钱是一种诗歌"(Money is one kind of poem.),但一般而言,反过来说就很成问题,尽管性喜玄想的老史蒂文斯的确喜欢玩这种反向推理的跳高游戏。史蒂文斯的意思很可能是:我们可以从叮当作响,包纳人间喜怒哀乐、幸福、仇恨、灾难、光荣与耻辱,可以用数字来标识和体现的金钱中,找到诗歌(认证式写作)舍命扑向的材料。诗歌无法带来利息,所以也就无法分享这个创造了太多利息的时代,也无法分享晚报与银行,尽管它注定要进入晚报与银行。诗歌的无用性与诗人(可笑的旁观者!)的无用性、认证式写作的无用性是连在一块的。有趣的是,最无用的人居然有种拒绝最有用的金钱。庞德(Ezra Pound)写信告诫他的年轻朋友:"从对上帝的爱出发,考虑一下有一次我对你说过的事情,任何为了钱而写的东西都一文不值,唯一有价值的是那种对抗市场的写作。没有比钱更有毒的东西了,如果有人收到了一张高额汇款单,他马上会想到自己做了某件事情,但很快他的血管里流出的就不是血了,而是墨水。"[1]但又该怎样区分隐喻意义上的"血"和"墨水"呢?那就是利息。欧阳江河为此写道:

我将用可兰经书上的古奥字句
去向银行职员讨公道价格,我将
在冷藏柜里写作。
　　——欧阳江河《纸币,硬币》

个人银行数字和利息数字哈哈长笑了,它们知道诗歌是可以和利息连为一体的。在不经意间,人们看到,如今的上海,许多喷有油漆广告的公共汽车背壳上都印有这么一句话——它是为某家具公司做

---

(1) [墨]帕斯:《批评的激情》(赵振江译),云南人民出版社,1995年版,第77页。

的广告——"人诗意地栖居……"一生穷愁潦倒的荷尔德林要是知道这句诗居然为商家挣来了大把钞票,大有可能感慨万千。银行业出身的史蒂文斯显然比文人出身的庞德对金钱有更深刻的认识。庞德的口气是:诗歌要甘于贫穷,它就是关于贫穷的赞美诗,所谓"没有钱而能听风声也是好的";史蒂文斯的意思是:诗歌有必要关心金钱,因为金钱能给诗歌提供意想不到的诗学后果。钟鸣听懂了史蒂文斯的意思,他说:

某次会议,我来了点黑色幽默——
假设了一个与会的贪污犯用电脑打钱,
他慌忙声辩说,电脑不是用来打钱,
而是用来打诗——那么就用诗行窃吧
　　　——钟鸣《伤感的旅行》

20世纪90年代,诗歌及想对时代进行准确认证的其他写作,必须和钱挂钩,因为钱、沪市指数、道琼斯指数……有这个时代的真正反光;因为情况不仅到了"用诗行窃"的地步,而且到了宫廷里边早就摆好杂货摊的程度,何况还有那么多的胖子在"用了不干净的款子而声讨款子"[1]:

宫廷里尽是小货摊。
皇后点石成金,出手就是货币。
　　　——钟鸣《哈姆雷特》

据说时间就是金钱,空间就是黄金:电视广告以某某万元每秒论价,晚报广告则以某某万元每平方厘米算账,时空被金钱化了。晚报不过是明面上的巨人,银行才是暗中的司令,银行以数字(数学)来标识。而在西门庆眼中,即使佛祖西天,也只不过要黄金铺地,人只要有钱,就是奸了嫦娥,拐走了许飞琼,盗了西王母的女儿,也不减老子

---

(1) 钟鸣:《旁观者》,海南出版社,1998年版,第481页。

的泼天富贵(《金瓶梅》第57回)那样。到大街小巷、商场、跳蚤市场上去吧,那里有的是金钱和数字的探戈、摇摆舞和回旋舞。

钱拉·若尔兰在论及布罗代尔时说:"我想借用费·布罗代尔的形象化解释:工业革命就是从木柴和木炭的文明过渡到铁和煤的文明。"[1]铁奠定了以数字(数学)为基准线的技术大潮的来临。利奥塔尔(Jean-Francois Lyotard)对此最清楚不过:"强迫技术改善性能并且获得收益的要求首先来自发财的欲望,而不是求知的欲望。技术与利润的'有机'结合先于技术与科学的结合。"[2]很显然,数字在此又一次起到了杠杆、支点和润滑剂的作用。

而一个淘气包、矮个子的瘦削旁观者,比如说,旁观者钟鸣,他该怎样看待金钱呢?"钱的价值在它的美,而不在它的使用价值。"[3]这是个让胖子们打哈欠的想法。但人们也许不明白,错误的不是钱,而是查理大帝统率下的胖子。所以,在强人时代,金钱只有等待同情的份儿。这个任务只能被诗歌和认证式写作来处理——无论是描述性质的诗歌还是解释性质的诗歌,无论是从灵魂现象学的角度还是从灵魂解释学的角度。■

---

(1) [法]布罗代尔:《资本主义论丛》,中央编译出版社,1997年版,第11页。
(2) [法]利奥塔:《后现代状态》(车槿山译),生活·读书·新知三联书店,1997年版,第94页。
(3) 钟鸣:《旁观者》,海南出版社,1998年版,第563页。

记忆诗学　钟鸣研究集

一

作为一件规模不算太大、体量相对有限的长诗制作，1987年完成于蜀地成都的《中国杂技：硬椅子》，很早就被公认为钟鸣的早期代表作，已被为数不多的中外批评高手仔细打磨、端详过。[1]以钟鸣的好友，诗人赵野之见，20世纪80年代的"成都风调雨顺，温和宜人，人民安居乐业，享受着闲散、率性和颓废的生活。诗人在这儿如鱼得水，蔑视金钱和物质，放纵个性和情欲"[2]。那时的成都街道简陋、曲折，蛇一样蜿蜒，锦江两岸瓦房林立，更多的人在街边的苍蝇馆子里，站着吃龙抄手、担担面、三大炮，"活像旧社会"——差不多三十多年后，前诗人万夏观看过摄影师肖全拍摄于20世纪80年代的成都，如此夸张地说道。[3]而诞生于彼时的《中国杂技：硬椅子》却繁复、深奥、精悍，声部众多，显得奢侈与豪华，似乎刻意要突破成都的"旧"和"破"。

（1） 钟鸣明确表示过，虽然这首诗可能是他的作品中被谈论得最多的，但他并不希望更多的人谈论它，它也不是他最喜欢的作品（参阅钟鸣：《自序：诗之疏》《中国杂技：硬椅子》，作家出版社，2003年版，第14页）。
（2） 赵野：《一些烟云，一些树》《今天》，2011年春季号。
（3） 这是肖全2014年10月18日晚，在美食家、诗人二毛创办于北京朝内大街附近的"天下盐"餐厅亲口对笔者所说。因为这个比喻很漂亮，很说明问题，故转述于此。

我与我们的变奏：诗人钟鸣论 ※　　　　　　　　　　　　　　　　　敬文东

※ 原载敬文东《艺术与垃圾》，作家出版社，2016年版，第176—235页，又载《文艺争鸣》，2016年第8期。

面对这部难解之作,恐怕看似渺小的人称代词,才是首先需要读者小心应对的基本"物件";从它入手探宝,或许是一个适宜的文学考古坑口。和不少评论者的看法较为相反,窃以为:《中国杂技:硬椅子》中的人称代词,尤其是人称代词相互间的微妙转换,才更可能是诸多原发性问题的出处、隐修地,或藏身之所。"我们""他们""你""他""我"……像欢快于池水的小鲫鱼,滑腻、灵动、飘忽和躲闪,不允许轻易被把捉。你想抓住它吗?那好,就准备着让池水溅湿你的衣袖吧。

如果不紧紧追随诗行的运行节奏,不在呼吸急促的追随中,盯牢不断交叉换位的人称代词,作为读者的你或他,很快就会陷入茫然无措之中,直到变作失去方向感的小鲫鱼或老鲫鱼。最后,反倒是让人家人称代词堕入茫然之境——人称代词面对不知所措的你或他,正满脸惊讶地不知所措着。乔治·斯坦纳轻描淡写地说:"日常经验经常验证,语言的不足才使得欠缺能具体存在。"[1]但让人称代词陷入难堪境地的你或他,又岂止区区一个"语言不足"就能打发的问题呢?实际上,无论是在充满孤绝气概、高寒气质的诗歌写作中,还是在难度系数超乎想象的随笔写作中,钟鸣都热衷于复杂,倾情于弧线。他似乎对简单、单纯和平易(而不是简单、单纯和平易之物),有一种本能上的拒斥,或免疫力。[2]钟鸣公开申说过:"我不喜欢'直线',也就是我在诗中所谈到的那种'垂直线',尤其是那种'精确的直线',而弧线则幸运地赋予我更多更多……"[3]不用说,正是对弧线的过多关注,对复杂性的热情投入,才把所有心不在焉的读者、好高骛远的读者、一心二用的读者、企图蒙混过关的"二杆子"[4]读者……一句话,仅仅渴望语词安抚、心理按摩的读者,悉数挡在了门外——这恐怕才是问题的关键之所在。[5]

(1) [美]乔治·斯坦纳:《斯坦纳回忆录》,浙江大学出版社,2012年版,第81页。
(2) 参阅敬文东:《指引与注视》,中国文史出版社,2001年版,第229—260页。
(3) 钟鸣:《自序:诗之疏》,《中国杂技:硬椅子》,作家出版社,2003年版,第20页。
(4) 蜀语,意为"不着调""不严肃"。
(5) 在说到自己的长诗《树巢》时钟鸣说:"就诗歌本身而言,乃失败之作,但就个人借以摆脱复杂性来说,却是成功之作"(参阅钟鸣《小传》,《1996年度刘丽安诗歌奖获奖诗人诗选》,内部发行,铅印本,第78页)。可见他所追求的复杂性到了连他自己都感到可怖的程度。

就《中国杂技：硬椅子》来说，被钟鸣宠幸的复杂性与弧线，首先存乎于人称代词，但尤其是人称代词的跑动与交叉换位：

当椅子的海拔和寒冷揭穿我们的软弱，
我们升空历险，在座椅下，靠慎微
移出点距离。椅子在重叠时所增加的
那些接触点，是否就是供人观赏的
引领我们穿过伦理学的蝴蝶的切点？[1]

在《中国杂技：硬椅子》开篇的前五行中，钟鸣就依靠"的"字天生具备的黏合性，以及它饱满的勾连作用，而不是"的"字通常情况下更容易带来的形容术（现代社会的特有之俗）[2]，连续使用了三个呈复数状的"我们"。三个复数性的第一人称代词在令人目眩的高密度中，透露出某种不同寻常的急迫性，并有些微的哮喘夹杂其间，显得既正确，又特别富有装饰性。这三个性质、情状相同的"我们"，都被且只有被不断向上叠加的椅子界定；或者，三个"我们"必须以椅子为背景，就像风水先生必须信任和依靠罗盘，方能获取自己的内在规定性，才可以准确认领自己的方位和属性。

至少从表面上看，所谓"我们"，不过是些玩弄椅子杂技，取悦于他人的杂耍者。而椅子能够向上叠加的唯一可能性，被认为来源于椅子和椅子相交接时构成的切点，尤其是寄存和生长于切点的那股子平衡力。对此，《中国杂技：硬椅子》有过暗示：切点在不急不躁中，豢养了平衡力，如同土壤依靠仁慈和耐心，培植了泉水和井，顺带着，还培植了让吃水者不可以忘怀的挖井人。切点让平衡力安静、沉潜、隐忍，像个安于孤寂的无名英雄，更像个潜在的捐躯者，或鲁迅称颂的肩负起黑暗闸门，放孩子们于光明之地的父亲。[3] 发源于切点的平衡

---

(1) 钟鸣有一本经反复修订的诗集《垓下诵史》，即将由台湾秀威书局出版，本书凡引钟鸣之诗，都出自该书。因诗集尚未出版，不注页码。

(2) 在完成这首诗后不久，钟鸣很快就发现了它的毛病，这毛病在他看来就是语句生硬（参阅钟鸣：《自序：诗之疏》《中国杂技：硬椅子》，作家出版社，2003年版，第14页）。在本书看来，语句生硬主要来自他对"的"字的黏合性以及勾连作用的过度仰赖。

(3) 参阅鲁迅：《坟·我们现在怎样做父亲》。

力平衡着不断朝高空生长的椅子，支撑着向上攀爬的"我们"。对切点和平衡力如此这般的发现，已经溢出了科技史管辖的范围，或纯粹科技能够容忍的限度，直逼存在论冷飕飕的领地，惊悚、阴霾、举步维艰，令人惊讶和感叹。它是中国人传自亘古的生存智慧吗？它不过是"我们"所能拥有的公开秘密，不只是用于杂耍，但确实能够用于杂耍，像一个直白的明喻，光灿灿的，不见遮拦和阴影。而掩藏在明喻下边的隐喻——如果它存在，又将是什么呢？

多年以后，钟鸣不无感慨地承认，《中国杂技：硬椅子》的最初灵感，来自他在《四川工人日报》当记者外出采访时，于某处看到的"一群女孩在排练叠椅子的杂技"[1]。钟鸣的德国研究者，细心解读过《中国杂技：硬椅子》的汉学家苏珊娜女士，对"中国杂技"的一般特性，不乏精彩的洞见："在几个世纪的过程中，某些杂技技艺只是改变了形式而已；甚至，其教学方法时至今日都一成不变：从幼年起的形体训练直至对动作的记忆深入脑海，使它们可以每次自动重复而不会失误。它的传统，它的祖传下来的教学观念已经镌刻在体内，以及对套路、标准动作的重复，都会使'杂技'成了身体记忆的隐喻。"[2]但《中国杂技：硬椅子》提及的"叠椅子的杂技"，首先是个隐喻，一个深埋明喻之下，却关乎生存的隐喻；它隶属于存在论，而不仅仅是"身体记忆的隐喻"。如果真是那样，就太轻巧、太油滑、太皮相化了，对不住中国人几千年来心酸的生存史。而以老歌德之见，"每一物质都有它与自身贴近的感应，如同磁中之铁"[3]。一如苏珊娜所说，杂技是件高技巧、高风险的活计，就像"我们"中国人的生活，既有它需要的"感应"存于世上某个角落，又必须将"身体的记忆"或"教育观念"当作无处不在、无时不在的潜意识；何况仅凭若干个似是而非的切点（切点几乎谈不上面积），就要完成动作繁复、精微的高空作业，其危险性更不必细说。

第一个出现的"我们"正是震慑于这种风险（"椅子的海拔和寒

---

(1) 钟鸣：《自序：诗之疏》《中国杂技：硬椅子》，作家出版社，2003年版，第14页。
(2) 苏珊娜：《记忆诗学》（王虎译），《中国杂技：硬椅子》，作家出版社，2003年版，第255页。
(3) 参阅本雅明：《德国浪漫派的艺术批评概念》（王炳钧等译），北京师范大学出版社，2014年版，第69页。

冷"），才迅疾暴露了自身的"软弱"；第二个登场的"我们"，却必须像携带隐疾和暗疮一般，全程携带"软弱"，冒险攀登，因为观众在呼喊，在等着"我们"带去刺激，而"我们"得以存活必须仰赖的天职之一，就是证明平衡力和切点具有刺激作用，能激发生活的敏感部位与隐蔽部位，并因此让"我们"养家糊口、传宗接代，制造新的、更年轻的"我们"；第三个向上攀爬的"我们"，则是前两个"我们"在动作上自然而然的延续：为取悦于人，为讨生活，"我们"必须穿过伦理学的切点，穿过蝴蝶模样的切点，亦即穿过既是伦理学又有蝴蝶容貌的切点，却不会因此打扰躲在切点的小凹塘里独自呼吸的平衡力……三个"我们"在开篇的前五行内首尾相接，一气呵成，既有可以直观的动感，夹杂着正确的哮喘，像流水线上的劳作，又令人心跳加速，昭示着不言而喻的紧迫性。

如许年来，中国人对如此切点的如此发现与妙用，何况它还和某种（而不是随便哪一种）急迫的伦理学联系在一起，也许正是《中国杂技：硬椅子》的部分秘密、部分魅力之所在。而在1987年写作此诗的钟鸣看来，这需要人称代词在必要的时刻交叉换位，以便在众声喧哗中，在多种向度中，在参差错落中，把秘密讲清楚，把魅力展现得更透彻。不用说，存乎于两张椅子之间的切点既危险，又俊俏，像极了钟鸣的好友张枣所说的"危险的事固然美丽"[1]——但它首先必须存在，否则，一切都将无从谈起。在推崇资本逻辑，又"竞于力"的现代中国（准确地说，更应该是当下中国）[2]，"我们"深处于有关系的无关系中，大概也只有借助于没多少面积的切点，才能够试探着生存，尝试性地存活，一种既危险，又必要而且必需的生存，如同保罗·瓦雷里

---

(1) 张枣：《镜中》，《张枣的诗》，人民文学出版社，2010年版，第45页。
(2) 钟鸣后来对这首诗有过精辟的解释："这东西像团雾，你呼吸它，却难以捕捉，它是种惯性，是一种约定俗成的东西，而这正是'硬'的反面'软'。正因为这种'软着陆'，便有了我们中国所特有的一种超稳定性的结构——在诗中或许就是伦理学的切点，蝴蝶是对它所具有的某种观赏性的一种特别修饰。用生物学的眼光看，任何一种结构都有一种解剖学上的壮观景象，而这种超稳定性的结构，在不同历史时期都曾出现过某种危机感。有的危机感由我们的祖辈体验了，有的则由我们体验了，这正是杂技表演中硬椅子不断叠加上去所象征的那种递进关系的危险性。""这中间များ存在着一种因历史原因而形成的反常化的东西，它不归罪于某一个人，也不归罪于某个集团，更不归罪于某一个具体的年代"（参阅钟鸣《自序：诗之疏》《中国杂技：硬椅子》，作家出版社，2003年版，第15页）。本文在分析《中国杂技：硬椅子》时，限于本文的目的，只强调它对现代中国的精辟认证，而不过多理会它对传统中国的分析。

(Paul Valery)所说"起风了,只有试着活下去一条路"[1];或者,"我们"的生存,依《中国杂技:硬椅子》的暗示,充其量是存乎于某个切点的生存,顶多是借助于切点提供的平衡力,但也仅满足于这个切点给予的平衡力,小心翼翼,如履薄冰。杂耍者深恐自己长出的那口气,会惊动切点提供的平衡,进而破坏切点之腰身——那会让椅子从上至下迅速坍塌。

这种在不明就里的外人——比如欧美人而非朝鲜人——看来提心吊胆的危险性,也许会偶尔影响中国杂耍者的心境,如同危险性能"揭穿我们的软弱",却并不妨碍杂耍者们("我们")生存下去的意志——这才是问题的关键之所在。所谓意志,就是首先经由平衡力的帮助,反过来对生产平衡力的切点进行反复确认;就是饱飨危险性,最终以臣服者的心绪,将危险性本身当作食物。除此之外,将不会有别的东西可供食用。在每一个时期的中国(也许尧舜时代除外),生存就是和看起来很危险,实际上确实很危险的切点打交道。"我们"每天从睁眼、起床开始的生活,无不是"升空历险",或简直就是历险记,宛若每一次呼吸,都有超过正常指标若干倍的雾霾造访肺部,拜谒日渐憔悴、感伤的呼吸道。苏珊娜看得很清楚:在《中国杂技:硬椅子》中,"这种抒情的'我们'贯穿全诗。然而,谈到这样一个'我们',是以通过文化血缘纽带而建立的认同感为先决条件,这种认同感将'无数表演重要的个人'结合在一个文化结构中"[2]。在此,所谓"我们",不过是集体性、更兼文化遗传性地生存于危险境域,却不觉其危险的特殊群体;这个群体似乎从本能上,更倾向于把饱飨危险性等同于生活的实质,甚至生活本身,但最好是生活本身吗?

在《中国杂技:硬椅子》的前五行内,人称代词"我们"尚未转换身份、更改表情,仅止于以密集分布为形式,突出自己的主体地位;而它指称的生存方式和生活经验,却将联手表明:当下中国人,而非古旧时期的中国人,对生发于、凝聚于一个切点的平衡力带来的稳定

---

(1) [法]保尔·瓦雷里:《海滨墓园》,《瓦雷里诗歌全集》(葛雷等译),香港文学出版社,1996年版,第145页。

(2) 苏珊娜:《记忆诗学》(王虎译),《中国杂技:硬椅子》,作家出版社,2003年版,第253页。

性,持异常信任的态度,就像坚信切点可以使向上叠加的椅子永远不倒——这是一种对幻象而非实体的经典性信任,也是对海市蜃楼的自虐性依赖。不用说,这也是一种时刻处于危险性之中的稳定,既有刺激带来的快感,又富有不可遏制的营养性,却谈不上讽刺"我们"的那些人讽刺的那种饮鸩止渴。它激活了"我们"生存的意志,像效率超常的生物碱,为每秒一百万次以上的生化反应提供动力,提供催化作用;它在危机重重中,养育了"我们"的身与心,宛如卖地沟油的受害于卖毒酸奶的,卖毒酸奶的受害于卖假知识的,而佛光笼罩下卖假知识的,则受害于看不见的雾霾制造者——在当下中国,谁隐藏得最深谁就是,或谁才更有可能是真正的"带头大哥"[1]。至少从表面上看,陷入互害模式中的大伙儿(杂耍者或"我们"),相互依赖、勾连,结成彼此互不自知的团伙,似乎都活得愉快、结实、且歌且舞。

而毒物即切点,或至少是切点的实质之一。

二

在钟鸣长达三十余年的诗歌写作中,人称代词"我们"至少获得过两个变体,或两种特别值得重视与玩味的替换形式:作为"他们"的"我们",作为"你"的"我们"。[2]和人称代词通常被隐匿起来的古典汉诗相比,现代汉诗写作中的人称转渡或交叉换位,就显得既打眼,又重要。[3]交叉换位或人称转渡不仅意味着观察角度的变更,还涉及语调、呼吸、诗意的走向与步伐的轻重缓急,尤其是涉及诗歌给予的"结论"(假如诗歌会提供"结论")等一揽子事宜。这对长期以社会

---

(1) 出自金庸小说《天龙八部》中的一个名词,意为"老大",相当于奥威尔(George Orwell)《1984》中的"老大哥"。
(2) 限于本书的目的与题旨,对这两种情况此处只从《中国杂技:硬椅子》中取证。
(3) 关于这个问题可参阅叶维廉:《中国诗学》,生活·读书·新知三联书店,1992年版,第264—267页。

学为基准线进行诗歌写作的钟鸣[1],事态或许显得更为迫切[2]。但在此首先值得申说的,是作为"他们"的"我们"(作为"你"的"我们"将在后文中略有叙说)。

《中国杂技:硬椅子》在开篇的前五行内,几乎是挥霍性地使用了三个"我们";但从第八行起,"我们"便被"他们"所顶替(第六、第七两行没有使用人称,也看不出这两行究竟隶属于"我们"还是"他们"):

他们要爬得很高很陡峭来赞美这种配给。
这些攀登者,有那种让影子入木三分的

功夫吗?那得操练勇气,把鱼嘴上一块
晕斑看作椅子的玄学者,非常狡猾地
给他们的一种软器械或一种哭诉的智慧……

当他们头脚倒置……

"我们"转渡为"他们",人称的交叉换位在一个微不足道,却猝不及防的瞬间内,修改了诗歌的行进方向,却丝毫不影响"我们"这些杂耍者与切点间构成的亲缘关系。在前五行内,原本是作为杂耍者的"我们"在紧张地表演,携带着隐疾和暗疮;而作为"我们"的"他们",或也(有)可能不作为"我们"的"他们"在一旁观看。以前五行的发展态势,《中国杂技:硬椅子》本该以表演者("我们")的内心独

---

(1) 钟鸣对此有明确的言论:"我试图把许许多多的观念和方法运用到诗歌写作上来,这表明我已经意识到传统抒情诗穷途末路的境地,诗歌的知识性和分析性不可避免,似乎在现代诗歌的框架下,要么,你成为一个'本能'的诗人,或气质型的诗人,按'常规'说法,必须具备许多'缺点'或怪癖什么的;要么,你就成为'观念'诗人,或理性化的诗人——或许还有条出路,那就是你可以结合两者最有利的因素而别开生面。"参见钟鸣《自序:诗之疏》《中国杂技:硬椅子》,作家出版社,2003年版,第11页。

(2) 本文只论及钟鸣全部诗歌写作中微不足道的一部分。本文认为:钟鸣是中国三十多年来最受遮蔽的少数几位大诗人之一,被遮蔽的原因就是他从写作伊始,就和通常的路数完全不同,这不同有大半来自他对社会学的仰赖。这导致了很多跟现代汉诗写作相关的理论问题,本文无法叙及,那将是另一篇文章或专著的任务。

白为导向,朝诗歌意欲得出的结论处迈进,不会在乎其他的或别样的眼神——一般的现代汉诗写作者正是如此这般操控诗意的流向,他们称之为"顺其自然",却不在意独白很可能意味着"面对空无自言自语";(1)本该由"我们"自己来诉说"我们"在高空如何集体性地体验切点及其毒性,以及切点为"我们"带来了哪些危险,并伺机给出诗歌能够或愿意给出的结论。随着人称代词"他们"的到来,情况完全变了,独白终止,自言自语被取消,但钟鸣对复杂和弧线的热情,却得到了满足。

  如果依照《中国杂技:硬椅子》前五行的行进方向与状态向前推进,很有可能让这首诗显得更有现场感、更简便、更直接,像一个仓促间便可窥破的微服私访。沙夫茨伯里(H.Shaftesbury)说得好:"作者以第一人称写作的好处就在于,他想把自己写成什么人就写成什么人,或想把自己写成什么样子就写成什么样子。他……可以让自己在每个场合都迎合读者的想象;就像如今所时兴的那样,他不断地宠爱并哄骗着自己的读者。"(2)在此,"更简便""更直接"无须多言;"更有现场感"则意味着:面对"我们"一边向上攀爬一边做出的内心独白,读者将会感到更亲切、自然,也更容易理解,因为它直接来自当事人的亲身体验,何况"我们"还在试探着生存的攀爬中,直接面对观众现身说法。诗的前五行不由单数之"我",而由复数之"我们"来诉说升空历险记,意味着被"结合在同一个文化结构"中的"我们",这些刀尖上求生存的杂耍者,在以几乎相同的方式组建自己的生活,展开"我们"的人生,连享受到的危险都几乎一模一样,从不考虑恐高症的存在。因此,作为单数性人称代词的"我",就没有必要被《中国杂技:硬椅子》拧出来单独示众,那会显得矫情、自恋,仿佛只有"我"才是孤胆英雄,才是标准的瘾君子,在独自面临险境,就像有人敢于面对或背对十三亿汉语使用者说:"我独自一人在汉语中幽居。"而除他之外的所有中国人要么"移居英语",要么将汉语看作"离婚的前妻""破

---

(1) 敬文东:《守夜人呓语》,新星出版社,2013年版,第137页。
(2) 参阅[英]乔森纳·丹西(Jonathan Dancy)等:《哲学对话:柏拉图、休谟和维特根斯坦》(张志平译),漓江出版社,2013年版,第69页。

镜里的家园"[1]。

"我们"在"升空历险"生成内心独白时,有可能会用拇指指向自己的鼻子,意味着这一切都是"我们"的,无论是危险、切点还是小心翼翼的生存,都无法被他人冒认(但在当下中国,他人是谁,他人又在哪里呢?);"他们"顶替(更应该是"作为")"我们""升空冒险"时,迅即扭转了诗意的流向,"我们"则退居一旁,充任二线战士,占据着观看者的位置,并以过来人身份,为"我们"自己诉说"他们"遇到的险情,却大有可能用食指指向"他们"向上攀升的臀部,还有弓着的背部。使用人称代词"我们",意味着对带毒之切点的亲身经历,有鲜活的现场感。使用人称代词"他们",意味着独白被追忆取代,"我们"一边观看"他们"表演,一边追忆"我们"自己曾经对切点进行的经历、对瘾君子身份进行的认领,但又不可能真的置身事外,因为"他们"不过是"我们"的变体或替身,貌似在替代我们"升空历险"。不用说,拇指和鼻子是亲身经历的动作造型,食指、背部和臀部(俗称屁股)则是追忆的动作造型。动作造型上的转换,不仅意味着人称代词的交叉换位,更意味着交叉换位带来的结果:钟鸣的早期代表作将以钟氏更乐于给出的诗歌结论为方向,朝前推进。

"我们"转渡为"他们"意味着,《中国杂技:硬椅子》的目的,不光是展示"我们"面临的危险,展示蝴蝶形切点感染的毒素(无论是物质的,还是精神的);或者,展示"我们"面临的危险等,不过是《中国杂技:硬椅子》有意设置的悬念、给出的由头,为的是挑起读者的好奇心,让他们对诗歌即将给出的"结论"充满期待。作为杂耍者,作为这个有机性团伙里的个中人士,"我们"每个人对带毒的切点都心知肚明,对"我们"的瘾君子身份都心照不宣,只需点到为止。过多谈论这些旧话题,反倒显得多余、啰唆和迂腐。它就像典故,对团结在典故周围的同伙,不必细说,更不用解释,否则,就如同放大焦点那么荒唐。作为"他们"的"我们",或任由作为"他们"的"我们"修改诗歌的走向,暗示的是《中国杂技:硬椅子》更想展示带毒的切点在发生学(phylogenetics)上的来历。而由"我们"反观或追忆曾经对切点的经

---

[1] 欧阳江河:《汉英之间》《如此博学的饥饿》,作家出版社,2013年版,第22页。

历,带有更多的反思性质,带有第二度重逢的特性。尽管"当我们反思自我之时,我们仍旧是那个在进行反思的自我"⁽¹⁾,但从容和冷静还是更有可能成为反观与追忆的品格。从法理或证据学角度上观察,追忆和反观比"我们"亲历切点时仓促做出的内心独白更可靠;或者,食指对背部与屁股的议论,比拇指夸耀鼻子更让人信任。因为这样的视角,已经引进了类似于法学意义上的第三方:"我们"正充当着"我们"和作为"他们"之"我们"的中间人或证明人。而调停、评判或裁决,正不折不扣地意味着看到两边。⁽²⁾一句话,对不明就里的外人来说,旁证的力量大于自证,一面之词不足采信。或许,这就是《中国杂技:硬椅子》不惜冒着深奥、晦涩的风险,进行人称代词交叉换位所暗含的深意。

"按照柯文(Paul A.Cohen)的看法,声音化的历史是活体的历史,是有见证人的历史,更是亲历者的历史;历史的声音化在相当大的程度上,就是确立'个人时间坐标',来讲述已经发生过的事件。"⁽³⁾代词"我们"从第八行开始的较长篇幅内,退居于欣赏硬椅子杂技的观众席,追忆"我们"在前五行中的攀爬经历,大体上就是"历史的声音化"(而不是"声音化的历史"),虽然这些声音很可能只发生在内心,或空荡荡的脑际,能被内在之耳或内听所把捉。所谓"讲述发生过的事件",则必然包含着反思,否则,"个人时间坐标"就失去了意义;而没有反思,任何事件都不能宣称它已经替自己找到了发生学上的源头。朱利安·巴恩斯(Julian Barns)说:"书籍告诉人们她为什么做这件事,生活告诉人们她做了这件事。书籍是向你解释事情的前因后果,生活就是事情本身。"⁽⁴⁾很容易从日常经验中得到验证:追忆相当于书籍(旁证),因为它在时间上更靠后,知道事情的来龙去脉;仓促间做出的内心独白相当于生活(自证),因为独白者仅仅存在于生活之流,它只在生活之中。这看似思辨、复杂的情形,竟仰赖于简单的人称转

---

(1) [英]特里·伊格尔顿:《论邪恶:恐怖行为忧思录》(林雅华译),湖南人民出版社,2014年版,第46页。

(2) 参阅黄仁宇:《中国大历史》,生活·读书·新知三联书店,1997年版,第32页。

(3) 敬文东:《守夜人呓语》,新星出版社,2013年版,第44页。

(4) 转引自[美]柯文(Paul A.Cohen):《历史三调》(杜继东译),江苏人民出版社,2000年版,第3页。

换。或许，这就是钟鸣将社会学作为诗歌写作之基准线的隐蔽证据，毕竟在田野作业中，社会学特别强调讲述人的身份，以及身份的转换，因为大多数秘密更主要地隐藏于这种转换。

没多少面积的切点及其毒素的发生学源头，就这样，被《中国杂技：硬椅子》（或钟鸣在诗歌写作中）找到了。但经由"我们"转化为作为"他们"的"我们"，只完成了追溯发生学之源头这个任务的一半；另一半，需要人称代词再次交叉换位，亟须把作为"我们"的"他们"，再度转化为"我们"之"我们"：

因此我们有责任让嘴和椅子光明磊落。
在皑皑而无雪的冷漠和空虚里，
在绷得像陶土一样的千人一面，
他坐出青绿，黄色，绛紫，制度，吃住软硬，

兼施暴力和仁慈。他以硬气功练出的头面，
能够发热，把经筵像巨缸顶到我们旋转的
头上，我们便有了读书月，有了丰雪兆年……

苏珊娜认为："这里的'椅子'既作为臣民的形象，也作为'皇帝'和'权力地位'的统治者的象征。这种制度看不到自治的个人，它变成了一个物体，一个使权力具体化、合理化的东西。"[1]但似乎还可以在苏珊娜已经夯实的基础上，做更为宽泛的理解，毕竟在哲学解释学不乏仁慈、宽厚的视野内[2]，"作者之用心未必然，而读者之心何必不然"[3]。在此，"他"可以是坐在椅子上的弄权者，甚至干脆就是权力本身。想想盛行于口语中的宝座、委座、钧座、末座、首座，还有龙椅、头把交椅……跟椅子有关的语词，就没什么不明白的。"他"可以是官员、皇帝、山大王、市长，甚至专制的丈夫、撒娇的女儿，或某种特定的权力体制与机制，却不必拘泥于《中国杂技：硬椅子》在这一节的

---

(1) 苏珊娜：《记忆诗学》，《中国杂技：硬椅子》，作家出版社，2003年版，第264页。
(2) 参阅张隆溪：《阐释学与跨文化研究》，三联书店，2014年版，第13—33页。
(3) 谭献：《复堂类稿·复堂词录》序。

开始部分有意给出的提示性语句:"皇帝最怕什么?椅子。"皇帝不过是权力的极端形式,是椅子的极端定义者罢了,除此之外,都稀松平常,无足挂怀。

《中国杂技:硬椅子》在不少地方暗示读者:是神秘的人称代词"他",但更可能是"他"指称的神秘的一切,创制了危险的硬椅子杂技,鼓励了切点的诞生,并逻辑性地生产了作为杂耍者的"我们"。但这一切,都有过于漫长的经历[1],现代汉诗写作只能含蓄地向读者知会这一点,并期待着读者卓越的理解力,以及读者对中国历史的穿透力。但"我们"对杂技的承担、对切点的享用,不能被认作"我们"只在单纯地,或单方面地消耗杂技,在单方面磨损切点以及它的毒素,还有细微却经久不息的平衡力。和绝大多数人造物(而非自然之物)几乎完全不同,杂技和切点只有被"我们"承担、享用,以及表面上的消耗和磨损,才能生长、丰富、饱满,才更有机会成就其自身,就像神秘的语言一样,愈被使用,就愈神勇,愈富有。它在为"我们"提供食物时,"我们"也在为它提供能量。在崇尚资本逻辑的交换时代,诸如杂技一类的事物当然不会免俗,也不会让"我们"白白地使用它。因此,承担杂技,就是对杂技的再生产;享用切点,就是一次又一次地再度加固切点,就是在一个看似安静的凹塘中,加固它对平衡力的生产,却不能指望这里边存在着古老的内陷之力与凹面。《中国杂技:硬椅子》想要展示的结论之一是:切点和让"我们"陷入危险境地的硬椅子杂技,是"我们"与"他"合谋的产物。在此,"他"很有可能愿意借用克尔凯郭尔(Soren Aabye Kierkegaard)之言,向"我们"宣称:"不惑于我者幸福。"[2]不用说,所谓"幸福",归根结底是一个反讽,因为没有人比"他"更明白:"我们"只有越深度地"惑于""他",才可能越幸福,

---

(1) 对此,近人熊十力有独特的看法。他认为,儒家思潮两千五百年的发展史,实质上就是"大道既隐"后"天下为家"的"小康礼教"发展史:"小康派以去暴君为革命,实则伯夷所谓以暴易暴耳","故皇帝屡更代、易姓,而统治阶层卒不荡灭。此中国社会之惨史也"(熊十力:《六经是孔子晚年定论》);"帝制告终,而小康派所遗传之自私自利、缺乏正义感、缺乏独辟独创的识力、固陋、卑狭、偷惰、萎靡,乃至一切恶习,延及于今,恐犹未易除其根也"(熊十力:《乾坤衍·辨伪》)。结果,在这位儒家大师笔下,中国社会中绵延不断的种种令人深恶痛绝的"劣根性",几乎都能在文化心理结构的层面上,追溯到主张"各亲其亲,各子其子,货力为己,大人世及以为礼"的儒家"小康礼教"那里(参阅刘清平:《儒家倡导的是天下为公还是天下为家?》,《探索与争鸣》2013年第11期)。

(2) 转引自[俄]舍斯托夫(Lev Shestov):《旷野呼告》(方珊等译),华夏出版社,1999年版,第104页。

只因为按照《中国杂技：硬椅子》的逻辑（而不是社会学的田野作业），"我们"和"他"反倒更有可能拥有一种互为父子的关系——"我们"和"他"彼此生出了对方。

诗歌的思路发展、推进至此，作为"我们"的"他们"再度转化为"我们"之"我们"的合理性是：正因为"我们"深陷于危险，或生存于一个有毒的切点，反而更有义务让"他"红润、健康。否则，"我们"必将完蛋，就像病入膏肓的海洛因爱好者，不吸食比继续吸食死得更早、更快。作为百倍于逐臭之夫的瘾君子，"我们"的生存与否，取决于椅子上的"他"是否存在、是否健康，取决于"他"跟我们结成的关系："我们有责任让嘴和椅子光明磊落。"和诉说自己的痛苦时旁证的力量远大于自证刚好相反，向椅子上的"他"表忠心时，"我们"的内心独白远比作为"他们"的"我们"给出的诉说更有力量，也更有诚意，而诚意，只会加重力量的额度。因为在这个时候，不是读者，是椅子上的"他"，更需要现场感和亲切感；因为作为"他们"的"我们"代替"我们"之"我们"表达的忠心，具有难以否认的间接性，还额外减损了诚意本该认领的热切度。"他"更愿意亲耳听到"我们"给予"他"的效忠之言，以便"我们"在对切点和杂技的再生产中，允许"我们"享受他给予的"暴力和仁慈""读书月"，还有无边无际的"丰雪兆年"……

作为一尾不允许轻易被把捉的小鲫鱼，"我们"不仅被杂耍者暗中顶替（"杂耍者"三个字并未出现在《中国杂技：硬椅子》中），被"他们"公开替代，也被另一个看起来孔武有力的人称代词——"人民"所置换：

但，谁知道，人民该做些什么呢？
这些倾覆之下的免于自由的好心人。
——钟鸣《中国杂技：硬椅子》

只要有会心的读者牢牢盯住《中国杂技：硬椅子》中不断交叉换位的小鲫鱼，便不难发现，在此，"人民"等值于全诗一开篇就挥霍性出现的三个"我们"，等同于杂耍者以及作为"他们"的"我们"。对于活在当下(21世纪)的所有中国人,《中国杂技:硬椅子》不啻是过早到来的一则预言。1987年,国门敞开尚不足十个春秋,锦江和府南河尚能接纳热爱游泳与洁净的男女老少,空气纯净,土地不曾感染重金属,垃圾远没有现在这般张狂,人的孤独感并非无边无际——它们不过处于呈加速度生长的态势,但又是暗中的、地下的、在野的。这则预言的大致内容是:过不了多少年头(比如三十年左右),生活就更像高难度的杂耍,更需要与危险共舞的生存技巧,比如,拥有在一个切点上平衡自己的能力,就像走钢丝一样;譬如,拥有一副强劲的肺、肝和胃,以对付雾霾,抵制各种食物中富含的毒素。好在生活于当下的每个中国人几乎都无师自通,天生就是杂耍高手,肝、肺、胃从1987年开始到而今,已经百炼成钢、修成正果,用不着威廉·詹姆斯(William James)屡屡称道的"疗心运动"(Mind-cure movement)[1]相帮衬。而依靠危险活计谋生的杂耍者之所以"免于自由",仅仅是因为"我们"(杂耍者)和"他"相互生出对方后,就必须仰赖有毒的切点彼此维系,相互牵扯,使"我们"面貌同一,看上去像是重新回到了农耕中国,并处于关系之中——似乎依靠毒素建立起来的关系,更像一种亲密关系,更胜似某种亲密关系,似乎作为瘾君子的"我们",仍在以他人为条件,才能安置自身。

虽然从表面上看过去,不断叠加的椅子随时可能散架,但那不过是受骗于不靠谱的视觉效应——眼睛欺骗和算计主人的事情,天天都在发生,就像卡尔·施米特(Carl Schmitt)所谓"朋友和敌人的分野从来都不是眼见为实的差异来显现的"[2];由于切点的凹塘内总有独自呼吸着的平衡力,所以,不断叠加的椅子实实在在成为钟鸣所谓的"超稳定性的结构"[3],有一种解剖学上的"壮观景象",像纷飞的蝴蝶。它

---

(1) 参阅王汎森:《执拗的低音》,上海三联书店,2014年版,第89页。
(2) 参阅[斯洛文]齐泽克:《欢迎来到实在界这个大沙漠》(季广茂译),译林出版社,2012年版,第126页。
(3) 王小波对这种结构,有出自小说家笔法的会心描写:"洛阳城是泥土筑成的。土是用远处运来的最纯净的黄土,放到笼屉里蒸软后,掺上小孩子屙的屎(这些孩子除了豆面什么都不吃,除了屙屎什么都不干,所以能屙出最纯净的屎),放进模板筑成城墙。过上一百年,那城就会变成豆青色,可以历千年而不倒。过上一千年,那城墙就会呈古铜色,可以历万年而不倒。过上一万年,那城就会变成黑色,永远不倒。这都是陈年老屎的作用"(《王小波文集》第2卷,中国青年出版社,2000年版,第263页)这当然谈的是历史上的中国社会有一种超稳定性的结构。

以即将散架的表面趋势,维持着实际上不会立刻倒下的大厦,像比萨斜塔一样,震惊着一干目瞪口呆的看客和观众。但观者和看客仍将重归于心态上的平静,因为观者和看客仅仅是以"他们"出现的"我们",仍然是些卖毒酸奶、地沟油和假知识的人,是些受制于垃圾、雾霾和重金属的个体。陷入互害模式的"我们"正因为陷入互害模式,反倒更需要像儒家纲常之网昭示的血亲关系一般,彼此依赖,更需要在相互忘却中,互相牵挂。

三

依钟鸣的诗歌写作得出的"结论",而不是当今人文社会诸学科经由田野作业给出的结论。

相互"簇拥"着来来去去,表明在"我们"这个有机的团伙内部,有同质或"家族相似"的一面,否则,便无法聚集于同一个切点,或享用同一种性质的切点,更无法朝同一个方向来回奔跑。而同质和家族相似,则使"我们"更多地具有"无面目之团块"(mass)的特性,或乌合之众(crowd)的特性;"我们"无论是对观念尊奉方面的从众心理,还是对物质享乐方面的从众心理,都彼此高度一致——连晕眩都是集体的,发烧也是。"吐口水"表明,在"我们"精神身高基本一致的内部,在内部看上去错综复杂的个体间,呈现出互为多余物的关系,既相互厌弃(mass,群众),又相互揭发(人民)。"漏洞"和"被旋涡搅拌的东西",大体上可以充任吐口水的理由,却不太在意毒酸奶、地沟油和带毒的知识在其中所起的作用。

在此,"相互忘掉"中的"忘掉"却显得过于含混、晦涩,不能仅从字面的角度去理解,尤其是对钟鸣这种性状复杂、质地特殊的诗歌写作者,一定要保持高度警惕,因为他随时都有可能怂恿人称代词——这难以被把捉的小鲫鱼,溅湿读者的衣袖。作为存身于当下中国的"人民群众","我们"中的"群众"那一面因其现代特性,而渴望私密性或个体意识;个体意识或私密性却必须以彼此间的暂时"忘掉"为前提,宛若"用于排泄的空间都是内心独白的绝佳场所",就像

"被打入私领域的粪便进一步被个体化,归属其主人,这一进程对应的正是现代社会的个体意识"[1]。虽然在隐喻的维度上,个体意识(或私密性)跟不洁的粪便竟然如此这般地联系在一起,既恰切,又耸人听闻,但毕竟受到了保护,面子上还是说得过去的,只因为"当着人不屙屎……是有教养的表现"[2]。不用说,个体意识是走出蒙昧之境和拥有尊严的标志,私密性是必要的指标之一,而无论多么尊贵的宠物狗,都会当着同类异性清除直肠或尿道,彼此都不会难为情。因此,"我们"中的"人民"那一面因为对"无人"的仰慕,对"空无"的追求,却向往着对私密性的彻底解除,寄希望于大伙儿不能彼此"忘掉",有必要集中在某个充满危险性的切点,或团结在这个切点周围,互为机敏的杂耍者和善解人意的观看者,也就是从"我们"之"我们"转渡为作为"我们"的"他们",或从"他们"重新复归于"我们"之"我们"。因此,钟鸣为"我们"画出的"肖像"中那个所谓的"忘掉",有类于偏正副词,暗示的,正好是相互记住——如果不说相互监视,相互充当对方的"放大镜"的话。■

---

(1) [法]多米尼克·拉波特:《屎的历史》(周莽译),商务印书馆,2006年版,第26页、第149页。

(2) 老威:《中国底层访谈录》(上卷),长江文艺出版社,2000年版,第31页。

记忆诗学　钟鸣研究集

附录

记忆诗学

钟鸣研究集

授奖词

在中国当代诗歌版图上,钟鸣是不可多得的独特存在。早年他曾创办《次生林》及《象罔》等民刊,成为当代诗歌运动的重要参与者和见证者。他既是一位风格独异的诗人,又是一位富于卓见的批评家。他博学、敏识,善于独辟蹊径地发现和阐述问题。他的三卷本《旁观者》及其他一些批评文字,以个人化的视角和方式,借助丰硕的诗学、思想资源和历史材料,展现了中国当代诗歌令人触动的细节与图景,并对一些诗人和诗歌文本进行了充满启发性的评析,开创了一种独特的批评文体。为表达对这位在诗歌领地默默耕耘三十余年的先行者的敬意,将本届"东荡子"诗歌评论奖授予钟鸣先生。

答谢词

我能忐忑不安地来到这里,从在座同行以及朋友们友好的关注中,接受源于民间的"东荡子"诗奖,我由衷地感激以下来自三方面的影响力。

首先,一方面,正是这二种因素的潜移默化,诗歌于东南,方能栖

"东荡子"诗歌评论奖授奖词及答谢词 ※ ——————钟鸣

※ 原载《诗歌与人》(黄礼孩主编),2015年第10期。

息与共,一如既往地对各地发生影响;另一方面,我也才能惑而遇贤而不惑,获此奖项,并有幸与大家在这里一叙衷肠。

我相信,任何一个严肃的诗奖,在蓬勃的商业化社会,都是少数知音相会,既为知音,便不能不感佩。

很自然地,我先得感激孕育这沧桑文明以及过去现在每个诗人的天地之恩,以及循了这自然之道的先贤良士。按中国古老的舆地观念,天地四方八隅,而我出生、成长、接受语言训练的地方,是西方,正西,按"五行"言,为"金",旧称"西蜀",还不是现在大家习惯爱说的"西南"。

而这里,却为"东南",甚或正南,也就是广义的南方,五行所言,称之为"火",而火生金。所以,我的文字、言语、叙述方式,与酝酿此奖所有先天后天斯文传习方面,不可避免地存有一种隐秘制约的关系。

当然,我想暗示的重点,还并非这个,而是每个诗人其成长——包括人的、语言的,即旧学概括的"才、学、识",都受制于这历史悠久丰厚的乡土传统,并由此而有所区别。如明清之际的黄梨洲就说过:"浙西尚博雅,浙东尚专门,各有其是。"这应该是诗歌文章更内在的情调。而现代诗研究,因这传统的"内在情调"隔膜已久,过去,还很少有人据了方隅风物来考察天地文运,不同的本土诗歌气质,古人所言的"域别形殊"指的也是这点。

再如,最伟大的历史学家,太史公司马迁就曾说过:事起东南。倘若我们仅依此观察近代中国,就不难发现,无论是革命北伐、欧亚文明于商埠碰撞,还是文化北渐、运动毁灭之际文心的幸存、流转,乃至物质社会的滥觞……无不肇始于此,要么就息息相关。所以,我们这里所激励着的"诗文",与文明的"斯文",其血脉相通之深,常常超乎我们的想象与所知。而我于此正荣幸接受的这个渐为人知的"东荡子诗奖",以及越来越引社会关注的"诗歌与人·国际诗歌奖",因人而宜,出现在广东,也就是理所当然的了。

其次,我得感谢"东荡子"诗歌奖的推动者们,包括黄礼孩、世宾、蓝蓝等。他们本身就是杰出的诗人,对当代中国社会的现实与文艺,有着深切的见解、表达。而最重要的是,就年龄而言,他们正好代表了20世纪六七十年代的诗歌风貌，由人文精神来看，自与50年代大相径庭。我自己就属50年代的，很早以来，我就注意到，历经四五十年代的诗人，社会伦理和人的价值与诗的关系，对其考验甚为惨烈。作为一种社会学的"集体无意识"和焦虑，即便许多久负盛名的诗人、诗作，"非人的表现"，也都锈蚀得十分厉害而未得自救。遗憾的是，如此严峻的问题，在我们的写作、批评中，竟然罕见匡扶，甚至成为一种愿望。正是这点，使我在无数次的震惊、遗憾中觉察到文化另一种演进的可能：过去人们爱叙之，一代人有一代人的文学，而我却想说，或许应该是一代人有一代人的文学愈合，或就是孟子所言：道过三代，荡然无存。但我又看到，六七十年代的诗人，就人文环境、自我教育与主观表现来看，则有着相对更好的社会条件，他们当中最优异的人，不仅觉察到此问题的严峻，比如东荡子诗作《人为何物》表述的担忧，还能以知行的统一，纠正各种谬识，证明"青出于蓝而胜于蓝"并非流行语。

　　这种有机的诗学断裂，既从我刚提及的黄礼孩、世宾、蓝蓝，也包括已故诗人东荡子诸位的诗文，都有迹可循。而且，十分明显，无论是渐熄宏大叙述，还是换位敏思乡土、历史、人文的细节，知行合一、以文行事，在世宾、黄礼孩等倡导的"为人的完整性写作"的论题中，有着极清晰的阐述，都可被概括为破碎的社会伦理和工业文明背景下人文的变迁、重建。恰恰，《诗歌与人》民刊的创办，以及由此衍生的国际诗歌奖，都殊途同归，汇聚于此，在我看来，绝非巧合。所以，我非常敬佩、感激诸位所代表的一代，对诗歌不光作为文学样式，而更重要的是作为社会改良的文化媒介所具有的敏锐和公信。"东荡子""诗歌与人"两个奖项，都开宗明义非常明显地摒绝了门户之见、地区化与圈子化，其本身就是最好的证明。由此，我也吁请各位同行深切地关注诗歌文化演进各个层面的新迹象。同时，大家也应明白，纯粹意义的诗歌，作为对人的想象力、语言的考验，其实是没有年龄、时代区分的，其根本，在人的才学见识。

　　最后，也最重要的是，我本人，或也含所有在座的朋友，都十分感激为我们今日能聚集一堂、畅言诗歌精神而设立此奖的吴波先生的胞妹——吴真珍女士。正因其兄长东荡子先生，在他的诗与人生际遇中留下的遗憾与希望——用他的诗表述，即"甩不掉的尾巴"，时代选择了他，而他也在诗的絮语中选择了我们，以及所有关注文化未来的人，大家才有了现实的理由聚集这里，对过去、现在、将来的诗人与写作、诗人与时代，表达自己的看法。

在读过黄礼孩先生馈赠我的吴波先生的诗集后，我老联想到歌德在其谈话录中说过的一句话：关键在于是什么样的人，才能做出什么样的作品。比如，但丁很伟大，但他是几个世纪文化教养积累的结果。艺术家凭伟大的人格胜过自然，诗人，要想写出伟大的作品，就必须提高自己的文化教养。在读过东荡子的诗后，且不言风格的含蓄、平实，仅文化教养这点，就给我很深的印象。由他的诗篇，不难看出其文学功底的深厚，不光熟读各种中外典籍、当代同仁的作品，还十分熟悉《圣经》，但他并未偷懒而轻易直接挪用其他领域的思想，却融解至日常经验，只有诗歌禀赋、技艺极高的人，才能做到这点。

正因为如此，我还想吁请大家注意他诗里反复出现的"阿斯加"这个词，他过去的朋友们都已注意到了。他自己也很看重，而且，做过诗意性的解释，这没任何悬念。但，我个人更有理由相信，"阿斯加"一词还有很深的精神来源。凡仔细读过德语犹太作家本雅明的作品的人，就不难从其《莫斯科日记》《单向街》中发现，"阿斯亚"（Asja）都曾出现过，就原文，或就汉语"加""亚"同韵通用的知识而言，或可视为同源。那是一个叫阿斯亚·拉西斯（Asja Lacis）的女子，拉脱维亚女演员兼戏剧导演，本雅明的恋人，她叙述过本雅明和布莱希特，并因《德国的革命戏剧》一书而在斯大林时代被关押过十五年，后精神崩溃。"阿斯亚（加）"是她的名字。这个词极为古老，可追溯至尼罗河流域犹太人和闪族人混居的阿比西尼亚北部。所以，东荡子才说，她既是一种声音、一个地方，也或许是个人……最终是一个符号。而我们别忘了，"东荡子"作为笔名，也具有相同的性质。

最近读齐泽克的《视差之见》碰巧获知一新的信息，原以为本雅明在西班牙边境是自杀，实际上是斯大林派人暗杀的，就因流亡中本雅明遗失了他的《历史哲学论纲》，不幸落入斯大林之手，所以我们可以说，本雅明、阿西亚，都是为人类思索光明之途而遭扼杀的。显然，这些逸事都指向最为深邃的诗学，即人与社会、家园以及反抗厄运永抱希望的关系。而非常遗憾的是，我们无法再与吴波先生谈论这些有趣的话题了。但，恰恰正是在《不要让这门手艺失传》的诗篇中，我反复斟酌。窃以为，东荡子通过它，巧妙完成了"阿斯亚（加）"与诗人之思索、理想与技艺的转换。海子曾就自己的诗篇说过"不变铅字变羊皮"的话，而东荡子，又恰好在这首诗里"告诫自己"："不做诗人，便去牧场。"这些惊人的相似、暗合，无非都在指向汉语诗歌"在心为志，发言为诗"的传统，强调着它与自然、人、社会的关系，以及"哀以思其民困"的精神。而引领此精神的，既是社会现实的冲突，又是诗人的内在志趣，象征性叙来，其实，也就是"阿斯加"。就这点看，阿斯亚或阿斯加便犹如《神曲》中引领但丁的贝亚德。而我正谦卑地接受的此项诗奖，因了"东荡子"之名，对每个受奖者来说，也就意味着这样的引领关系。谢谢大家。■

图书在版编目（CIP）数据

记忆诗学：钟鸣研究集 / 敬文东编 . -- 北京：华文出版社，2020.10
（隐匿的汉语之光·中国当代诗人研究集 / 张桃洲，王东东主编）
ISBN 978-7-5075-5296-6

Ⅰ . ①记… Ⅱ . ①敬… Ⅲ . ①钟鸣 - 诗歌研究 ②钟鸣 - 人物研究 Ⅳ . ① I207.22 ② K825.6

中国版本图书馆 CIP 数据核字 (2020) 第 065011 号

记忆诗学：钟鸣研究集

丛书主编：	张桃洲　王东东
本书编者：	敬文东
策划编辑：	杨艳丽
责任编辑：	杨艳丽　赵子涵
出版发行：	华文出版社
地　　址：	北京市西城区广外大街 305 号 8 区 2 号楼
邮政编码：	100055
网　　址：	http://www.hwcbs.com.cn
电　　话：	总编室 010-58336210　编辑部 010-58336255
	发行部 010-58336202　010-58336230
经　　销：	新华书店
印　　刷：	三河市祥宏印务有限公司
开　　本：	710×1000　　1/16
印　　张：	15
字　　数：	220 千字
版　　次：	2020 年 10 月第 1 版
印　　次：	2020 年 10 月第 1 次印刷
标准书号：	978-7-5075-5296-6
定　　价：	60.00 元

版权所有，侵权必究